Blumenkind

Widmung

Dieses Buch widme ich meinen Eltern und all jenen Menschen, die unter der Willkür der damals herrschenden Politiker wie Hitler, Stalin, Ulbricht, Honecker, Drahtzieher der Waffenindustrie, dem Potsdamer Abkommen, Malta, dem Kalten Krieg gelitten, geweint und sich um ihre Liebsten gesorgt haben. Weiterhin all den Familien, die durch den Todesschuss an der ostdeutschen Grenze 1961–1989 Familienangehörige verloren, im Kerker saßen oder ihr Leben für die persönliche Freiheit eingesetzt haben.

»Sein oder Nichtsein«, meine lieben Menschen

Richard Brückner

Richard Brückner

Blumenkind

Eine wahre Geschichte

Bibliografische Information der Deutschen Bibliothek:
Die Deutsche Bibliothek verzeichnet diese Publikation in der
Deutschen Nationalbibliografie; detaillierte Daten sind im Internet
über
<http://dnb.ddb.de> abrufbar.

© 2005 Richard Brückner

Herstellung und Verlag: Books on Demand GmbH, Norderstedt
ISBN 3-8334-3346-9

Inhalt

Vorwort

Ja, Herr Brückner, »*Tatze*«, und Millionen Menschen wollten weg, abhauen, flüchten aus der so genannten Deutschen Demokratischen Republik. Wer konnte es ihnen verdenken. Die Strafe des Zweiten Weltkrieges mussten die ostdeutschen Menschen in der Sowjetischen Besatzungszone hart bezahlen, wogegen das westdeutsche Wirtschaftswunder wie ein Paradies erschien und die Menschen dort das Leben in vollen Zügen genossen. So schien es jedenfalls – um dieses wirklich einzigartige Leben auf unserer Erde kennen zu lernen, musste man weite Wege ziehen. Diese Reisen waren sicher nicht immer einfach, aber dafür frei und unabhängig. Wie soll man auch anders Menschen, Land und Leute kennen lernen. »Reisen bildet« ist eine alte Weisheit. Aber ich denke, dass Herr Brückner, unser Erzähler, mit diesem Buch zum Nachdenken anregen will und er auch gleichzeitig keinem Menschen irgendetwas vorschreiben möchte, wie er zu leben hat oder leben will. Ich glaube eher, dass der Autor den Menschen zeigen will, wie verrückt das Leben auf einer Seite oder der anderen Seite sein könnte. Es ist eine Entscheidung jedes Einzelnen, was er aus seinem Leben macht, solange der Erdenbewohner lieb zu seinem Nächsten ist, ihn respektiert, kein Terrorist oder Mörder wird, den Menschen demütigt, vergewaltigt oder foltert, in Kriege zieht, die Menschen versklavt oder verdummt. Erst dann haben wir Frieden und Liebe auf unserem Planeten, *peace and love*.

Hippie:

Jugendlicher einer Gruppe, der durch einfaches Le-
ben, gewaltlosen Widerstand und zum Teil Verwendung
bewußtseinserweiternder Drogen gegen die bürgerliche
Gesellschaft protestiert, Anhänger einer ursprüglich von
Amerika und England ausgehenden Bewegung: auch
Blumenkind.

Diese Bewegung entstand in den späten Sechzigern
und frühen Siebzigern.

Ein Hippie glaubt an den Frieden. »*Give peace a chance*«
oder »*Make love not war*« sowie »*freie Liebe*« waren die
zentralen Aussagen der Hippies.

Der Hippie zeichnet sich dadurch aus, dass er den Menschen so akzeptiert, wie er ist, ohne Unterschiede zwischen
Völkern, anderen Ideologien oder Religionen zu machen.
Der Weg zum Frieden führt nur über die Liebe und die
absolute Toleranz. Leben bedeutet einfach das Annehmen
des anderen, so wie er ist. Bedeutet, ihm die Freiheit zu geben, sich selbst auszudrücken, auszuleben oder zu verwirklichen, so wie er selbst es will. Ferner ohne Beurteilung des
Aussehens der Person oder der Lebensweise.

Dies ist der Kern der Hippie-Philosophie.

Die Hippie-Bewegung richtete sich an uns alle, um uns
die Augen zu öffnen: Sie warnt uns vor den schwebenden
Gefahren, verweist uns in eine ganz andere Richtung, um
selbst zu einem reicheren und befriedigenderen Leben zu
gelangen. Sie zeigt uns aber auch nur eine Straße zu unserer persönlichen Freiheit. Freiheit ist die zentrale Tugend
in diesem System. Die Freiheit, zu tun, was gefällt, dahin
zu gehen, wohin der Fluss dich mitnimmt, während das
Bewusstsein geöffnet ist für neue Erfahrungen.

Dies erzeugt eine Haltung, die maximales persönliches Wachstum zulässt.

Cat Stevens
Wenn Sie frei sein wollen, seien Sie es.
Denn es gibt Millionen Dinge, wofür es sich lohnt, frei zu sein.

Joni Mitchell/CS&N (Woodstock)
Ich weiß nicht, wer ich bin.
Aber das Leben ist da, um es zu lernen!

1970 Hippie zu sein bedeutete das Annehmen eines universalen Glaubenssystems, das sozialpolitische und moralische Normen jeder möglichen Struktur, sei es eine Staatsform oder eine Regierung, ablehnt. Jede dieser leistungsfähigen Normen besitzt eine festgesetzte Tagesordnung und die Steuern versklaven die Leute. Jeder muss sich verteidigen, wenn er durch echte oder vorgestellte Feinde bedroht wird. So sehen wir in der ganzen Weltgeschichte eine Parade endloser Konflikte: Land gegen Land, Religion gegen Religion, Kategorie gegen Kategorie. Nach Jahrtausenden von ungezählten Kriegen und Streit hat die Welt wegen dieser geringfügigen Unterschiede schon zu sehr gelitten.

Sie verursachen ihre eigene Wirklichkeit.
Seth (Seth spricht)

(Übersetzt und übertragen aus: Hippieland, Hippie von A bis Z)

Fluchtversuch

CSSR 1974

Es war bitterkalt, wir zwei, *Rolle & Knolle, Rock-'n-Roll-Liebhaber,* geboren in der DDR, liefen schon ein paar Stunden in Richtung Westen. Kein Wort oder Laut war zu hören. Unsere Flucht wurde lange geplant, erforscht, überdacht und strengstens geheim gehalten. Endlich rückte unser Ziel langsam näher.

Ich dachte an meine Familie, die Freunde. *Und nahebei liegt die weite Ferne.* Weihnachten und Neujahr nicht mehr weit weg. Bestimmt eine gute Zeit zu flüchten. Darum hofften wir, dass die tschechischen Grenzer auch Weihnachten feiern, die Kalaschnikow mal am warmen Ofen deponieren und auch kräftig Wodka saufen.

Ganz versunken in meinen Gedanken: Tatze, bist gerade mal 20 und hast dein Leben noch vor dir! Hoffentlich geht alles gut!

Ein Pech aber auch, warum bin ich nur im Osten geboren? Warum sind meine Eltern zu jener Zeit Anfang August 1961 bei Tante Erikas letztem Besuch nicht in Westberlin geblieben? Ahnte denn niemand, dass Spitzbart Walter Ulbricht, der Halunke, einen Lausbubenstreich plante und am 13. August die Mauer bauen würde? Jetzt müssen wir zwei *Republikflüchtlinge* wie Katz und Maus durch den dunklen Wald schleichen, Stacheldraht, Minenfelder überwinden, um nicht in die Luft zu fliegen oder kaltblütig erschossen zu werden.

Dass ich auf allen vieren kroch, meine Nase genüsslich den Duft des unschuldigen Mooses witterte, desgleichen es sich unter meinen Füßen und Händen wie ein feuchter Schwamm anfühlte, war reines, pures Abenteuer. Lautlos vermieden wir jedes auffällige Geräusch, welches uns verraten könnte.

Und doch knackte das Unterholz, welches mir zu laut erschien, da es meilenweit zu hören war. Wir blieben liegen, warteten, lauschten, alles o. k.! Unwahrnehmbar krochen wir weiter. Ein schwacher Punkt, Stolperdraht oder dergleichen, bei kleinster Berührung Leuchtraketen, könnte umgehend das Aus auf der Flucht in die Freiheit bedeuten!

Es ging um Leben und Tod! Schönes Abenteuer, was!? Zudem wollten wir *zwei Teenager* doch nur die schöne Welt angucken, die uns die Glotze jeden Tag auf dem Monitor auftischte.

Was ich nie verstanden habe, ich musste mein Leben riskieren! Weil ein paar Politverbrecher den *Eisernen Vorhang* zogen. Warum auch, ich war jung und wollte die Welt anschauen, basta! Und keine zehn Pferde konnten mich zurückhalten, mir diese Schöpfung anzusehen.

»Da … hörst du … psst …« Schritte kamen näher, Hunde bellten, die Kalaschnikow wurde hörbar entsichert. Erschrocken, gleichzeitig den Tod vor den Augen, blieben wir liegen.

Es waren die tschechischen Grenzer.

Old Shatterhand und Winnetou, zwei erfahrene Wald- und Wiesenjäger, kannten sich gut aus mit Karl-May-Geschichten, und so robbten wir weiter.

Zu unserem Glück, vor der westdeutschen Grenze war ein See, der uns rettete. Wir mussten ins kalte Wasser. Bis zu den Ohren niederliegend, dachte ich mir meinen Teil, zitterte und genoss die Kälte. *Jack Lemmon* flüsterte mir ins Ohr: »Halte durch, Mohikaner! Die Kopfgeldjäger verschwinden gleich.« Minuten können verdammt lang sein. Man konnte ganz deutlich die Stimmen der Feinde vernehmen, wir verstanden natürlich keinen Zusammenhang. Nach einer Zeit verzogen sich die Grenzsoldaten. Endlich konnten wir aus dem kalten Wasser. Natürlich, wir schwitzen vor Aufregung und spürten kaum, dass es kalt war.

Ich sagte zu Rolle: »Ganz schön frisch heute, Partner, komm, lass uns zurückgehen, sonst schießen uns die Grenzer vielleicht noch tot, das bringt es nicht!« Rolle nickte und wir schlichen zu unserem Ausgangspunkt, einem Campingplatz.

Wir hatten noch mal Glück gehabt, hätten auch hinter Schloss und Riegel sitzen, vielleicht auch die Erde vom Himmel betrachten können.

Aber zuallerletzt mussten wir noch eine Flasche Wodka leeren, um uns vom Angriffsversuch auf *die Grenze,* dem Schrecken wie Abenteuer zu erholen. »Frohe Weihnachten«, lallten die angesoffenen Grenzdurchbrecher und schliefen friedlich ein.

Nastrovje, Prosit, Grenzsoldaten!

Ausserirdische

Zu Hause überlegte ich mir immer wieder: Wie komme ich nur gesund und so jung wie möglich aus diesem Lande?

Als ich bummelnd durch Jena spazierte, kam es mir in den Sinn, meine Eltern anzurufen. Die Telefonzelle, eine von den wenigen, die es im Osten gab, war der Schlüssel zu meiner Idee.

Hatte doch jemand zufälligerweise das *NEUE DEUTSCHLAND*, eine Zeitung des Ostens, liegen gelassen und in der aufgeschlagenen Seite stand geschrieben:

Präambel der UNO Charta Artikel 13 Absatz 2:

»Jeder Mensch hat das Recht, jedes Land, einschließlich seines eigenen, zu verlassen und zurückzukehren.«

Land – Planeten – Galaxien …, dachte ich mir. Verlassen und wieder zurückkehren? Egal, wo auch immer eine Mutter im Universum den Erdenbewohnern, Marsianern oder Andromedanern ein Leben schenkt. Gong! Planeten? Erde, Jupiter, Mars, auf Teufel komm raus, was las ich da soeben??? Haben sich doch tatsächlich *die Parteibonzen* mit Außerirdischen getroffen?

Mein Gehirn kombinierte, rechnete, sprudelte, zischte! Und ich sagte schließlich: »Tatze, du *außerirdischer Milchbubi, Hubble-Reisender*, bravo, gratuliere! Der Osten, die *DDR,* hat die UNO-Charta unterschrieben! Gratulation, meine Herren, unterschrieben ist unterschrieben!«

Die darauf folgenden Tage überlegte ich mir, zu welcher Instanz Kripoabteilung ich wohl müsste, um einen

Ausreiseantrag über die *BRD* zum Strand nach Kalifornien zu stellen.

Um wirklich ernst genommen zu werden, ging ich erst einmal zur *Kreisverwaltung – Innere Angelegenheiten.*

Eines war weltbekannt: Hinter den Bühnenbildern des Eisernen Vorhangs ging die Angst um! Muckte jemand auf oder fragte dummes Zeug, suchte man ein Loch in der Mauer, so war derjenige ein zum Tode Verurteilter, ein Wahnsinniger. Ganz einfach, es war gefährlich, irgendeine andere Meinung zu haben, Unsinn zu machen, was die oberen Herren aus der *Roten Zone* aus der Fassung bringen würde. So musste ich, der Rumtreiber (Assi), gewaltig grübeln, um mich so unversehrt wie möglich, als *007*, aus diesem Land zu schleichen.

O. k.! Ich schickte meinen ersten Ausreiseantrag per Post und ersuchte höflichst die Herren *des Inneren* von der Kreisverwaltung, mein Anliegen doch ernst zu nehmen.

Zu dieser Zeit wohnte ich im Arbeiterwohnheim in Jena-*Lobeda,* Thüringen. Jena war eine Stadt mit vielen jungen Leuten, eine Metropole, zu der Sub-Untergrund-Kultur-Generationen gehörten, könnten Historiker meinen.

Wir hatten großen Spaß und viele soziale Kontakte, sprich Fräuleins. Man sollte nicht vergessen, auch der Osten hatte seine *68er,* sozusagen Konsorten, wie mein Spielkamerad Benny, alias Pinocchio, der Finkemeier und ich, Tatze.

Kein Eiserner Vorhang konnte unsere Gedanken, Träume und Gefühle einmauern, geschweige denn begraben. So lebten wir in den Tag, hörten Jimmy Hendrix und die Rolling Stones. Natürlich hatten wir viel Sex und zum Saufen gab es ja nun wirklich genug.

Ja! Die Lebensgefährtinnen aus dem Osten, so unverfälscht in ihrem Wesen, sie kauften die Kondome! Zugegeben, da kann man heutzutage nur noch von träumen. Einen Verein wie den Emanzenclub »Die Emmas« gab es im sozialistischen Deutschland nicht. Das heißt nicht, dass ich jetzt irgendeine Frau beleidigen will. Über alles liebe ich Frauen und ihr ganzes Wesen, aber nur solange sie nicht die ganze Zeit an mir herummeckern oder mich wie ein kleines Kind behandeln!

Eigentlich bin ich froh, unter diesen Freundschaften groß geworden zu sein. Zwischen Damen und den Kavalieren gab es in der Deutschen Demokratischen Republik keinen großen Unterschied, die Intelligenz wurde beiderseits gefördert.

Für uns waren wir Seelen alle gleich, nur mit der kleinen Abweichung, die Frauen haben eine Muschi und die Männer einen Schwanz. Der Sex war normal, ungekünstelt und natürlich geil. Den Spaß während meiner Jugend und meine Freundeskreise im Ossiland werde ich nie vergessen. Im Osten hat mich nie ein Freund beklaut, im Gegenteil, eher beschenkt! Wir haben immer unser Geld geteilt, jeder gab sein Letztes. Manchmal haben wir hinter der Verkaufstelle leere Bierkästen geklaut und vorne im Laden wieder abgegeben. Schon konnten wir weiter saufen und Witze machen. Der Mensch ist ein Gewohnheitstier.

Aber ich wollte mich nicht unterordnen. Es beginnt damit, kaum bist du aus der Lehre, schreit das Militär. »Stillgestanden! Rührt euch, legt an! Und lernt zu schießen! Schneidet euch die Haare ab! Putzt eure Stiefel, nur ein guter Soldat stirbt sauber und anständig. Der Krieg ist euer bester Kamerad, verstanden!« Auf, auf, Barbaren, schießt, hackt, schlitzt euch die Därme raus und schlagt euch die Köpfe ein! Kapiert es endlich, ihr Todgeweihten! Was für ein Irrsinn, sterben für den Staat, die Waffenindustrie und das Kapital. Warum soll ich irgendwann in meinem Leben unschuldige Lebewesen, Großmütter, Großväter, Kinder oder Tiere ins Jenseits schicken, wo doch jeden Tag nur von Frieden, Piepen und Eierkuchen die Rede ist?

Als wir noch Kinder waren, Cowboy und Indianer spielten, zeigte unser lieber Vater uns seinen Stumpen am Unterarm und sagte: »Hier, Kinder, dieses ist vom Kriegspielen!« Mein Vater war zwölf Jahre alt, als der Zweite Weltkrieg begann. Nach Kriegsende wurde er als jugendlicher Kriegsgefangener von den Amerikanern an die Franzosen verhökert, um in der Normandie bei Cherbourg und Caen von der Wehrmacht zurückgelassene Panzerminen wie Schützenminen zu räumen. Als damals doch tatsächlich eine Explosion erfolgte, hat mein Papa die rechte Hand dabei verloren.

»Vielen Dank der Waffenindustrie! Ihr seid die größten Schweine und Verbrecher im System!

Zitat meines Vaters:

… am Vormittag des 9. Januar 1946: … Es muss gegen 9.30 Uhr gewesen sein. Ich befand mich in einer Gefechtsstellung im Bunker und räumte Munition verschiedener Art zum Abtransport nach draußen zusammen. Dann plötzlich, ich weiß es nicht genau, war es ein Knall, war es ein Luftzug, war es eine Berührung, ich sah nichts mehr. Ich

fühlte nichts mehr. Es lief in meinem Kopf ab wie bei einem
abgespulten Film. Gedanken rasten durch mein Gehirn mit
einem Tempo wie bei einem Blitzschlag. Tot bist du jetzt,
tot! Ich sah mich wie eine Rakete in den Himmel fliegen,
oder war es meine Seele, die das Weite suchte? Das ist das
Ende – du kommst nicht mehr nach Hause – das ist das
Aus. Nun bist du in der Fremde gestorben. Dann, nach
einiger Zeit, ich muss zusammengebrochen sein, kamen die
Gedanken wieder. Du musst hier raus! Die Kameraden
müssen dich finden, vielleicht können sie helfen. Ich richtete
mich etwas auf und kroch auf Händen und Knien aus dem
Bunker heraus. Doch ich fiel wieder in Ohnmacht …
Lazarett Form 55 F, Medical Department, US Army:
Postoperative Diagnosis:
– Verlust der rechten Hand
– oberflächliche Wunde, Rückseite re. Oberschenkel
– Zertrümmerung des Muskelschlauches lt.
– Vorderarm mit Zerreißung der Arteria cagutalia und
des Nervus medianus
– Weichteilsplitter in der li. Brustmuskulatur
– Splitter über der Membrana crico-thyreodida
– Weichteilsplitter über dem Kinn
– Granatstecksplitter über dem li. Schläfenbein
– Mehrere tiefe Splitter in der Handfläche!

Unglaublich, was der Krieg für Menschen bedeutet! *KZ,*
Massenvernichtung, Zerstörung, Schmerzen, Leid!

Was meinst du dazu, lieber Leser? Könnte die Welt
nicht schön sein? Nehmen wir mal an, die Welt ist schön
und alle würden in Frieden leben wollen, dann könnte
es das Paradies schon auf Erden geben. Gibt es vielleicht

doch höhere Intelligenzen, die uns sehen, lenken oder beeinflussen? Sind wir Menschen nur Versuchskaninchen, ist unsere Erde nur ein Sklavenland? Warum der ganze Pipifax überhaupt!

Wenn ich mir überlege, dein Leben lang machst du den Buckel, auf einmal kommst du ins Paradies. Müssen wir Menschen erst durch die Hölle und schuften wie eine Maschine, um unsere *Seelen* zu befreien?

Ich kann mich noch an eine Geschichte im Osten erinnern. Eines Tages liegen meine Freunde und ich nachts auf der Wiese und schauen uns die Sterne an. Plötzlich fangen wir herzhaft an zu lachen. Stellt euch mal vor, ein paar Arschlöcher hier wollen uns felsenfest davon überzeugen, dass es *nur ein DDRchen* im Universum gebe. Ungefähr so, wie die Kirche früher zu ihren *Schafen* predigte: »Liebe Untertanen, die Erde ist flach! Und wer es nicht glaubt oder glauben will, der kann mit uns Bekanntschaft schließen, mal gerädert, gestreckt, Jauche schlecken, ausgepeitscht und noch ein bisschen gebacken werden!«

Wie Max und Moritz, Hexen oder Andersdenkende geröstet werden? Nein danke, was man uns Menschen im Laufe der Jahrhunderte schon alles weismachen wollte und immer noch versucht einzureden.

Mache ich heute die Glotze an, so mache ich sie auch gleich wieder aus. Karl Eduard von Schnitzler und seine Propaganda reichen mir! Was ich mir so jeden Tag reinziehe, Informationen aus der Zeitung, dem Radio oder der Mattscheibe: Tote über Tote, Kriege, Hunger und Elend. Zum Heulen, dann kommt die Angst. So gehe gefälligst arbeiten, bezahle deine Steuern, halte die Klappe, diene deinen Herren und denke daran, die Erde ist flach. Wieso haben die Herrscher komischerweise alle Privilegien? Und warum, frage ich mich öfters, ist im Lande so gut wie alles verboten? Das Leben wird dir pausenlos schwer gemacht, jeder arbeitet mehr oder weniger nur für die Miete, Steuern und Nahrung. Aber dass der Staat unser Bruttosozialprodukt sinnlos verschleudert, weiß doch nun wohl jeder. Menschen, wehrt euch doch! Geht auf die Straße, streikt, lasst das Auto nur mal eine Woche stehen, und ihr werdet es schon sehen, was passiert.

Eigentlich war Dieter, mein Bruder, der Anstifter des ganzen Dramas. Im Osten, als Jüngling, ein Witzbold, mit Liebe und Elan, glaubte er noch wie jeder sündenlose Junge: Ja! Das ist die Welt, meine *Junge Welt*, es ist doch alles in Ordnung! Bis eines Tages, ich war gerade mal 13, sich die Obrigkeit bei uns zu Hause breit machte und mit ihren Ärschen auf unseren Sesseln herumfurzte.

Einer in Zivil versuchte mir klarzulegen, im Falle ich das tue, was mein Bruder getan hat, ich auch da landen werde, wo er gelandet ist. Bekanntlich im Erziehungslager, zudem harte Arbeit, trocken Brot und Wasser! Auf meine Frage, warum mein Bruder in dieses Lager muss, sagte der in *Zivil* nur: »Dein Bruder wollte in Westberlin die Rolling Stones sehen und hören.«

»Wieso«, fragte ich kreuzdumm, »ist das verboten?«

Sogleich hob sich der Erziehungsfinger, allenfalls ich auch einmal so eine Idee hätte, wüsste ich ja, wo ich lande.

»Blöde Affen«, dachte ich, »was glaubt ihr überhaupt zu sein.« Mein armer Bruder wollte doch nur die *Rolling Stones* sehen, so ein Idiot! Lief mein Bruder auf die

Mauer zu und aus war sein Traum. Meine Eltern sagten kein Wort. Stillschweigend rollten die Tränen.

Drei Jahre später saß ich in Stendal unschuldig im selben Kerker, wo meine Keule schon einmal einsaß. Die Gefängniswärter sagten zu mir: »Wie sein Bruder! Der kommt hier nie mehr raus!«

Der Witz der verrückten Sache war aber, dass ich nach zwei Wochen trocken Brot und Wasser wieder unter den Meinen weilte. Die schönen langen Haare waren allerdings ab, denn diese wurden zuallererst geschnitten. Als ich auf dem Frisörstuhl saß und mir ein Topf aufgestülpt wurde, der Schneidemann schnippelte, da war mir wirklich zum Heulen. Später im Knastspiegel sah ich auf einmal einen anderen Menschen. Das war für mich die erste Demütigung im sozialistischen Arbeiter-und-Bauern-Staat! Die wollten mir nur Angst machen, die Stasi-Schweine, dachte ich mir so insgeheim.

Ja, die Angst hilft bei mir nicht viel. Vor was sollte ich auch Angst haben? Ob man jetzt hier drinnen oder da draußen sitzt, spielte im *Ostzoo* doch keine Rolle. Man konnte ja sowieso nirgendwo hin. So flogen meine Gedanken und Gefühle hin und her.

Jemand, der bei mir in der Zelle saß, fragte mich ständig und immer wieder. Er war sicher ein Spitzel. »Erzähl doch mal – du wolltest doch bestimmt in den Westen abhauen.« Ich sagte: »Nein, du etwa?« Es war ja bekannt, *die* arbeiten mit allen Tricks, so erzählte ich meinem Zellenkollegen nur Unsinn, sodass er sich vor Biegen und Brechen nicht mehr halten konnte.

Bei Gelegenheit hämmerte der Wärter an die Zellentür

und sagte »He, Sie, Sie Frechdachs, Insasse 55, vergessen Sie mal nicht, wo Sie sind!«

Die Häftlinge im Knast lachten sich kaputt. Zwei Tage später wurde ich entlassen. Demoralisierung im *sozialistischen Verwahrraum*. Der Knilch muss hier weg, der bringt doch alles nur durcheinander!

Ausreiseantrag

Oft saß ich mit meiner Mutter in der Küche und erzählte ihr, dass auch ich in den Westen abhauen will. Sie sagte nur: »Junge! Sei nicht so dumm wie dein Bruder, lass dich einsperren für nichts und wieder nichts, viele Menschen werden an der Grenze wie Hasen auf der Flucht erschossen.«

»Mach dir mal keine Sorgen, Mutti, ich passe auf wie ein Luchs!« Wie ich schon bemerkte, sandte ich meinen Ausreiseantrag zur *Kreisverwaltung Innere Angelegenheiten.*

Nach drei Wochen endlosen Wartens rührte sich noch immer keine Seele. Bald fasste ich Mut, marschierte zum »*Feind*« und klingelte an der Pforte. »Juuten Tag, ich bin R. B.«

»Ah, Sie sind es, B.! Sagen Sie mal, gehen Sie schon in die Rente, Herr B.?«

»Sehe ick so aus oder watt? Brauchen Sie vielleicht 'ne Brille!«

»Passen Sie bloß auf!«, brüllte eine von den Angestellten. »Mit Typen wie Ihnen werden wir schon lange fertig.«

Na gut, dachte ich. Bevor die Alte der Schlag trifft, halte ich erst einmal meine Klappe. Nach zirka einer Stunde Unterredung und blödsinnigen Fragen konnte ich wieder nach Hause, natürlich ohne Ausreisepapiere.

Da muss ich härter herangehen! Obendrein nehmen mich die Stasi-Häscher nicht für voll und lachen sich vielleicht noch kaputt über das Kläuschen, der ein Loch sucht wie ein Mäuschen.

Sogleich schrieb ich einen neuen Ausreiseantrag mit der Postadresse: *Berlin-Ost, Stasi-Hochburg Keibelstr.* Aber die Flurwächter, »kuck & lausch«, rührten sich nicht und ließen mich ganz schön im Dunkeln.

Eines Tages, wieder im Arbeiterwohnheim *Lobeda*, klopfte es an meiner Tür. »Mann, Rolle, watt willst du denn hier!«

»Tatze! Glob it mir oder nicht, die Stasi war bei mir. Ick darf dir nicht mal die Hand jeben! Hamse mir jesacht.«

»Watt!«

»Ja, ick soll jeden Kontakt mit dir abbrechen!«

»Und weiter?«

»Weil du ja nach drüben willst? Aber ick will mit, habe ick denen jesacht.«

»Und denne?«

»Na, *die* verhörten mich een paar Tage und nun bin ick hier.«

Na dufte, Rolle wollte mit, die große weite Welt erobern.

Voll berauscht von unseren Träumen, arbeiteten wir zwei zielstrebig darauf hin, aus der *DDR-Staatsbürgerschaft* entlassen zu werden. Das Leben war von nun an für uns Andersdenkende nicht immer einfach. Vor allen Dingen hatte die Stasi uns durch ihren Lauschangriff immer mehr und mehr auf dem Kieker. Das bedeutete, rund um die Uhr schlichen ständig Typen herum, die jeder Blinde als Stasi-Spitzel enttarnt hätte. Sogar aus meiner Heimatstadt schickten sie Agenten nach Jena hinter mir her. Mal ehrlich gesagt, 007 *James Bond* war leibhaftig besser!

PM 12

Frühmorgens gehe ich zur Tür, und siehe da, es liegt ein Brief mit dem Absender *Amt für Innere Sicherheit* im Briefkasten.

Au Backe! Sollte das der Anfang vom Ende sein?

Ich sollte meinen Personalausweis doch gleich mitbringen! Und mich bei ihnen melden!

Aufgeregt erschien ich zum vereinbarten Termin. Die erste Frage: »Herr B.! Haben Sie Ihren Personalausweis dabei?«

»Oh, là, là, und Sie, haben Sie meine Ausreisepapiere fertig?«

»Nun werden Sie mal nicht frech, verstanden, Herr B.!«

»Na, watt soll ick denn hier, wolln Se mich verarschen?«

»Geben Sie mir sofort Ihren Personalausweis, aber dalli, B.!«

»Wieso soll ick?«

»Na, geben Sie ihn mir schon, B.«

An der Wand hing wie überall im Lande ein Fotokonterfei des treudumm dreinblickenden *Erichs*. Er guckte mich so brav an und ich dachte, Erich! Nimm schon die Papiere, du Spaßvogel!

Gleich schnappte mir die Stasi-Tussi meinen blauen Personalausweis weg, konnte man auf diesen Ausweis wenigstens nach Polen oder in die CSSR reisen. Die blöde Kuh von *der Inneren Sicherheit* gab mir ein *PM 12.* »Watt soll ick denn damit?« Die Alte: »Was wollen

Sie denn, B.! Die ganze Welt steht Ihnen doch von nun an offen.«

Was bedeutete das nur? Natürlich ist ein PM 12 ein Ausweis für politisch Verdächtige: Zum Beispiel, wenn du nur von A nach B willst, die Mächtigen *Big Brother* sind immer mit dir. Alle Vöglein sind schon da, alle Vöglein alle …

Ich war vogelfrei, *Vagabund und Staatsfeind der DDR.* Verreisen im *DDR-Staatsgehege* wurde eine Qual. Wurde ich durch die *Vopos* kontrolliert, knebelten sie mich jedes Mal und ich war verhaftet: »Na, dann kommen Sie mal mit, Herr B.! Alle weiteren Fragen auf dem Revier, Abstecher zum Musikkonzert sind hiermit beendet, verstanden. Sie sind *Staatsfeind,* B.! Steht hier in ihrer *Stasi*-Akte …«

Wenn das keine Gängelei oder Überwachung war! Aber dessen ungeachtet feierten wir unsere Partys, und so kamen mehr und mehr Gleichgesinnte dazu. Unsere Clique war am Ende sehr, sehr groß. Meistens liefen unsere Partys privat zu Hause ab. Jimmy Hendrix, Radio Luxemburg, Radio AFN, Chicago, Lennon oder die Stones spielten, rockten und fetzten aus dem Grundig-Tonband, so laut es ging!

Musik eine Droge? Aber klar doch! Vor allem Beatmusik, die uns die Flucht vor dem langweiligen Maschinenrhythmus, dem *DDR-Alltag* erleichtern sollte. Immer diese Gehirnwäsche von morgens bis abends. Der Drill zur Sklaverei: *»Denk nicht! Wir denken für dich.«*

So ein Schwachsinn! Warum habe ich eigentlich Füße und Hände? Was ist mit meiner Birne, ist sie leer? Was sind Augen? Sind sie da, um zu riechen? So ging es mir durch den Kopf.

»Neehee! Mäaeh … mäaäh, meck, meck, da mache icke nicht mit!«

Schwarzes Schaf

Als ich so zehn Jahre alt war, bekam ich tatsächlich eine Gitarre von einer Arbeitskollegin meiner Mutter, Frau Schotte, zum Geschenk.

Meine kleine Welt öffnete sich wie das Tor zum Himmelszelt. Nach ein paar Jahren Rumzupfen nahm ich irgendwann die Gitarre und sagte zu ihr: »Du und ich, wir passen gut zusammen! So lass uns um die Welt ziehen. Der ganze Müll hier im Osten interessiert mich nicht, kannst du das nicht verstehen? *Wir ... wir ... beide passen gut zusammen!*«

So, wer bin ich? Ein Geist? Oder stecke ich vielleicht in einer anderen Haut oder machen *Kleider Leute*?

Damals musste ich *des Kaisers neue Kleider* im Deutschunterricht interpretieren. Vor der ganzen Schulklasse sagte ich zum Herrn Meisterkopf: »Herr Lehrer, Herr Lehrer, ein schwarzes Schaf, das blökt! Mein Gott, der König ist ja splitternackt! Der hat doch gar nichts an! Ist das nicht wie Spieglein, Spieglein an der Wand, wer ist der beste Kommunist im ganzen Land? Bis ein schwarzes Schaf blökt! Und das ganze DDR-System fällt irgendwann einmal zusammen wie ein Kartenhaus.«

Im Klartext: Sogar der König lässt sich durch seine eigenen Berater verarschen.

Der Herr Lehrer: »B., setzen! Sehr gut interpretiert, dafür gibt es die Note fünf ...«

Schlechteste Note im Fach Deutsch und Literatur!

Na klar, Heuchelei, wir sind dabei? Aber nicht mit mir, Herr Lehrer. Öfters wurde im Staatsbürgerkundeunterricht *der Antiimperialistische Schutzwall* durchgekaut. Der Herr Lehrer: »Liebe FDJler, wie Sie wissen, bla … bla … bla … bla … blu … blub … blab! Haben Sie noch Fragen?«

»Ja Herr Lehrer!«

»Bitte schön.«

»Können Sie mir erklären, warum unsere westdeutschen Brüder-Feinde …«

»Ja. Fragen Sie nur?«

»… auf ihrer Seite der Mauer so einfach einen Wäschehaken in unseren *Antiimperialistischen Schutzwall* drehen können, aber wir Ostdeutschen, liebe Brüder und Schwestern, über Panzersperren, Stacheldraht, Minen und Selbstschussanlagen balancieren müssen? Damit rechnen müssen, von MP-Salben durchlöchert zu werden, um auch so einen Wäschehaken im Schutzwall zu befestigen, Herr Lehrer? Sodom und Gomorrha?«

Die Lichter gingen aus, Totenstille. Nur die schrille Pausenklingel rettete den Herrn Lehrer vor der peinlichen Antwort!

Es gibt zu wenig schwarze Schafe, würde ich mal sagen. Ob hier oder dort, unsere Welt schleppt sich durchs Universum und irgendwelche Technokraten wollen dir immer wieder erzählen, wie du zu leben hast. Es blieb nichts anderes übrig, als unter diesen Lebensbedingungen dein Leben zu gestalten und dir immer wieder zu sagen: »Mach das Beste daraus, sonst kauf dir einen Strick und häng dich auf.« Na gut, jeder soll doch machen, was er will, aber bitte lasst mich doch auch machen, was ich will! Und was will ich? *Ich will weg!* Reisen in die weite Ferne. Zum Beispiel mal nach Woodstock fahren, um richtig auszuflippen! Dabei sein und nicht erst in 45 Jahren.

So gestalteten wir im Osten unsere eigene Subkultur. Wir *Kunden*, sozusagen wie die *Hippies* im Westen, zeigten den Bonzen, wie es auch anders geht! Nach der Parole: »Leckt mich doch am Arsch! Lieber Rock & Roll als FDJ und Pioniere!« Die Herren wollten oder konnten nicht begreifen.

Rockmusik und Woodstock waren tausendmal wichtiger! Die Teenager hatten ihre eigene Weltanschauung. Darum war Gaschwitz-Leipzig auch einer der Treffpunkte der Kunden-Hippies-Flippies. Mama Basuda, Stern Combo Meißen, Klaus Renft, Veronika Fischer und viele andere Gruppen gaben dort ihr Bestes. Und wir feuerten grölend und hysterisch die Musiker an.

Wie überall auf dieser Welt müssen die heranwachsenden Hormone der jungen Menschen ausgetobt und ausgelebt werden! Man ist ja nur einmal jung. Und jung ist gleich Rebellion, das wussten die alten Römer doch schon, oder?

Der kleine Tanzsaal in Leipzig-*Gaschwitz* war immer überfüllt. Aber egal, denn draußen vor dem Club war *plattes Land*, genügend Wald, um tagelang ungestört Partys zu feiern. Es wurde Wodka gesoffen, gevögelt, getanzt, Kodein geschluckt, Titten geschüttelt, geküsst und gestreichelt. Die Jugend, die bringt den Fortschritt.

Neue Kinder für unser Sklavenland,
darum bumsen die Ossis auch tagelang!

Die Wichser da oben haben alle Privilegien, aber *Otto-Ost* ist und bleibt ein Schaf. *Meck, meck, meck.*

Da ich aber ein schwarzes Schaf bin, immer wieder aus der Herde heraussteche, was wohl kaum zu übersehen war, arbeitete ich weiterhin an meinem Ausreiseantrag und ging den Stasi-Säcken gewaltig auf die Nerven, um so schnell wie möglich den Reisepass zu bekommen, der mir ja laut *NEUES DEUTSCHLAND* zustand, damit ich endlich dieses Fleckchen Erde verlassen konnte!

Trotz alledem, ich liebte meine Familie, meine Freundinnen und Freunde, mein Zuhause, die Seen, Wälder und Landschaften. Aber niemand konnte mich jemals zurückhalten, mein Leben zu fristen im *Zoogehege* der *DDR.* Wirklich, mein Drang zur Freiheit war zu groß, um Kompromisse zu schließen. Ich rechnete, 20 bin ich, also 65 minus 20, das sind gleich 45 Jahre. Na dann gute Nacht, so lange wollen *die* dich hier festhalten. Ist doch unerhört, was bilden die sich überhaupt ein? Auf die Bastille, Guerre Liberté!

Also war ich doch ein sozialistischer Sklave. Alle Glieder werden steif, nur eins nicht mehr, und als Großvater darf ich dann mal nach Woodstock reisen. Vielleicht noch mit einer Krücke in der Hand und zehn Mark Ost als Reiseverpflegung.

Bloß nicht aufgeben, mach weiter, kämpfe für deine Menschenrechte! Versailles, Budapest 1956, 17. Juni 1953 DDR, Prag 1968, Spartakus, was, wer, wie war das noch mal? Gab es da etwa Menschen, die nicht mehr taub oder blind waren?

Abends, wenn die Sonne unterging, verweilte ich oft auf unserem Hof und träumte, am *Pazifischen Ozean* zu sein. Während die Sonne sich langsam zum Horizont neigte, dachte ich immerzu, nimm mich doch bitte mit, liebe Sonne, down to California in den Westen! Ach, wäre das nicht wunderbar … Aber leider, in Gottes Namen, warum bin ich nur ein gewöhnlicher Erdenmensch? Wäre ich doch nur ein Vogel!

Champagner und Puff

Dennoch, meine Kindheit war irgendwie klasse, ich konnte mich austoben. In den Schulferien weilte ich oft bei meinen Großeltern auf dem Lande. Es war immer ein Abenteuer. Mein Opa, der Vater meiner Mutter, lebte in Parey an der Elbe. Oft ging ich hier fischen, fand neue Freunde und stromerte mit Biene und Amsel durch die Wälder. Die zwei Jagdhunde gehorchten mir aufs Wort und freuten sich jedes Mal, wenn ich auf Besuch kam. Wir wurden die besten Freunde, tobten herum, wie es sich für ein gesundes, lebhaftes Jüngelchen gebührte. Nein! Ich würde nie behaupten, dass alles schlecht war in diesem Lande. Nein, meine Kindheit und Jugend war super. Aber irgendwie waren wir ja auch Nachkriegskinder. Butter, Wurst und Käse auf Marken zu kaufen war für uns normal. Ich glaube, unsere Eltern wollten für uns nur das Beste. Ja, der liebe Staat hatte vielleicht auch noch gute Ideen am Anfang der Misere.

Jedenfalls, glaube ich, waren die Menschen noch geschockt vom letzten Krieg. Das arme Volk muss immer dafür bezahlen! *So oder so!* Und am Schluss reichen sich die Kriegstreiber die Hände, saufen Champagner, gehen in den Puff und sagen ganz frech: »Haben wir doch wieder gut Kasse gemacht, Kollegen!«

Irgendwann sagte meine Mutter einmal zu mir: »Mein Junge, mir haben die Nazis meine Kindheit gestohlen.« Ich wollte es nicht glauben. Als meine Mutter 13 Jahre alt war, 1945, und mit ihrem Bruder im Wald spielte, sie von Tieffliegern verfolgt und beschossen wurden oder in

Hamburg beim Fliegeralarm im Luftschutzkeller ausharren mussten und am Ende die toten Menschen auf der Straße zählten. Ich glaube jetzt zu wissen, was meine Mutter meinte mit ihrer Kindheit verloren.

Darf man Kinder töten, foltern, quälen, Rache vergelten für Dinge, die reife Erwachsene in durch Führung und Staat befohlene Kriegen legitim angerichtet haben? Leider denkt der gewöhnliche Sterbliche nicht weiter als bis halb sieben. Irgendwann kommen die Geschichtsfälscher und erzählen dir was vom heiteren Himmel. Wie gesagt, wer's glaubt, bleibt selig.

Aber dass sich die halbe Menschheit hasst, beneidet, fürchtet und bekriegt, nur weil Menschen an verschiedene Götter glauben, das kann wohl nicht sein. Sind vielleicht doch die jeweiligen Bodenschätze unserer Erde wie Öl, Uran, Gold, Diamanten, Erze, usw. daran schuld?!

Ja, ja, der, die, das, hin und her. Ich glaube, keiner ist besser oder schlechter als Mensch auf diesem paradiesischen Wunder der *Erde*. Aber diese Teufel von machtbesessenen, frustrierten, sexuell verklemmten Herrschern, schlauen modernen Ausbeutern, die Menschen manipulieren können. Da kann einem schon das Grausen kommen.

»Liebe Menschen: Lasst euch nicht mehr verarschen, eure Kraft ist die Wahrheit, Aufrichtigkeit und Liebe zum Nächsten. Toll, nicht wahr? Einfach toll, klingt so simpel. Aber leider sind wir doch alle Idioten, einschließlich ich, Tatze, die Maske.« Nur einen Vorteil habe ich und vielleicht noch ein paar mehr denkende Denker auf unserem Planeten. Dieser Vorteil ist, dieses erkannt zu haben, nicht taub und blind und kein gewöhnliches Schaf zu sein!

To be or not to be.

Aber wer will schon ein Idiot sein? Wollen wir Menschen nicht lieber Spaß haben, die Natur genießen, unseren Kindern, Eltern, Großmüttern, Großvätern, Tanten, Onkels, Freunden und Freundinnen, Frauen wie Männern, Glück schenken?

Ich hatte Nerven wie Stahlseile und die Nase gestrichen voll. Um aus diesem Wahnsinnsland herauszukommen, musste ich noch mehr unternehmen. So, mein Wille stand fest. Jawohl, hurra, auf die Bastille! Bei den Herren da oben in Ostberlin mal richtig auf den Putz hauen, den Mutanten klipp und klar machen, was ich will! Tief, eindringlich in ihre Stasi-Augen gucken, zuzwinkern, schielen, blöken und meckern.

»Lasst mich, mäh, blök … blök, lasst mich, lasst mich doch bitte gehen, ich bin ein Schaf, ein schwarzes Schaf! Könnt ihr Deppen das nicht sehen? Penner! Nachtwächter!«

So bereiteten Rolle und ich alles sorgfältig vor, denn wir wussten oder ahnten, dass eine Knackizelle für eine gewisse Zeit unser nächstes Zuhause sein würde.

Wir nahmen den erstbesten D-Zug und fuhren von Jena aus in die Hauptstadt *OSTBERLIN. Pittiplatsch der Liebe.* Niemand wusste oder ahnte, was wir zwei vorhatten, nicht einmal unsere Eltern.

Keine Menschenseele im Abteil mutmaßte irgendetwas von unserem Blitzüberfall auf das *Ostberliner Staatsratsgebäude.* Als wir in Ostberlin am Alexanderplatz ankamen, beobachteten wir obendrein gleich Vopos, die Langhaarige kontrollierten. Zuerst machten wir einen Ausflug nach Berlin-Pankow, um noch einmal die Mauer zu betrachten, die uns offensichtlich im Wege stand. Je näher man an den Festungsgürtel kam, hielten sich dort zwiespältige Figuren auf. Scheiße! Jetzt aber nichts wie rüber.

Wie abgesprochen trafen wir um 12 Uhr mittags unsere Bekannten aus Westberlin, die wir erst vor kurzem beim Trampen auf der Transitautobahn kennen gelernt hatten. Delikaterweise schissen sich die Wessis ihre Buchsen so voll, dass es derart im Westauto stank und die Aktion *007-TRANSIT-FLUCHT* nach Westberlin aus Sicherheitsgründen abgeblasen werden musste. Aber die entgegenkommenden Bundesdeutschen erklärten sich einverstanden, unsere Duplikate der Ausreiseanträge in den Westen Berlins zu schmuggeln. Auf jeden Fall sicherten wir uns professionell ab, besuchten Rechtsanwalt Vogel sowie die ständige Vertretung Herrn Gaus' in Ostberlin. Wusste man ja nie, was Schlimmes passieren könnte! Sich zum Beispiel in Luft aufzulösen? BILD Zeitung:

20-Jähriger in der Sowjetischen Besatzungszone auf Nimmerwiedersehen verschollen.

Spät am Abend stellten wir unsere Reisetaschen am Bahnhof ins Schließfach.

Kurz darauf wurden die beiden Ausreißer Rolle & Tatze bei einer Vopo-Kontrolle verhaftet. Die Vopos nahmen die zwei gleich mit aufs Revier. »PM 12, vogelfrei.« Stellten DIE uns wieder tausend Fragen.

»Na, Jungs, ihr beide, *Mauer-Loch & Co.* Ihr habt doch sicher ein Loch in unserem AntiImperialistischen Schutzwall gesucht! Nun seid mal ehrlich! Ihr wolltet doch bestimmt abhauen!«

Nach drei Tagen eisernen Schweigens ließen die Schutz-
männer »the Hippies Ost made in GDR« wieder laufen.
Nach diesem Probelauf auf Action bildete sich das Adrenalin in der Blutbahn der Mauer & Loch Popeyes!
Der letzte Schliff bei der Vopo bewies es, wie eisern wir
unsere Klappe hielten, ein Ehrenwort! Das *Kobra-Unter-*
nehmen, PAROLE legale Flucht, konnte also beginnen!

Bier auf Hawaii

Der Taxifahrer: »Watt wollt ihr beede Langhaarigen denn bei Erich?« Schnell sagte ich: »Na! SED-Mitglied werden, Herr Taxifahrer, watt glooben Se denn! Wolln Se nicht och eenmal im Leben nach Kuba?« Am Staatsratsgebäude setzte uns der Taxifahrer ab und wünschte uns noch viel Glück. Ich klingelte an der Pforte, wartete, bis uns jemand hereinließ. Im Warteraum sangen wir ein Lied: »*Es gibt kein Bier auf Hawaii ... kein Bier ... lalala ...*« Plötzlich summen alle anderen Gäste im Warteraum Hawaii ... Es wurde mein Name gerufen. »R. B.!« Au, das bin ich! Wie bei einem Epileptiker schüttelten sich meine Glieder. Erhobenen Hauptes schritt ich, R. 007, Deckname *Tatze,* zur *Panzer-Glasscheibe-Anmelde-Schutzkammer!* Beim Gehen meinen Parka öffnend, deutete ich an, die Hände hoch oder ich schieße, guckte freundlich und lächelte ein wenig. »Hier nehmen Sie die Papiere!«, überreichte der Sekretärin meinen PM 12, den Wehrpass, Sozialversicherung, Sportler-, Rettungs- sowie Schwimmausweis. Außerdem den *voll mit Träumen, Palmen, Strand, Konfetti Trulli Schlitzie Lulli geschmückten* Ausreiseantrag in den *Westen.*

Die Genossin hinter dem Glasfenster guckte mich auf einmal so komisch an und brüllte: »*Wir lassen uns nicht zerstören, was wir uns hier in der Deiutschen Deimoukrautischen Republik aufgebaut haben, durch Leute wie Sie, verstanden!*« Schaum sickerte aus ihren Mundwinkeln. »Ist ja in Ordnung, meine Dame, aber ick lass mir ooch nicht von *Erich* mein junges Leben nehmen. Schufte hier und warte, bis ick alt und jrau bin, um mal in Honolulu uff Trebe zu jeen. Verstehen see ditt!«

Die Cholerikerin röchelte, bekam einen puterroten Kopf und schrie mich an, ich solle hier warten und mich setzen! Nach etwa einer halben Stunde kam sie zurück, gab mir meine Utensilien, spuckte die Glassscheibe voll und schrie: »Lassen Sie sich hier nie mehr sehen, Herr B.!« Hm … na gut … Zum Abschied sagte ich noch schnell: »Meine Dame, schon mal was von Baldriantropfen gehört?«

Mein Gegenüber keuchte und krächzte: »Raus!«

»Na! O. k.! Komm, Rolle, dann gehen wir eben gleich zur Stasi!«

Die Madame vom Staatsratsgebäude konnte es nicht glauben. So ein Rotzbengel aber auch! Ich glaube, die machte sich beinahe in die Hose vor Gift und Geifer. Keine drei Minuten auf der Straße Ostberlins sagte ich noch zu Rolle: »Jetzt aber Action! Sonst wird's langweilig! Parole? Ko-Bra … angreifen!« Bis plötzlich fünf oder sechs Autos auf uns zukamen. Ich dachte noch, wo wollen die wohl hin? Aber nein, das kann doch nicht … Die Reifen quietschten, die Herren, gekleidet in schwarzen *Nazi-Kitteln,* griffen an. »Hände hoch! Auf den Fußboden!«

Eine schwere Schuhsohle bohrte sich in meinen zarten Rücken. Ich fühlte die kalte Knebelkette, die sich in meine Handgelenke drückte. Es machte ihnen augenscheinlich großen Spaß! Mit 100 Sachen brausten wir und *DIE* durch das Ostberliner Stadtzentrum. Wüssten *DIE,* wo wir gerade hinwollten, hätten sie sich Benzin und Arbeit sparen können. Hihihi …

Eine große Pforte ging auf, the Rock & Roll auf Tour, inmitten der Stasi-Hochburg. An und für sich blieb man von diesen *Menschenschlächtern* so weit wie möglich fern.

Sie rissen mich aus ihrem Auto und stießen mich in Richtung ihrer geistigen Folterkammer. Ich kam mir vor wie im Film. Ich, der kleine Junge von nebenan, spiele die Hauptrolle in *ICH-WOLLTE-WEG*, befand mich auf einmal in den Händen der ostdeutschen Folterknechte. Nur zusammenreißen, dachte ich, keine Angst zeigen! Spiele mit derselben Macht. Bleib cool! Was ich jetzt auch tun muss, halte die Klappe, warte ab, denn ein falsches Wort könnte das Aus für meine Zähne bedeuten! Die Stasi-Männer schauten gefährlich drein. Unglaublich, dieser Staat schützte sich mit solchen Figuren.

Ich wartete auf das nächste Ereignis. Meinen Kumpel Rolle steckten die Schafshüter in einen anderen Raum. So hatten wir keinen Kontakt mehr und waren mit unserem Schicksal allein. Jede Minute, die ich in diesem Raum saß, erschien mir wie eine Unendlichkeit.

Die Tür ging auf und ein älterer Herr trat ein, schielte eine Weile zu mir herüber und sagte: »Na, du hast doch bestimmt Hunger?« Ich nickte. »Möchtest du einen Kaffee?« Ich nickte wieder und dachte mir, warum nicht, lieber einen Kaffee als was auf die Fresse!

Bei der Mahlzeit und dem Kaffee observierte mich der ältere Herr ständig und versuchte herauszufinden, wer wohl dieser kleine Rebell sei. Da ich aber gut erzogen bin, benahm ich mich dementsprechend. Als ich den Herrn später noch nach einem Wodka fragte, verzog er sein Gesicht zu einem lustigen Grinsen.

Paris

Nach meiner Mahlzeit begann das Verhör. »So, du möchtest in die BRD?«

»Ja das möchte ich! Ist doch mein Recht, oder nicht?«

»Na höre mal, Junge, da gibt es doch keine Arbeit.«

»Arbeit?« Im Schulfach *Fantasie* schlechteste Note. Fünf, setzen, dachte ich! Denkpause …

»Aber nein, mein Herr, ich möchte so gerne mal nach PARIS.«

»Was willst du denn da, Junge? Sprichst du Französisch?«

»Ja, aber sicher! Herr, Lutschoipau, äh, auch ein bisschen Griechisch!«

»Griechisch?«

»Na, Arschphallus! Herr *Major*, äh, icke will nach Paris, nach Athen, will eenmal, doch nur eenmal im Leben 'ne Pariserin knöpern, verstehen Se ditt nicht, Herr *Major*!«

»Watt saarense daa jrade? Wie bitte?«

»Na ja, die Französinnen sollen doch echt jeil im Bett sein! Oder bilde ick mir ditt nur inn?«

»Ich weiß es nicht, Herr B.? Das hat mir hier in meiner Laufbahn der *Lausch & Guck GmbH* noch keiner gesagt.« Dabei grinste er so vor sich hin.

Was der wohl dachte? Vielleicht dachte er, wie kann ich nur, verdammt noch mal, dem B. verständlich machen, dass die russischen Dejwutschkas auch ganz gut im Bette sind! Oder würde der ältere Herr vielleicht auch gerne mal *Visite le Bordell à Paris, Rue de l'amour* mitmachen?

Inmitten der Stasi-Hochburg philosophierten wir über das Vögeln. Hin und wieder versuchte der *Onkel Major*, den *Kadetten DDR-Staatsfeind* davon zu überzeugen, wie schön es doch in der guten alten DDR ist.

Nach einer Malzkaffee-Pause … »Bleibe doch hier, Junge, du bist doch frei! Du kannst doch in die Straßenbahn einsteigen, überall herumfahren, dir dabei Berlin angucken.«

»Ach ja? Aber da gibt es doch noch so eine Mauer! Da fährt die Straßenbahn einen großen Bogen dran vorbei.«

»Eine Mauer, wie bitte? Was glaubst du eigentlich, wer du bist!«

Oh, oh, oho, der Herr wird wütend. Er will mich herauslocken. Aber ich bin schlau genug, halte meine Fresse und sage dem Major nicht, was ich von seinem *DDRchen* halte.

Nach einer Weile des Schweigens dachte er lange nach und stellte anscheinend fest, dass die Nuss nicht so einfach zu knacken ist mit Herrn B.!

Er sagte am Ende nur noch: »B.! Machen wir Schluss für heute, Ihre Zelle wartet schon auf Sie.« Müde und fertig verließ Herr Schnüffler das Verhörzimmer.

Der Schließer steckte mich ins Mauseloch und warnte mich: »Nur nicht aufsässig werden, Robinson Crusoe! Sie sind hier nicht im Sanatorium!«

»Ja, *Herr Schließer*, die Kartoffelsäcke auf dem Fußboden und das Scheißhaus in der Ecke bezeugen es, wirklich kein Sanatorium.«

Frühmorgens wurde ich aus meiner Zelle geholt, das Verhör ging immer lustig weiter. Dumme Fragen und dumme Antworten. Dieses Mal dokterten andere Stasi-Psychopathen an mir herum, der ältere Herr war verschwunden. Vielleicht hatte er auf mich keinen Bock mehr, denn die Pariserinnen schwirrten zu sehr in seinem Kopf herum, er dachte nur noch eines, nichts wie weg hier! Paris, Arschphallus, London, Madrid! Was kostet die Welt?

Auf keinen Fall ließ ich mich aus meiner eingespielten Rolle bringen, feixte herum, erzählte nur Schwachsinn, um die Jungs von der Stasi so richtig auf die Palme zu bringen.

Als ich die *Schnüffelnasen* zum Fenster winkte und fragte: »Was sehen Sie da draußen, meine Herren?«

»Na, nichts! Was sollen wir da schon sehen, Herr B.?«

»Na, Sterne! Das Universum! Unendlichkeit! Sind Sie etwa nachtblind?«

Das hat gesessen, dachte ich, aber ein Major sagte lautstark: »Passen Sie bloß auf, B.! Vielleicht stecken wir Sie in eine Verrücktenanstalt! Und glauben Sie uns, B., wir können noch viel mehr! Sie verschwinden lassen auf Nimmerwiedersehen! Haben Sie das verstanden, B. …!« Sofort hielt ich meine Klappe, dachte nur noch meinen Teil.

Nach zwei Wochen harter Überzeugungsversuche, mir das *DDRchen* wieder schmackhaft zu machen, hier zu bleiben, wurde mir sogar angeboten, bei der Stasi zu arbeiten. Ich könnte ja alle Privilegien genießen und zweimal die Woche Bananen und Schokolade kaufen. Ich lehnte ab und faselte wieder von Frauenzimmern, Venedig und Paris.

Nun hatten die Schnüffler deutlich keine Lust mehr auf mich. Nein! *Sie resignierten*! Die gaben auf, ja, ja! Zumal ich den Jungs ja auch meine Wunschträume in ihre Gehirne projiziert habe. Rue de l'amour. Im tiefsten Innern wollten *die* noch schneller weg als ich und vielleicht auch ein paar Abenteuer erleben, oder was.

Was mich immer wieder wunderte, ich wurde nie geschlagen, sie haben mir nur Angst gemacht, die Banditen, mit dem Narrenhaus und so weiter. Nein! Aber nein, ganz im Gegenteil. Ich dachte, die sind alle auf *meiner Seite.* Also, Meier! So geht das nun aber wirklich nicht! Wollt ihr zum Schluss alle weg? Hahaha.

Garten Eden

Eines Morgens werde ich vom Schließer geweckt. Die Schlägertypen ketteten mich mit einer Goldenen Acht an meinen Kumpel Rolle mit einem Blick, der töten könnte. »Wenn wir nur einen Mucks hören, schlagen wir euch zu Krüppeln, verstanden!« Aua, aua, das hörte sich nicht gut an. Keiner sagte uns, wo es hingehen sollte. Ein bisschen mulmig war mir schon. Sie schleppten uns in den Hof, steckten uns in eines ihrer Stasi-Autos *Barkas 1000,* schon ging es los in Richtung Autobahn.

Wir kannten jede Richtung der Ostautobahn und sie hielten zuerst an der Tankstelle in Michendorf. Die Reisenden und Hippies aus dem Westen tankten auch. Aber dass wir geknebelt und in einer Stasi-Kutsche spazieren fuhren, konnte niemand sehen. Nach einer Weile stellte sich heraus, dass sie uns nach Gera bringen. Unerwartet ging wieder eine Pforte auf. Von außen hätte man nie gedacht, dass dies auch eine Stasi-Hochburg ist. Ungefähr sechs Stunden waren wir angekettet, wobei mir die Hände schon schmerzten.

Da, schon wieder kommt so ein älterer Herr und befahl den Wärtern: »Meine Herren, nun nehmen Sie den Jugendlichen doch die Handschellen ab.« Die Fahrer guckten ganz verdutzt, befreiten uns von den Handschellen und zogen sich wie Kaninchen zurück. Irgendwie kam ich mir vor wie im Kloster. Alle Türen, ob groß oder klein, waren mit dicken Riegeln verschlossen. Ich glaube, diese Hochburg war früher mal der »Garten Eden«.

Der nette alte Herr forderte uns zum Mitkommen

auf. Wir landeten schließlich in einem seiner mit Antikmöbeln ausgestatteten Zimmer. Er bediente uns mit Kaffee und Kuchen. *Rolle & Knolle guckten sich nur an, wahrscheinlich dachten sie dasselbe: Erst Zuckerbrot und dann die Peitsche!*

Aber nein, es kam ganz anders. Der nette Alte sagte nur: »Meine Herren, das haben wir ja noch nie gehabt – legt einfach eure Dokumente auf den Tisch und wollt aus der Staatsbürgerschaft der DDR entlassen werden?«

Ich sagte: »Ja, das ist richtig mein Herr.«

»Aber ich bitte euch, nehmt doch bitte eure Dokumente zurück und ihr könnt nach Hause gehen.«

»Aber mein Herr, denken Sie, wir sind nur zum Spaß hier? Wir wollen nicht nach Hause! Wir wollen in den Westen! Ich will endlich nach Paris! Wie oft soll ich Ihnen das noch sagen.«

»Ich verstehe, ich verstehe, aber das geht doch nicht so.«

»Na, wie denn, Herr.« Ich glaube, das war unser letzter Prüfstein. Der wollte sicher nur wissen, wie standhaft wir bleiben. Ich fragte den Boss, ob er uns nicht mal zehn Minuten allein lassen könnte, um mich mit meinem Kumpan zu beraten. »Aber selbstverständlich.« Schnell verzog der Herr sich aus dem Zimmer. Ich sagte zu Rolle: »Weißt du was, wir nehmen die Papiere aber nur unter einer Bedingung, wenn wir unsere Ostpapiere gegen einen anständigen Reisepass getauscht bekommen. Oder wir machen die gleiche Action noch einmal, aber diesmal **mit einem Panzer! Vielleicht gehen** wir gleich zu den Russen. Was meinst du, Rolle?«

»Na klar!«

»Und beschweren uns bei der UNO wegen Nichteinhaltung der Menschenrechte.«

Natürlich war es ein großes Risiko zu pokern, trotzdem wollten wir nicht aufgeben. Unsere Lage war auch nicht die beste, denn wir befanden uns ja immerhin noch in den Händen der Schergen.

Der nette Herr gesellte sich wieder zu uns. Schließlich teilten wir ihm mit, was wir wollten. Er atmete auf und sein Gesicht strahlte über alles. Er sagte: »Ich werde alles für euch tun, was in meiner Macht steht! Glaubt mir, Jungs!«

Rolle und ich strahlten, denn nun hatten wir das Gefühl, es passiert etwas, sicherlich nicht nur zu unserem Nachteil. Jetzt besaßen wir wieder unsere alten Ostpapiere, aber mit einem Gefühl im Bauch, als ob die Freiheit vor der Türe steht.

Pioniere, seid bereit, Pioniere immer bereit, Sesam öffne dich, salam aleikum, dreimal schwarzer Kater. Unser Traum sollte Wirklichkeit werden!

Die Herren von der Stasi mussten uns nach Jena fahren. Aber dieses Mal unter anderen Umständen, denn nun qualmten wir und hörten nicht mehr auf zu reden. Dazu neckten wir die Burschen: »He, wollt ihr nicht mitkommen nach Paris?« Nun, die Beine lang gestreckt, lachten und redeten wir. Die Lümmel gaben keinen Laut oder Zeichen einer gleich bevorstehenden Schlägerei von sich. Hey Joe, die *Staatsfeinde hoch drei, Ausreiseantragsteller, Rebellen der Bastille,* wurden ganz brav in die Innenstadt nach Jena, zu ihrer Festung, der Freigasse 3, einem illegal besetzten Haus, kutschiert.

Nach drei Wochen Stress ohne Ende, kein Wodka,

keine Bräute, immer nur heimlich im Kerker am Schütteln, legten wir zwei Patrioten uns hin und schliefen einen seligen Schlaf, den seligsten aller Seligen.

Der Morgen erwartete uns schon ungeduldig. Aus dem Tiefschlaf erwacht, fühlte ich mich sonderbar erleichtert, mehr frei oder was auch immer. Jedenfalls war die innere Anspannung wie aufgelöst. Dennoch! Ich war ein wildes Pferd, stets auf der Suche nach dem Durchbruch der Umzäunung.

So gingen die Tage vorbei, so oft wie möglich hingen wir mit unseren Kumpeln und Freundinnen zusammen. Wir waren noch so jung, nur der Moment des Daseins war für uns das Entscheidende! Das lernte ich sehr früh. Von Missmut wirst du doch nur krank. Natürlich wollten unsere Gefährten wissen, wo wir so lange gesteckt hatten. Aber der Handlanger von Lausch & Guck hatte uns gewarnt, irgendjemandem gegenüber unsere Absicht zu äußern. So hielten wir die Schnauze, erzählten unseren Freunden nur, dass wir in Magdeburg am laufenden Band gebumst haben.

Eines Tages fuhr ich nach Genthin, um die Angelegenheit *Ausreise* in Augenschein zu nehmen. Meine Eltern wussten ja, was ich vorhatte. Aber sie begriffen nicht, was jetzt noch alles auf sie zukam. Ich nahm den erstbesten Zug und verabschiedete mich irgendwie von der Stadt Jena.

Der Waggon rollte schon eine Weile, meine Gedanken waren sonst wo, hatte wunderschöne Träume und malte mir ständig aus, wie es wohl in Portugal aussieht. Palmen? Frauenzimmer! Strand? Fischerbote? *Der alte Mann und das Meer.*

»Die Fahrkarten bitte!« Mein schöner Traum zerriss in tausend Stücke und ich trat wieder in die Wirklichkeit ein.

Wie immer fuhr ich schwarz, aber es war mir wirklich egal, gepackt zu werden. Als der Schaffner meinen PM 12 sah, zum Glück hatte ich ihn ja wieder, schaute er ganz verdutzt und plusterte sich auf: »He, Kleiner, der nächste Bahnhof ist deiner, verstanden!«

»Aber Herr Schaffner, ich muss nach Hause, seien Sie doch kein Schwein!«

Der Schaffner lachte nur hässlich, zeigte auf meinen PM 12. »Du bist doch vogelfrei, raus mit dir!« Ich besaß noch genug Kleingeld, also neckte ich den Schaffner und bezahlte meine Zugfahrkarte.

Wieder tief in Gedanken versunken, genoss ich die Bahnfahrt und dachte zurück an meine Kindheit. Als Knirps reiste ich oft zu meiner Großmutter und Mutter meines Vaters nach Klein Wusterwitz. Meine Omi wohnte gleich an der Bahn. Leider gibt es die Kleinbahn nicht mehr, sie hatte so etwas Nostalgisches. Die Bahn erinnerte mich an die alten Westernfilme *Bonanza* oder *Rauchende Colts*. Man konnte von Wagenabteil zu Wagenabteil laufen, musste jedes Mal die Türe mit der Hand öffnen und schließen, um in das nächste Abteil zu kommen. Oft suchten mein Bruder und ich die Gefahr, spielten dabei Räuber und Gendarm. Manchmal zischte der Wind an uns vorbei, wobei wir uns ganz fest am Eisengitter hielten. Schon als Kind sah ich die Welt mit anderen Augen und liebte das Abenteuer. So alte Episoden aus dem Leben inspirieren mich immer wieder, weiterhin Unsinn veranstalten, viel wandern,

Blumen pflücken und an meine Urgroßmutter denken.

Meine Urgroßmutter war wie zehn Engel und 20 Feen. Schon als Kind, wenn ich in Klein Wusterwitz auf Besuch war, hatte ich dort Spaß ohne Ende. Das kleine Schneewittchenhäuschen, das meiner Uroma gehörte, war voller Wunder. Wasser konnte man nur mit einem Eimer, an der Stange angehängt, aus dem Brunnen ziehen. Das Freifall-Scheißhaus befand sich weit außerhalb der Riechweite. Der Garten war voll bepflanzt mit Tabakpflanzen, es gab Hühnerställe mit immer frischen Eiern, Katzen, Enten, Puten, Gänse, Schweine und Kaninchen. Einfach eine Traumwelt für Kinder. Ich wünsche es jedem Kind, dass es so einfach wie möglich, mit der Natur verbunden aufwächst und so weit wie möglich von Fabrikschornsteinen und Atomkraftwerken entfernt bleibt. Meine Urgroßmutter lebte ihr Leben so einfach, wurde uralt und eine Aura umstrahlte ihren Körper, der nur von zeitloser Gutmütigkeit strahlte. Wollte ich als Fünfjähriger mit den Katzen auf dem Boden essen, stellte meine Uroma neben Kätzchens Futternapf auch meinen Teller. So schmatzte ich mit den Miezen schon sehr früh, denn früh übt sich, wer ein Meister werden will! Hihihi. Urgroßmutter war einfach ein klasse Mensch, ließ uns Kinder immer Kind sein. Schließlich ist man ja nur einmal Kind.

Mein Bruder und die Atze haben so einige Dummheiten angestellt. Dafür gab es dann auch ab und zu mal Prügel. Aber ich verstehe meine Eltern, sie wollten für uns Kinder nur das Beste. Was für ein Glück ich mit meiner Mutter und meinem Vater hatte. Ohne ihre menschliche Zuneigung und Liebe würde mir heute sicher einiges im Leben fehlen und es mir vielleicht nur halb so gut gehen. Denn in der Wiege liegt nun mal die Zukunft.

Meine Mutter sagte immer zu mir: »Junge! Alle Menschen auf dieser Erde sind gleich! Ob sie nun weiß, gelb, rot, schwarz, arm, reich, Könige oder Bettler sind, spielt keine Rolle, keiner ist besser! Denn alle Menschen essen, trinken, müssen aufs Örtchen und putzen sich den Hintern auch nur mit der Hand ab!« Ich lernte, mit den kleinen Dingen des Lebens glücklich zu sein. Die wirkliche Liebe, Freundschaft, Vertrauen, Geborgenheit und Zuneigung kann man in keinem *Konsum* oder Supermarkt auf dieser Welt kaufen. Außer den Sex im Puff, Mercedes-Benz, goldene Käfige, Burgen, Villen oder die Bananen vielleicht.

Nach einigen Stunden Zugfahrt traf ich in meiner Heimatstadt ein. Sofort machte ich mich auf den Weg nach Hause. Wie seltsam! Das vertraute Bild meines Wohnortes tauchte irgendwie unter. Nur mein elterliches Haus erschien nicht fremd. Ich klingelte und mein Vater öffnete mir die Tür, er freute sich, sein Sohn kommt nach Hause.

Meine Mutter fragte gleich: »Na, Junge, du hast doch sicher Hunger, komm in die Küche, mein Kind, ich mache dir erst einmal was zu essen.«

Mein Kind, zirpte es in meinem Kopf. Wenn meine Mutter wüsste, was ich für einen Stress mit der *Stasi* letztlich erst hatte.

Aber ich glaube, wenn man alt ist, bleiben für Eltern die Kinder immer ihre Kinder. Ist doch wohl normal. Meine lieben Herrschaften müssen den Braten jedenfalls gewissermaßen gerochen haben. Wahrscheinlich strahlten meine Augen wie Feuer, das die kosmische Atmosphäre im Wohnzimmer völlig veränderte. Bei mir zu Hause war es immer gemütlich. Vor allen Dingen kochte meine Mama immer ganz lecker. Mein Vater rauchte damals ständig Juwel, brummte vor sich hin und verdächtigte meinen Bruder oder mich, die Stallschlüssel verbummelt zu haben. Bis sich herausstellte, dass die Schlüssel sich in meines Vaters eigener Hosentasche befanden. Obwohl er so viel Staub aufwirbelte um den Schlüssel, Holzhacken, Unkraut jäten, Garten umgraben, dieses oder jenes veranstaltete, ist und bleibt mein Papa mein bester Kumpel und meine Mutter die beste Herzdame aller Zeiten! Außerdem hat der Chef des Hauses einen versteckten Humor, der ganz mächtig auch mal nach hinten losgehen konnte. Meine Eltern taten mir wirklich Leid, ich wusste ja, einmal in der Ferne, immer in der Ferne. Aber ich war jung, mein Ego stark genug, um nicht einen Rückzieher zu machen, meinen Entschluss zu ändern oder den Rest meines Lebens im Osten Deutschlands zu verbringen. No way! *Let's go West!!!*

Der nächste Tag war ein sehr wichtiger Tag in meinem jungen Leben. Die Sonne lachte, es war frisch. Grinsend lief ich mit aller Kraft in Richtung *Innere Abteilung* der Ernst-Thälmann-Straße. Dachte, vielleicht liegen jetzt meine Ausreisepapiere verfügbar. Ich erinnere mich noch genau, als sich der *Eiserne Vorhang*, die Tür der Kreisverwaltung, öffnete, eine strohblonde Dame gleich jauchzte, nachdem sie mich erblickte: »Mein Herr, mein Herr B., ich habe Ihre Ausreisepapiere fertig!« Entzückt lächelte die Dame, drückte meine Hand ganz lieb und hauchte mir zärtlich ins Ohr: »Bitte verlassen Sie unser *DDRchen* innerhalb von zwei Tagen, bevor wir es uns noch anders überlegen, verstanden!« Dabei schluchzte, heulte und fluchte Sie! »Und schreiben Sie mal 'ne Ansichtskarte von Honolulu, Herr B. Gute Reise, gute Reise!« *April, April, der weiß, was er will!*

Ich glaubte es nicht, von einer Minute zur anderen! Nun ein Staatenloser. Hänschen klein ging allein ... in die weite Welt hinein ...

»Na, dann nichts wie los!« Right now, let's go. Auf Nimmerwiedersehen. Ich flatterte leichten Schrittes, so frei, frei wie ein Vogel, *»fly eagle fly«*, nach Hause.

Nie sah ich meine Eltern so traurig. Wussten sie, wie schnell Minuten vergehen? Ihr Sohn würde am anderen Morgen durch die Mauer schweben, um die Welt zu sehen.

Der Tag, als Conny Kramer starb, echt geil, als ich endlich meinen abscheulichen *WEHRPASS* zum *ostdeutschen Wehrkreisersatzamt* brachte.

Die Typen an der Pforte am Wehrkreisamt: »Na, Gefreiter, machen wir drei Jahre?«

Mit meiner großen Klappe: »Nee Herr Leutnant, morjen jeet dit zum Klassenfeind, ick loofe über!«

Der Zinnsoldat an der Pforte konnte oder wollte es nicht glauben und meldete seinem Vorgesetzten: »Hier dreht eener durch, ick gloob, der will uns verarschen!«

Ich blieb ruhig und wartete ab. Was die wohl jetzt mit mir machen werden? Aber leider hatten *DIE* keine Macht mehr über mich oder konnten mir irgendetwas tun! Ich war ja *staatenlos.* Hi...hi...hi.

Der Major: »He, Sie! Sie da! Ja, Sie! Auf der Stelle! Jetzt kommen Sie mal her!«, kläffte er schrill bellend wie ein durchgedrehter Bluthund.

Ich schlug die Hacken zusammen, machte den Soldatengruß und grinste dem Major in sein Gesicht, sagte: »Soldat Tatze wechselt über zum Feind!«

Der Herr Krieger lief blau an. Mit großen Froschaugen studierte er schweigend und ungläubig meine Ausreisepapiere. Was denn nun? Fangen Sie doch nicht gleich an zu weinen, und Tränen rollten aus seinem Rottweilergesicht, er schluchzte und flüsterte leise: »Sie haben ditt juuuuuuuuuuuuuuuut, sie fahren in den Westen, Herr B.« Mind of Fiction? Fantasie-Gedanken? Was war das für ein Gefühl! Ich bin frei! So wunderbar, ein Märchen?

Ich wollte weg!

So leckt mich doch am Arsch, ihr Spinner von der *Soldatenschmiede*. Der Tatze, die Katze, ist jetzt fessellos!

Ich musste noch einiges erledigen, bis ich endlich zum Bahnhof gehen konnte, um mir eine Fahrkarte nach Westdeutschland zu kaufen.

Eine ehemalige Klassenkameradin, die Fahrkarten verkaufte, zeigte Rolle und mir einen Vogel, als ich ihr sagte: »Zweimal Hannover und nicht zurück, bitte schön!«

»Ach, ihr zwei spinnt doch schon wieder, oder?« Ich weiß noch, ihre Nase war dicht an die Glasscheibe gepresst. »Ihr fahrt in den Westen, kommt nie mehr zurück?« Sie weinte. Erst jetzt wurde mir richtig bewusst, was auf mich zukommt. Aber heulen musste ich noch nicht, nicht eine Träne.

Nun begannen meine letzten Stunden in diesem von Gott verlassenen Land zu schlagen. Ich wurde unruhig und konnte kaum noch schlafen. Dabei dachte ich an die Zukunft und malte mir aus, wie wohl alles kommen würde.

Der nächste Tag kam so schnell wie nie. Ich packte meine Reisetasche und auf ging es zum Bahnhof. Meine Mutter fing an zu weinen. Mir wurde ganz mulmig und ich flennte auch ein wenig. Ich glaube, alle waren traurig. Sogar die Nachbarn kamen, verabschiedeten sich, wünschten uns einen guten Trip und versuchten noch ein paar Tipps zu geben.

Endlich ging es los! Der Schaffner pfiff zur Abfahrt und ich hörte noch meinen Vater rufen: »Schaffe, schaffe, Häusle bauen und nicht nach den Mäd… che…n … sch…auen …« Seine Stimme erschien immer leiser, der Zug setzte sich in Bewegung, machte tsch … tsch … tsch … tsch …, wurde immer schneller, bis er schließlich quietschend an der Zonengrenze anhielt. Ich habe es geschafft! Voller Abenteuerlust schien es so, als ob das Glück wieder mal auf meiner Seite stand. Mein Traum wird in Erfüllung gehen.

Marienborn anno 1975

Grenzer, überall Hunde. Die Passkontrolle beginnt. Polizei und Grenzsoldaten überzeugten mich, ein eingespieltes Team zu sein. Ich lehnte mich aus dem Fenster und versuchte, alles ganz genau zu beobachten. Unten sowie oberhalb des Zuges suchten Schnüffelhunde nach möglichen Flüchtlingen. Aufgeregt liefen die Schafshüter samt Schäferhunden hin und her, um der Sache *Zonengrenze* Herr zu werden. Von weitem schon sah ich die Wachtürme, Panzersperren und den Stacheldraht. Ein unwirklicher Anblick der Natur. So hielten uns die Schergen, die Möchtegernkommunisten in Schach. Mit Angst und Schrecken dachte ich über meinen gemeinsamen Fluchtversuch mit Rolle nach.

Sterben oder Freiheit ist die Devise.

Aber in so einem Zug zu sitzen, der gemütlich über die Grenze fährt, ist doch zehnmal angenehmer als mit ein paar Kugeln im Hintern, oder? Endlich waren wir zwei Banausen an der Reihe.

Der Vopo: »Ah, aha, da haben wir ja zwei junge *Aussteiger*, zeigen Sie mir mal Ihre Papiere!«

Der Zöllner wehklagte und fragte: »Habt ihr denn schon Arbeit in der BRDEEE?«

»Rolle, Rolle! Der spinnt doch! Nee, nee, Herr Zöllner, wir haben reiche Onkels in Amerika, watt sarense denn dazu?«

Aber irgendwie hatte er keine Lust, auf meine Provokation einzugehen, und gab uns den Stempel in die Freiheit. Der Vopo ging weiter. »Die Ausweise bitte!« Die Ausweise …

Nach zirka zwei Stunden war der Spuk vorbei und der Zug setzte sich langsam in Bewegung. Die Pfeifen pfiffen ihren Blues. Der Korken des Champagners flog uns um die Ohren und wir tanzten dem Kompass nach in Richtung Westen. Unschuldig wie ein Lamm fuhr der Zug durch die *Todesgrenze*! Kein Schuss fiel, nein, im Gegenteil, die Leute im Zug waren alle erleichtert und schienen mehr oder weniger freundlich. Endlich fahre ich in eine andere Welt.

»Rolle, siehst du die Häuser? Schöne rote Dächer und die Fassaden weiß oder ocker gestrichen, fast wie im Bilderbuch. Und die Autooos? Ick gloob, ditt jibt et nicht!«

Als die Dampflokomotive in Helmstedt anhielt, entführten uns auch gleich die Angestellten vom Bundesgrenzschutz und übergaben uns wie bei einem Staffellauf dem *CHECKPOINT Charly* American Border – West Germany.

»Hey, you Spion! You are from East Germany? Are you leaving the Sector legal. Yeah, towarisch!« Der amerikanische Soldat schmunzelte über alle Backen und sein Gesicht strahlte vor Freude. »Welcome to the West World. Come; come with me, in my office!

Rolle und Tatze liefen dem amerikanischen Soldaten hinterher wie junge Hunde, die nicht wissen, wer ihr Alpha-Boss ist. Im Office der Besatzer lachte uns doch gleich eine Ami-Fahne an. Blitz und Donnerschlag, total verrückt! Noch vor wenigen Minuten, nur einen Steinwurf entfernt, lag der graue Osten. Und nun mein Kumpel Rolle und ich, ja echt, ja wirklich, ja im Westen. Nicht nur mit meinen Gedanken, nein, nein, jetzt auch der Arschphallus, *Paris, le Eiffelturm, Rue de l'amour,* ich komme …

Der Soldat aus Amerika lächelte immer noch und kaute lässig seinen Kaugummi, gab uns 'ne Tüte voll Apfelsinen und sagte: »Boys, ihr müsst nach Gießen ins Lager für Flüchtlinge, euch da mal richtig anmelden.«

»Oh, sorry, you like some chewing gum, boys?«

»Spasivo, towarisch, spasivo.«

Wir bekamen etwas Geld für die Zugfahrt, Hotel, Essen und Zigaretten.

Das erste Hotel machten die zwei *Rock-'n'-Rollers* in Helmstedt zur Sau. Der Herr, der uns im Hotel bediente, war sehr nett und zog auch kein langes Gesicht, so wie die Kellner im Osten immer eine Fresse zogen, wenn sie uns bedienen mussten. Nein, kaum zu glauben, freundlich, zuvorkommend und sehr angenehm. Ich fühlte mich endlich wie ein Mensch.

»Danke«, »Bitte«, ein Lächeln, Freundlichkeit, ein Fremdwort in der damaligen Zone. Für was auch, die Menschen waren abgestumpft, und das alles nur für den *Subotnik.* Haben sich die Menschen aufgegeben? Viele Namenlose, nur für ihre Ideale oder für offene Kritik verraten, eingebuchtet, geknickt, gammabestrahlt und getötet oder gebrochen. Ich weiß nicht, was Undurchsichtiges und Hinterlistiges die Schergen des DDR-Regimes noch mehr drauf hatten!

Im Helmstedter Hotel soffen wir ein paar Schnäpse, Fürstenberg-Bier und stürzten die erste Nacht im Westen leicht angeheitert ins Bett.

Frohgemut schliefen wir dem Morgen entgegen. Mein Freund und ich wachten in der Neuen Welt auf. Es war kein Traum mehr, nein! Ich fühlte mich sehr erleichtert, fast wie eine Schlange, die sich endlich nach vielem Winden und Drehen ihrer alten Haut entledigt hatte.

Der psychische Druck, der jahrelang an mir nagte, war auf einmal verschwunden. Wie auf Teufel komm raus! Denn in meinem Unterbewusstsein stand ich ja in der *roten Zone* immer mit einem Bein im Zuchthaus. Rebellen und Republikflüchtlinge hatten kein einfaches Los. Sie wurden immer hart bestraft und gedemütigt. Aber dieses Mal war das Glück ja auf meiner Seite.

Ich schaute aus dem Hotelfenster, kein stinkender Trabant oder Wartburg weit und breit. Nein, was sahen meine Augen? Edeka, BMW, Mercedes und haufenweise Bananen an jeder Ecke.

Nur langsam glaubte ich es, ich bin hier, hier im Wunderland. Unser neues Hippie-Reiseleben um die große weite Welt kann beginnen! Mit einer Reisetasche und zehn *Deutschen Mark*, die wir noch eins zu eins im Pechvogelland DDR umtauschen durften, waren wir im Westen angekommen.

Der nächste D-Zug *Moskau-Paris* über Köln fuhr nach Gießen um die Mittagszeit ab.

Als der Zug wieder rollte, beobachtete ich die freien Menschen im Abteil, wie sie sich verhielten, und stellte dem Anschein nach fest, dass alles viel lockerer ablief. Überall roch es nach Parfüm. Keine Spur von Angst oder Traurigkeit. Im Gegenteil! Vielmehr spiegelte sich Freude und Lust am Leben in den Gesichtern der Menschen wider, könnte man meinen. Aber Kinder oder Teenager sehen die Welt sowieso immer mit anderen Augen als Erwachsene. Alles war auf einmal so unglaublich neu für mich.

Rolle und Knolle saßen zwischen all diesen westdeutschen Bürgern und keiner von ihnen ahnte oder wusste, das wir gerade barmherzigerweise aus der besetzten Sowjetischen Besatzungszone entlassen wurden.

Ich genoss es, die schöne Landschaft anzuschauen, die draußen in sehr schnellem Tempo an mir vorbeizog. Bei uns saß ein Typ, der aus Westberlin kam. Er wollte nach Köln und fing ein Gespräch an: »Na, Jungs, ihr seid aus Westberlin?«

»Nee, Alter! Ob ditt gloobst oder nicht, sind jraade außem Osten abjehauen!«

Wir sahen ja nicht aus wie Ossis. Lange Haare bis zum Arsch, Jeans und Parka waren unsere Kluft. Wir mussten tierisch lachen. Der Typ aus Berlin konnte und wollte es nicht glauben. »Ihr beide macht doch nur Witze?«

Wir bestellten Bier beim *Mitropa-Ober*, soffen mal wieder kräftig und lachten uns kaputt.

»Nun mal ehrlich, ihr seid gerade erst abgehauen? Aus dem Osten?«

»Ja, Alter gloob it mir! Abjehauen!«

Langsam aber sicher wirkte auch der Alkohol, und so krakeelten der Typ, Rolle und Knolle immer lauter: »*Es gibt kein Bier auf Hawaii … es gibt kein Bier!*«…

Köln Hauptbahnhof. Umsteigen nach Gießen!

Wie, wo, was, immer am Kichern, fragten wir uns durch, wo der nächste Zug nach Gießen abfährt. So saßen wir wieder in einem Abteil und entfernten uns immer weiter von der Heimat.

Beschwipst standen wir *Spätheimkehrer* vor dem Eingang des Aufnahmelagers für Flüchtlinge. Noch 'ne Flasche Bier in der Hand, gluck, gluck, schluckihuck, torkelnd und grölend, lachend. »Hallo! Hallllooooo! Machen Se doch biddee uff! Sind jrade außem Osten abjehauen!« Gluck, schlock, schluck.

»Macht euch hier ja weg! Ihr Straßenpenner! Sonst rufe ich gleich die Polizei!«, schrie der Pförtner aus vollem Hals.

»Was denn? Was denn? Der will uns nicht reinlassen? Erst lassen *DIE* uns nicht raus! Und dann lassen *SIE* uns nicht rein – was für eine verdrehte Welt!« Sofort fischte ich meinen einseitigen DDR-Staatenlosen-Passport, der mit Namen, Geburtstag, Geburtsort und Foto ausgestellt war, aus meiner Reisetasche und hielt den Wisch an die Glasscheibe. Der Pförtner konnte es nicht glauben, lächelte fröhlich und öffnete die große eiserne Eingangstür. »Na, dann kommt mal, Neulinge! Und schlaft euch erst einmal richtig aus.«

Der neue Tag begann mit einem gemeinschaftlichen Frühstück aller neuen Zugänge des Aufnahmelagers für Flüchtlinge aus Osteuropa. Der eine aus Rumänien, der andere aus Leipzig oder Schlesien und Mama Babuschka vom Ural. Ein gemischter Haufen, der es geschafft hatte abzuhauen.

Hier und da fing ich ein paar aufgeregte Wortfetzen auf, spitzte dabei die Ohren und horchte: »Alles so billig, hier gibt es alles, aber auch alles!« So dachte ich, oh mein Gott, gebratene Tauben, flotte Autos, stöhnten manche Flüchtlinge beinah wie kurz vor dem Orgasmus. Wie kann man nur so blöd sein, wegen der Bananen abzuhauen?

Irgendwie langweilte es mich, weiter zuzuhören, und ich genoss in aller Ruhe mein Frühstück.

Maisfeld

Nach dem Frühstück wollten uns auch die Leute vom *Bundesnachrichtendienst (BND)* kennen lernen. Wir zwei Teenager, ostdeutsche Hippies, gerade mal 20-Jährigen, voll Abenteuer und hungrig geile Draufgänger, wir, die es wirklich herausfinden und wissen wollten, wir, die nur so von Lebensglück strahlten und lachten, wurden doch wieder einmal belästigt, ausgequetscht, befragt und bezweifelt, bis der Bundesnachrichtendienst auch noch durch eine genaue Kontrolle und Begutachtung eines *Kasernendoktors der Bundeswehr* unsere Klabasterbeeren am Arsch nicht als kleine Mini-Mikrofone, sondern nur als harmlose Reste von Köteln identifizierte. Alles wurde ganz genau nach deutscher Vorschrift aufgezeichnet in die *Datenakte ORWELLS*, angekreuzt, unterzeichnet und vermerkt! *Erfassung der Person*, oder wie auch immer *SIE* es nannten. Vielleicht wollten sie nur wissen, wie sauber unsere Seele ist und dass wir keine eingeschleusten Spione sind.

Weiterhin mussten die Republikflüchtlinge ostdeutsche Landkarten studieren. Der Major zeigte mit dem Zeigestock auf die Landkarte. »Habt ihr zwei hier oder da nicht ab und zu mal irgendwelche Russen gesehen?«

Wir grinsten uns nur blöd an, sagten: »Ja, Herr Major! Da! Ja, da haben wir Russen gesehen. Oft im Maisfeld.«

»Wieso im Maisfeld, Jungs?«, fragte der Major des *BND*.

»Weil die armen Kerle von der Roten Armee die

Schnauze vom Militär so voll hatten und Fahnenflüchtlinge waren, um sich dann im Maisfeld standrechtlich erschießen zu lassen.«

»Was?« Der Major ganz geschockt. »So etwas haben die Russen gemacht?«

»Ja, Herr Major! Eine sehr, sehr kranke Welt! Von der ich grade komme. Aber in Kambodscha, nur für 'ne Lesebrille die Rübe runter, oder in Phnom Penh, Vietnam, Herr Schnüffler, soll es ja noch kranker und unheilvoller gewesen sein! Was glauben Sie, Herr Major?«

Und schon war Schluss mit der dummen Fragerei.

Irgendwie ging es mir schon wieder auf die Nerven. Die *STASI* hatte mir schon gereicht. Aber was sein muss, muss sein, und so dokterten auch *SIE* herum, bis wir zwei endlich unseren Persilschein erhielten.

Jubel, Trubel und Heiterkeit, jetzt sind wir frei. Unser gemeinsames nächstes Domizil sollte Freiburg im Breisgau sein.

Wirtschaftswunderkinder

L angsam hatten wir uns an die Supermärkte gewöhnt und festgestellt: Deutsch ist deutsch, hier mit viel und da mit weniger. Später fiel mir auf, dass hier alles mehr oder weniger auf Profit eingestellt ist. Die Freundschaften im Westen bestanden darin, mit wenigen Ausnahmen natürlich, was bist du, was für ein Auto hast du, worin liegt dein Erfolg?

Am Anfang haben unsere neuen Bekannten aus Freiburg, immer wenn Partys liefen, uns zwei Osthippies, rumgereicht und sich vor den anwesenden Mädchen aufgebrüstet. Sie haben sich aufgegeilt, wir wurden klein gemacht und immer wieder als die naiven, armen, dummen, nichtswissenden Ossis vorgestellt. Als es mir zu bunt wurde, sagte ich einmal: »Hört doch mal her, ihr Wirtschaftswunderkinder! Nur weil der Westen Europas einen Marshallplan genießen durfte, denkt ihr etwa, deshalb etwas Besseres zu sein? Haben die Deutschen von Sachsen bis Bayern über Thüringen und Baden-Württemberg den Zweiten Weltkrieg 1939 bis 1945 nicht auch zusammen organisiert?«

Nach dieser Geschichtsstunde meiner westdeutschen Kommilitonen war endlich Sendepause. Ich glaube, sie haben mich verstanden, und wir wurden endlich wie gleichwürdige Menschen in der Bundesrepublik behandelt. Geschichte hin, Geschichte her – gelogen, gefälscht, getäuscht, am Rad gedreht wurde immer wieder im jeweiligen Jahrhundert. Ich glaube, schon vor Tausenden von Jahren haben die Menschen sich geliebt, bekriegt, gehasst, gefoltert, bestohlen, belogen und betrogen. So wird es wohl oder übel noch eine lange Zeit für die Menschheit brauchen, bis all diese schlechten Angewohnheiten abgelegt und für unwichtig erklärt werden. Zum Schluss finden wir Menschen heraus, dass alle doch nur mit Wasser kochen.

Aber ich probiere immer wieder, einen Anfang zu machen sowie an mir zu arbeiten, die Vorurteile, Neid oder Hass gegenüber irgendeinem anderen Menschen auf diesem Planeten erst gar nicht entstehen zu lassen. Gleichzeitig Respekt und Toleranz zu bewahren. Zum Glück gesellten sich für eine Weile Menschen wie Jesus, John Lennon, Bob Marley, Martin Luther King, Sokrates und Spartakus auf unseren Planeten, die laut und deutlich sagten, was sie dachten.

Get up, stand up for your rights, or give peace a chance.

Eines Freitagabends bin ich wieder einmal im *Roten Punkt*, einer Disco in Freiburg im Breisgau. Da treffe ich doch einen Kiffer aus Kiffhausen, bewaffnet mit einem Kanonenrohr vom Allerfeinsten. »Riecht wie Kamelscheiße«, sagte ich zum Herrn Kiffer. »Willst du mal dran ziehen?«, kicherte er über alle Backen und reichte mir den Joint.

Hhhppscchhtt, ich zog ganz kräftig, inhalierte tief und tiefer, bis meine Augen aufquollen, rollten und stehen blieben! Ich begann zu husten und die Granate aus dem Kanonenrohr zischte, bis mir auf einmal der Himmel auf Erden klar wurde.

Echt geil total am Flippen, begann ich darauf zu tanzen, *father to day … father to night*. Nach der Sologitarre Peter Framptons. Da war mir alles klar. Tatze, kauf dir eine Gitarre! Du bist im Westen, da wo du hinwolltest, mach was aus deinem Leben. Es stand hundertprozentig fest, ich werde Musiker!

Am anderen Morgen, etwas leicht benebelt, machte ich mich auf die Socken, um einen Job zu finden. Die Sonne schien, was für ein schöner Tag, eigentlich zu schade, um zu malochen. Ich schlenderte durch die Straßen von Freiburg und sah mir die Schaufenster an. An der nächsten Ecke trank ich einen Kaffee und traf Patricia, fing ein Gespräch mit ihr an. Sie ist Französin, sehr hübsch und lustig. Ich erinnere mich noch: *Der Stasi-Major: »Was wollen Sie denn in Frankreich, Herr B.?« – »Ich will mal nach Paris, um zu bumsen, Herr Stasi-Oberst! Sie vielleicht etwa nicht, Genosse?« Hahahaha.*

Mann, das ist die Gelegenheit! Mit meinem Charme versuchte ich, Patricia aufzureißen. Im Osten ging das einfach. Wenn eine Schnecke dich mochte, brauchtest du keinen Affen abzuziehen, Mercedes Benz oder Tchaika waren unwichtig. Nein, im Gegenteil! Kalte Schulter zeigen, Augenzwinkern, was will die denn schon wieder? Also blieb ich ganz locker, war ein bisschen frech und grinste wie immer. Ich blickte in Patricias grüne Augen, bis sie mir nicht mehr widerstehen konnte. Sie biss an wie ein Fisch beim Angeln. Ich spürte, der Frühling hatte begonnen. Patricia weilte nur für kurze Zeit in Freiburg, ging später zurück in die Bretagne, und gleich packte mich auch das Reisefieber.

Rolling Stone

Es wurde Zeit, mehr vom Globus zu sehen. So reisten Benny, Rolle, Assi, Peter W. der Türkensäbel, Peter S. der Große und ich in der Welt herum. Milano, Venedig, Monaco, Nizza und natürlich nach Paris. Unsere ersten Schritte in einer neuen Fremde. Mein alter Käfer Baujahr 1959 klapperte so vor sich hin, machte aber immer noch seinen Dienst.

Wir schrieben das Jahr 1976. In Westdeutschland brannte die Luft, überall nur Terror und Gewalt! Nichts als eine Biege machen. Scheiß Terroristen! Die ständigen Polizeikontrollen gingen mir auf die Nerven. Der Osten hatte mir schon gereicht. Jetzt fängt das hier auch noch an. »Nee«, sagte ich zu Rolle. »Mann, Alter! Da mache ich nicht mit. Ich ziehe weiter, kommst du mit? Oder watt oder wie?« Unterdessen waren einige alte Kumpanen, *Kunden*, wie Bla, Nob, Pon, Tin, Gud, Geg und Gerdchen, Benny, Peter und noch scharenweise andere mehr, vom Osten in den Westen übergesiedelt. Sie machten alle nur das Gleiche, *Ausreiseantrag,* was *Knolle* und *Rolle* schon einmal vorgeführt und unter großem Beifall der Zuschauer noch in der Zone im Stasi-Theater an der *Mauer* uraufgeführt haben. Die Ostbonzen hassten uns ganz sicher, denn mehr und mehr Schäflein wurden zu Fluchtscharen. Irgendwie haben wir Hippies im Osten Deutschlands den Stein zum Rollen gebracht und viele wollten nur noch über die Mauer springen, sie zerhacken, sprengen oder in die Luft jagen.

ROLLING STONE – die Mauer muss weg! I can get no satisfaction … fuck the wall … *to have some action …dit-dededtie …!*

Aber bevor meine Reise weiterging, musste ich erst noch einiges erledigen.

Meine *Keule*, mein zwei Jahre älterer Bruder Dieter, war immer noch in den Händen der *Stasi-Schergen*. Sein dritter Fluchtversuch scheiterte mal wieder jämmerlich und endete in Polen im Hafen von Danzig. Soviel ich wusste, fing sich mein Bruder drei Jahre Arrest für *Republikflucht ein*. Er saß im Strafvollzug Leipzig-Rüdersdorf ein, wurde geknechtet und gefoltert! Dies konnte ich mir absolut nicht mit ansehen. Mein armer Bruder, ich, sein Atze, fresse jeden Tag gebratene Tauben, Milka-Schokolade, Bananen, schlürfe Berliner Urquell und schlecke französische Schnecken. Also, was tat ich für meine Keule? Machte Dampf in allen Gassen, zuständigen Osthilfeprogrammen, Amnesty International, UNO, Bundesregierung und so weiter. Schrieb, telefonierte, heulte und flehte: »Holt doch bitte meinen Bruder aus dem Zuchthaus heraus!«

Eines Tages klingelte das Telefon. »Ja, hallo, ick bin it!«

»Wer spricht da?«

»Mannnn, ickeee! Dein Bruder!«

»Watt?! Dieter, du?«, schrie ich in die Sprechmuschel. »Bruderkeule! Rufst du etwa von Bautzen an?«

»Nee, alter Witzbold, ick bin hier! Hier in Gießen.«

»Was, in Gießen bist du?!«

Sofort startete ich meinen VW und raste mit Überschallgeschwindigkeit nach Gießen. Meine Bruderkeule wartete schon im Flüchtlingslager am Eisentor, das gleiche Eisentor, das mich auch vor nicht allzu langer Zeit empfing. Ich lief an meinem Bruder vorbei und tat so, als ob ich ihn nicht kenne.

»Immer noch beleidigt? Atze! Wegen Maria?«, rief mir meine Keule hinterher. »Ach Quatsch!« Ich blieb stehen und drehte mich um. »Icke mach doch nur Spaß, Dieter!«

Wir fielen uns in die Arme, lachten, weinten, brüllten laut vor Wiedersehensfreude und soffen uns erst einmal einen in die Birne. Zum Glück waren wir verrückten Brüder noch sehr jung, nahmen alles leichter, machten immer viele Witze und verführten lieber das andere Geschlecht. Dabei vergaßen wir ganz schnell die Vergangenheit, das Leben muss ja irgendwie weitergehen.

Auf jeden Fall bedanke ich mich noch einmal bei allen Menschen, der UNO, Bundesregierung und Amnesty International, die meinem Bruder und mir wie auch anderen geholfen haben, das von Teufeln regierte *Land DDR* gesund zu verlassen.

Nach ein paar Monaten, meine Keule hatte sich eingelebt und ein paar Kilos draufgelegt dank Aldi, Spaghetti, Makkaroni und Bananen, packte ich meine Koffer und fuhr nach London. Mir war klar, mit meinem Schulrussisch komme ich nicht weit auf dieser bunten, glitzernden, neonleuchtenden Coca-Cola-, Marlboro-, Ferrari-Welt. Eine Welt, wie es scheint, die doch im Universum schwebt und sich mit all ihren verschiedenen Sprachen durchs Leben schlägt.

Mit Ach und Krach bin ich durch die englische Emigration geschlittert. »What do you want in England, young boy from Germany!«

»Bahnhof, verstehe nur Bahnhof.«

»Watt du wannt hier?«

»Verdammt! Watt, watt war dit nochema?« Potz Teufel! Bin ick blöd. »Me, äh, will London learning English, Sir.«

Pause, der Bobby checkte mich ab. »O. k., Mister R. B., welcome to England.«

Eine fremde Welt öffnete sich vor meinen Augen. Zum Glück war ich nicht alleine, denn mein Kumpel Benny, der *Herr Finkemeier* aus Jena, war mit mir. Sein und mein Humor passten zusammen wie der Arsch auf den Eimer *Dick und Doof*. Es machte uns beiden viel Spaß, die Zeit zu verbringen. Lachen an der Tagesordnung war Pflicht sozusagen. Benny und ich genossen das Leben mit mehr Witz als mit Traurigkeit.

Unsere neue Bleibe fanden wir in der Chesterton Street in North Kensington, einem Bezirk Londons, wo ständig die Luft brannte und es vor Leben nur so vibrierte. Die Portobello Road war gleich um die Ecke. Unser Haus, in dem wir wohnten, war mehr oder weniger ein Freudenhaus, Teenager, Girls, Mademoiselles, Bambinas, Chicas aus allen Ländern der Welt. Sie bewohnten das Haus fast alleine, nur mit uns zwei, Bennyfinkel und Tatzeeier, der Kater aus der Walachei. Jeder kann sich ja vorstellen, was da so ablief.

Die Küche musste durch die Mitbewohner geteilt werden, ein Theater. In Italienisch, Spanisch, Polnisch, Portugiesisch und Französisch kicherten die Fräuleins beim Kochen in der englischen Küche. Dick und Doof schnüffelten natürlich in ihren Töpfen, neckten und baggerten rum wie unschuldige Hunde. Die Sprache blieb bei diesen Angriffen mehr oder weniger im Hintergrund. Im Gegenteil, Grunzen, Lechzen, Schnaufen, Schniefen und Jauchzen reichten aus, um genug Aufmerksamkeit zu erregen.

Da war so eine süße Maus aus Vietnam. In sie verknallte ich mich bis über beide Ohren. Liejalie, ein zierliches, erotisches, exotisches, jungfräuliches Erdengeschöpf von purer Schönheit. Eines Abends verführte sie mich aufs Äußerste. Aber mit Leib und Seele, kann ich nur sagen. Feuergefährlich! Was sollte ich machen, mit meinen jungen, wertvollen Lebensjahren musste ich doch erst mal was erleben!

So ging es im Haus in der Westerton Street auf und ab. Einfach geil, geiler, am geilsten. Bis mich eines Tages Liejalie beim Doktorspielen mit Florina aus Rom im Bett erwischte. Liejalie packte gleich ihre Klamotten und reiste noch am selben Tag zurück nach Paris. Ich denke, sie war stinkesauer, hinterließ mir einen Abschiedsbrief, der in aller Ewigkeit in meinem Herzen verankert bleibt. Ich muss ja, freundlicherweise, auch ein paar Herzkammerstübchen für weitere Abenteuer frei lassen. Wer weiß, wie oft ich mich verliebe, verlobe oder noch verheirate? Englisch lernte ich jedenfalls in Windeseile, besuchte nebenher eine Abendschule, *Cat and Dog,* für Anfänger der angelsächsischen *Sprache.* Nebenher jobbte ich als Küchenjunge im Museumshotel für Lokomotiven. Sehr aufregend, zumal ich dafür sorgen musste, mit Besen, Eimer und Lappen alles blitz und blank zu machen. Natürlich wurde in der Besenkammer ab und zu gebumst. Es arbeiteten ja viele Küchenmädchen im Lokomotiven-Museumshotel. Ach, was war das doch für ein Leben.

Die Stadt hatte es wirklich in sich. Ich gewöhnte mich an London, kannte die Plätze, wo was los war, hörte Pink Floyd im Kolosseum, *the brick in the wall,* und viele andere Musikgruppen mehr, die ich beim Beat-Club London jeden Sonnabend als Teenager im Fernseher schon sah. Beat-Club London, das zu sehen war im Osten strengstens verboten! Aber meine lieben Eltern guckten ja nur Westfernsehen. Für uns Kinder wurden auch Pittiplatsch der Liebe, Professor Flimmrich, Schnatterienchen, Frau Elster, Meister Nadelöhr oder Tatteos Punkt angeknipst.

Es wurde endlich mal Zeit, den Club Marquis im Stadtteil SOHO aufzusuchen, ob das heute oder morgen ist, spielte keine Rolle. Mir war bewusst, dass ich wirklich hier in London bin, mitten in einer Weltstadt, und jeden Tag in den Marquis gehen konnte, so oft ich es will!

Ich schrieb der Stasi eine Ansichtskarte aus London mit dem Konterfei: *Große Titten, Beine breit, heißer Schlitten, SOHOs Puffdistrict ist stets bereit, immer bereit, Freundschaft. Hihihi.*

DIE hatten sicher viel Freude an meiner netten Postkarte. Ich bedankte mich noch einmal, dass sie mich Erdenbewohner ziehen ließen, und wünschte der Deutschen Demokratischen Republik noch viel Erfolg beim Aufbau des Sozialismus!

Höher, schneller, weiter!
Der Herr B.? Genossen!
Ist der nicht gescheiter!
Zu seien kein Gefreiter.

Viele Grüße aus London, Euer Überläufer R. B.
P. S. Schöne Wichsvorlage, die Karte aus SOHO!
Nicht wahr, Genossen?

Dass im Westen ein anderer Wind weht, war mir von Anfang an klar. Der Preis der Freiheit lautet, du bist frei, aber stirbt jemand auf der Straße vor Armut oder Krankheit, interessiert das keine Menschenseele, außer vielleicht einen Straßenköter, der mal an dir schnuppert. Was ist das bloß für eine Gesellschaft im Westen? So reich und doch sozial so arm. Oft musste ich die Zähne zusammenbeißen und auch mal hungern, ohne Strom auskommen oder mir den Hintern abfrieren, wenn ich keine Coins, Pennys oder Pfunde mehr hatte. Meine Eltern konnte ich ja nicht mehr anpumpen, denn die Ostmark war hier nichts wert, *valuta value*.

Aber ich kämpfte mich durch mit Tellerwaschen oder Tischeabräumen. Ab und zu bummelten wir durch die Straßen Londons. Die Portobello Road direkt vor unserer Tür. Mein Einstieg in die Welt von Jamaika, Afrika, Indien, Marokko, Südamerika und vielen Ländern mehr. Gaukler, Zauberer, Feuerspucker, Hütchenspieler, Straßenmusiker und Taschendiebe, genau das, was ich erleben wollte, war gleich um die Ecke. Ein Leben auf der Straße, ein bunter Markt mit Hühnergegacker, Reggae-Musik, Marihuana-Wolken und der schwarzen Magie, Hellseherinnen verzauberten mein Leben. Ich war tief beeindruckt und wollte natürlich noch mehr von diesem Milieu kennen lernen. Wie schön, dass es die Unterweltmusik und Subkultur gibt, bei der man sich so richtig austoben kann.

Die Punkmusik war gerade in, so besuchten Benny und ich eines Abends den Club Marquis. Es spielten diesen Abend The Sex Pistols, eine ausgeflippte Punkband auf dem Weg nach oben. Ihre Stilrichtung röhrte laut, hart, härter, am härtesten. Es fetzte hier ab wie in alten Zeiten, Gaschwitz-Leipzig, Mühlsen oder Freiberg.

Jeder Besucher im Marquis hatte einen Spleen, war high, besoffen, stoned oder auf Trip. Im Club zeigte es sich, wer hier der Größte ist, alle Damen und Mannen kleideten sich total verrückt.

Von nun an machten Finkenmeier und Tatzeknolle den Club Marquis zu ihrem Stammlokal.

Manchmal musste ich an meine alten Kumpels aus Genthin denken. Christiane, Helga, Monika, Harzer, Trinchen, Theo, Dagmar, Gerdchen, Flammi, Dino, Hucky, Herbert, Henri, Kurti, Goffy, Poffy, meine besten Kumpels aus der *Verlorenen Heimat,* taten mir echt Leid. Derweil ich in London die Sau rauslasse, mussten meine Kameraden im ostdeutschen Kasernenhof kriechen und strammstehen. Als Flammi eines Tages einen Brief bekam und herausfand, dass wir im Westen sind, wurde ihm ganz übel. Er harkte gerade den Exerzierplatz, ein Unterleutnant stand ihm im Wege und Flammi schrie finster: *Verpiss dich!!!* Oder das letzte Mal, als ich Gerdchen in Sachsen-Anhalt sah, denn kurz darauf soff ich ja Lager-Bier. Er kam auf Urlaub und erzählte seine Armeegeschichten. »Gerdchen, linksherum! Gerdchen, rechtsherum! Achtung! Immmmmmmmmmmer ge… raaaaaaaaaade…aus!!!« Nochmals im Kreisel drehen, ist das nicht wunderschön?

Die langen vollen Haare, futsch, futschikato! Gerdchens ganzer Stolz. Jedenfalls zechten die guten Kumpels zum letzten Male kräftig bis zum Umfallen und pissten lang und schmutzig in Gerdchens *NVA-Mütze*. Auf diese Wohltat gab es im Arbeiter-und-Bauern-Staat mindestens zehn Jahre Bautzen! Zum Glück bin ich ja in London und genieße die Freiheit bis zum Gehtnichtmehr. Irgendwie konnte ich meine alte Heimat, Familie und Freunde doch nicht aus meinem Kopf eliminieren. Der Osten hatte auch eigenes Flair von Stil und Abenteuer, war ausgesprochen wild, verrückt, verdreht und im selben Moment unheimlich gefährlich, sodass der Adrenalinspiegel Höchstwerte erreichte. Vor allen Dingen liefen jeden Samstagsabend unsere Jimmy-Hendrix-Sex-and-Rock-'n'-Roll-Partys, wo auch immer viel körperliche Liebe im Spiel war. Hinter dem Vorhang, unter der Decke, auf dem Sessel, im Bett, bis Dorothea irgendwann in Ohnmacht fiel. Und Gerdchen, der Bums-Backe-Kuchen-Brotmeister, sich in der Gaststätte *zur Goldenen Kugel* einen in die Birne kippte, nach dem Motto: *Mach mit, sei dabei und fick dich frei!*

Ein Binnenschiffer aus Bremen, der nach Westberlin wollte, durfte einmal bei uns Jimmy Hendrix and the Experience, eine Stoss-mich-, Bums-dich-, orgasmusfreie Sauf-dich-voll-Party mitfeiern. Er konnte es nicht glauben und vögelte mit unseren Konkubinen rum, als wenn nichts wäre.

Der Kumpel von drüben: »So eine geile und offene Party gibt es nicht einmal bei uns in der Bundesrepublik.«

Unsere Bräute waren aufrechte Kumpel. Machten nie ein Theater, klagten, jammerten oder heulten nicht. Ach was, die Mädchens waren so gut drauf, dass sie abwechselnd nachts durchs Fenster gestiegen kamen, uns geile Haudegen mit ihren Liebesspielchen verwöhnten, um das Leben in der Grauzone etwas angenehmer zu machen. Eifersucht, das war ein Fremdwort! So lebten wir unbeschwert dahin, tagaus, tagein.

Die Lehre als Baufacharbeiter beim *Baukombinat Altmark* war eine Quälerei. Nach der Arbeit fiel ich tot um, wollte nur noch schlafen. An Masturbieren war nicht mehr zu denken.

Auf der Baustelle sagte mein Lehrmeister oft zu mir: »Herr B.! Hörnsema! Ick gloobe, uffen Bau sind Se nich jeboren? Hier weern Se nich alt!«

Recht, verdammt Recht hatte mein Lehrmeister. Ich nahm den Meister beim Wort, besuchte den Doktor Hermann und ließ mich krankschreiben. Für was sollte ich dort schuften, den Arsch aufreißen, für Marmelade, Bohnen oder Malzkaffee aus dem Konsum-Regal?

Ständig musste man auf der Hut im deutschen Arbeiter-und-Bauern-Staat sein. Rumgammeln in der Zone, vier Wochen ohne geregelte Arbeit und dreimal Tripper oder Blumenkohl, da hörte der Spaß auf! Das wurde hiesig sehr schurkenhaft bestraft.

Pünktlich auf die Minute kamen nach vier Wochen auch gleich die Steuereintreiber und schickten dich als Sklaven in die Arbeit und Erziehungslager *MADE IN GDR*. Ein Drill wie im Dritten Reich! Die Toilette mit der Zahnbürste säubern, Zementsäcke schleppen, Tüten kleben, Sandhügel umschaufeln oder für Ikeas schwedische Möbelfirma die Möbel zu richten, das war doch nun wirklich eine große Schweinerei! »*Onkel Angst und Tante Droh dich, alte Nazis*«, mehr oder weniger deine besten Freunde, kümmerten sich fürsorglich um ihre Pappenheimer. Achteten darauf, uns in Obhut auf den richtigen Pfad zu bringen, um aus dir einen anständigen Mitläufer, Soldaten, Sklavenarbeiter oder getreuen SED-Parteigenossen zu machen.

Die ständige Bevormundung als heranwachsender Jüngling im Bauernstaat ging mir damals schon tierisch auf die Nerven! No, never, niemals, njet! Ich, die Tatzefratze! Der ehemalige Maurerlehrling, der Rebell! Der ist doch lieber der Küchenjunge in London! Vor allen Dingen kann ich tun und lassen, was ich will, handeln und denken nach meinem Sinn!

Glitzerwelt und Nazis

Später fand ich heraus, dass ich mich in der Glitzerwelt auch schützen müsse, wie vor ständiger Verblödung der Medien, sofort Chef, zu Befehl, Herr General, nun arbeiten Sie schon flotter, Herr B. Dabei sein eigenes Ich nicht zu verlieren oder die Nerven zu behalten ist nicht immer einfach. Aber was soll's, jeder muss seinen eigenen Weg finden. So versuchte ich weiterhin, meinen eigenen Blues zu leben, lustig und munter alles auszuprobieren, neue Erlebnisse zu sammeln und das Richtige im Leben zu erkennen. Dabei das Beste herauszufiltern und jeden Tag aufs Neue zu genießen, was *la terra* (*auf Erden*) so bietet. Und das war nur ein kleiner Filmausschnitt aus unserer *Flower-Power-Hippie-Zeit* im unterdrückten *Vaterland*.

Also, irgendwie bekamen wir es im Osten immer wieder hin, uns aus der Schlinge zu ziehen, aus dem Wenigen, das geboten wurde, etwas Sinnvolles zu machen. So wie zum Beispiel: Er, Sie, Es! Eine ausgeflippte Ost-Guru-Hippie-Clique, die dort ihr Unwesen trieben und ganz und gar nicht im Sinne der *FDJ = F/reie D/eutsche J/ugend? F/icken D/arf J/eder!*« Hihihi.

Die Obrigkeit der Honecker-Bonzen war sicher nicht glücklich über unser Verhalten, aber was wollten *DIE* gegen uns schon tun! Mitmachen vielleicht noch, oder wie?

Aber nun schnell zurück nach London. Eines Abends war ich wieder einmal im *Club Marquis*, ick gloob, ick spinne. Standen oder liefen im Club plötzlich Typen in einer deutschen Naziuniform, Hakenkreuz am Arm, mit blond gefärbtem kurzem Haarschnitt herum! Undurchschaubare Typen.

»Mensch, Finkemeier! Siehst du die Typen da?!«

»Waaas? Höre nichts! Die Musik ist zu laut!« Die Hand dabei am Ohr. Finke grinste über sein Mondgesicht und feixte wie immer. »Ach, die da, die Nazi-Spinner!« Plötzlich, Bennys Stimme versagte. »Aber nein! Um Himmels willen! Was passiert jetzt? Das darf doch nicht war sein!«

In Todesangst versteckte ich mich hinter einem Vorhang, *Notausgang – way out,* als ich sah, wie 20 bis 25 Nazis herumstanden und plötzlich ihre Maschinenpistolen auspackten und auf uns richteten! Vom Versteck aus schrie ich: »Bennnny! Der dritte Weltkrieg ist ausgebrochen!« Da kauerte Finkemeier schon lange unter dem Tisch, hielt sich die Eier fest und wimmerte. Ein Oberst kreischte und befahl: »Alle Langhaarigen, Lesben, Schwulen, Arbeitscheuen, Haschischraucher sofort vortreten! Auf der Stellllleee! Aber zack, zack!« Ohne viel Federlesens erschossen drei Nazis die Hervorgetretenen. Panik! Links und rechts flogen die Kugeln. Ratatata, schossen die Maschinenpistolen ihre Salven. Überall spritzte Blut, Tote, Verletzte, langhaarige Hippies, Lesben, Schwule, Haschischraucher lagen im Club The Marquis auf Tischen, Stühlen und auf der Bühne. Die Peace-Band-Vorgruppe spielte schon lange nicht mehr, sie waren die Ersten, die von den *Nazis* kaltgemacht wurden. Nun singen die Musiker im Himmel das Lied vom Tod! Geschockt beobachtete ich alles durch einen Schlitz im Vorhang, hinter dem ich mich ja versteckt hielt. Ich sah und konnte es nicht glauben, als Benny fieberhaft versuchte, seinen Pferdeschwanz mit einem Taschenmesser abzuschnippeln. In der Eile des Gefechts warf er im Todeswahn seinen Skalp ganz schnell unter den Tisch. Sein Pech, im selben Augenblick überführte ihn ein Naziauge und schrie meinen Dick an: »Du! Du daaaa! Du Pantoffelheld unter dem Stuhl! Sofort herkommen!« Rotgesichtindianer kroch hervor. Seine Pisse, in der er schon badete, stank bis zu meinem Versteck.

»Aus! Aus! Finish, cut! We got it! Ist in der Kiste! Great! Ladies and Gentlemen, you can go home or have more party! Thank you«, kreischte der Film Producer Richard Brückner aus der Ecke.

Ich fragte noch beim Gehen: »Hat sich hier vielleicht jemand in die Hosen gepinkelt bei den Filmaufnahmen? Oder watt?« Alle Toten standen wieder auf, kifften, soffen, tanzten und feierten, was das Zeug hielt …!

Mein kleiner Kurzfilm? Only fiction? Lasst uns beten! Beten, aufpassen! Dass so etwas nie, nie wieder passiert! Der Faschismus schläft niemals!!!!!!!!!!!!!!!!!!!!!!!!!!!!

Was ging da bloß ab in London. Vorgestern noch Pink Floyd und das *Schwein* und heute so etwas!

Schlagartig wurde mir bewusst, wie ich als *Germanen-Barbar* im Ausland angesehen werde. Gewöhnlich immer ein Schuldgefühlsgesicht ziehen, nie laut lachen, ohne Schäferhund reisen und so tun, als ob – *»wir wussten ja von nichts«.* Es dämmerte so langsam und ich fragte mich, Tatze, du Banause! Woher kommst du graublauäugiger Affenmensch eigentlich? *SBZ! BRD! PLANET –MARS, Andromeda oder aus was für einer Zone?*

Schnell lernte ich deutscher Erdnuckel, Nachkriegsgeburt, aus Überzeugung ein Humane, ein globaler Antifeudalist, Antistalinist und Antifaschist zu sein. Die

Geschwister Scholl, Graf Stauffenberg, Sacco und Vanzetti, Angela Davis, Jimmy Hendrix, die waren meine Vorbilder! Mein Peace- Tattoo auf meinem linken Unterarm reichte leider nicht immer aus, sich im Ausland zu verteidigen.

O. k., grübelte ich und dachte, dass ich mich jetzt jedes Mal für die Vergangenheit meiner deutschen Großväter entschuldigen müsse, auf dieser Welt als Deutscher geboren zu sein! Mein Leben lang Spießrutenlaufen, aber ich kann doch nicht immer mit einem Schuldkomplex herumlaufen. Nicht mehr lachen, keine Witze machen, nur weinen, mich entschuldigen. Ich, ein *Außerirdischer!?* Der Faschismus und Stalinismus hasst wie die Pest! Der die Menschen liebt und gelernt hat, zu vergeben und Konflikte, die jedermann im täglichen Leben begegnen, friedlich zu lösen. *Jesus sagte zu Johannes; »Gott vergibt den Menschen, die am meisten lieben.«*

Natürlich mache ich Witze, verscheißere die Leute, respektiere sie aber auch wieder zugleich. Ohne Humor wäre das Leben doch nur halb so schön.

Man sollte möglicherweise mal darüber nachdenken und definitiv überlegen, wo wir überhaupt leben. »*Im Universum* vielleicht?« Ist die Welt nicht himmlisch, liebe irdische Erdengeister! *Give Peace a chance!!!*

Dezember, London 1976. Benny und ich zogen weiter mit ein paar englischen Pfund in den Taschen in Richtung Süden. Einen Ford M 12 unter dem Sattel und wir sangen beim Fahren: *»Aber der Wagen der rollt … rollt …«*

Und der Wagen rollte über Frankreich, Deutschland, Österreich, Jugoslawien nach Griechenland.

Knoblauch und Oliven

Gleich nach dem Brennerpass veränderte sich mein Wohlbefinden. Die Landschaft und das Mittelmeerklima waren wohl die Auslöser für meine Glückshormone. Je südlicher wir fuhren, desto wärmer wurde es. Tomaten, Knoblauch, Oliven und Ziegenkäse wurden nun die Grundnahrungsmittel von Dick und Doof's Meier & Eier GmbH. Dass wir zwei jeden strahlenden Sonnentag genossen, *guten Morgen, Genossen,* das spricht doch wohl für sich.

Unterwegs, beim Durchqueren Griechenlands, machten wir noch Bekanntschaft mit zwei heißen Püppchen, Elena und Sarina aus Stockholm, das war eigentlich nicht eingeplant. Sofort meldeten sich die eingeschlafenen Sinne und regten natürlich auch gleich Herrn Finkemeiers und Herrn Knolles Eier-Endorphine an. Die Sonne lachte und stichelte ganz frech, wobei die Antriebshormone wieder einmal Kasperletheater spielten. Wie um die Wette fuhren sie, Elena & Tatze, Sarina & Benny, die vier verliebten, glücklichen, verrückten Sonnenanbeter, durch Griechenland, so schnell sie konnten.

Die erste Fähre brachte sie nach IOS, einer verschlafenen Insel im Mittelmeer. Die kleine Strandimbissbude, wo sich jeder traf, Hippies und Bräute, Fischermann und das Meer, das war von nun an unser zweites Zuhause. Zum Glück sprachen wir beide ein paar englische Worte, was uns zu guter Letzt eine große Hilfe war. Denn Elena und Sarina wollten unterhalten werden, zum Lachen gebracht, gelobt, umschmeichelt, auf schwedische Art gestreichelt, nun sprich es doch schon aus: »geliebt werden«.

Jeder Tag auf dieser Insel ein Geschenk Gottes, ein kleines Paradies auf Erden. Mein altes Zuhause schien mir sehr weit entfernt. Der Osten wurde mehr und mehr ein weißer Fleck auf unserer Weltkarte. Schnell kann ein Mensch sich an *alles* gewöhnen. Meine Lebensenergie wurde simpel und einfach durch Sonne, Meer und die Splitternackten am *FKK*-Strand aufgeladen. Hier im sonnigen Süden juckten mir gewaltig die Finger, was so viel hieß wie: »Eierknolle, kauf dir eine Klampfe.« Auf IOS lungerten Freaks herum, die mit der Gitarre gut umgehen konnten. Das spornte mich natürlich an. Vor allen Dingen nach den Bongs, die ihre Kreise zogen, und wir Hippies die Chillums gebieterisch zur Stirne hoben. Bumshanka, Bambuulee, Salamaleikum, Gott segne dich, euch, ihr, wir und alle heiligen Engel.

Ich musste mir was einfallen lassen, um wieder Kohle zu verdienen, denn die Pfundscheine vermehrten sich nicht von alleine.

Tischlein, deck dich! Esel, streck dich!
Dukaten kommen aus den Ärschen,
das ist wahrhaftig nur ein Märchen.

Einmal saß ich gemütlich auf einer Terrasse in IOS, schlürfe meinen Kaffee, da kommt doch ein Straßenmusikant angelaufen, packt seine Gitarre aus und beginnt zu klimpern.

How many roads must a man walk down,
before you call him a man ... lalalalala,

summte ich mit. Seine hübsche Hippiefreundin kassierte mit einem Hut die Gäste ab. Gleich ging es weiter, zur nächsten Terrasse.

Let it be ... let it be ... let it be ...
speaking words of wisdom ... lalala!

Ja! Ja, klingelte es in meinem Stübchen, derweil klingelten die Geldmünzen weiter im Hippieschlitzzins Hut.

That's it, ja, das ist es. So kannst du überleben. Die Idee mit der Gitarre war nicht schlecht. Reise um die Welt in 365 Tagen mit einer Gitarre unter dem Arm, lern dabei Land, Leute und das Leben kennen.

Eier Knolles Augen wurden feuchter. Nur allein der Gedanke brachte den Stammhalter aus dem Bezirk Magdeburg beinahe zum Ausflippen. Du Träumer, du Dramatiker-Kasperlekopf, du Tatze, du Unhold. Mein Gott, oho, mein Gott, ihr lieben Engel, bitte gebt dem *Weltenbummler* euren heiligen Segen.

Wenn alles nur so einfach sein würde. Aber ist einfach nicht auch langweilig? Meinen Traum als Tierpfleger am Bahnhof Zoo hakte ich erst einmal ab, die kleine Insel IOS öffnete mir die Augen und gab mir neue Ideen, die ich unbedingt ausprobieren musste. Leben und leben lassen.

Die Transit-Atlanten lernten schnell dazu und erkannten, wohin der Wind geht, sich dreht und weht, sie wissen es! Sie sind dabei. Im 20. Jahrhundert, anno 1975, 13 Milliarden Jahre nach dem Urknall erwischten Dick und Doof gerade noch den letzten Zug fünf vor zwölf.

Die Menschen auf IOS jedenfalls lebten in aller Seelenruhe den Lebensstil der alten Griechen. Natürlich so wie *Alexis Sorbas oder Anthony Quinn!* Die einheimischen Glückspilze, immer mit braunen Gesichtern, strahlten vor Glück und Freude. Was wollten diese Paradiesbesitzer auch mehr. Alles direkt vor der Tür, das Mittelmeer, frischer Fisch, gesunde Ziegenmilch, geile Böcke und heiße Schnepfen. Das reicht doch nun wirklich!

Ladies and Gentlemen: »Also, auf nach IOS, wenn es mal heute nicht schon zu spät ist!«

Benny und Tatze mussten zurück nach Westdeutschland. Total abgebrannt, träumten sie schon wieder davon loszuziehen, um neue Abenteuer, die ihnen ja noch bevorstehen sollten, hautnah kennen zu lernen.

Assi, ein sehr guter Freund unserer Clique, wohnte zu dieser Zeit in Mannheim und nahm uns herzhaft in seiner zwölf Quadratmeter großen Luxuswohnung auf. Die Betten, oder vielmehr die zwei Matratzen, die den Wohnraum beinah ausfüllten, teilten wir uns zu viert wie echte Brüder. Rolle, Benny und ich grübelten uns die Birne heiß, wie wir es doch anstellen könnten, ein paar Mark zu verdienen, ohne dabei das Fabriktor aus der Nähe zu betrachten.

Eines Tages auf dem Kackhaus meldeten sich die Geister. Ich erinnerte mich an einen Typen, der öfters mit uns Skat spielte, immer davon schwärmte, wie er die tollsten Abenteuer beim Autoverkauf in Jordanien oder Syrien erlebte. Er machte einen Haufen Kohle, prahlte und tobte sich in Istanbul auch noch richtig aus. Die Nutten hatten immer einen Eisprung, waren billig und spitz wie Lumpi. Oh, oh, mein Gott dachte ich, nichts wie hin da! Aber ohne Münzen, was machen wir?

Zum Glück gibt es in der Westwelt Kreditinstitute. Ohne die Hilfe der lieben Bankdirektoren hätten wir uns erst einmal den Arsch aufreißen müssen, ackern wie die wilden Maschinenstürmer, um die Knete für unsere Reise aufzubringen.

Ich spazierte durch die Stadt und schaute mir einige Banken an. Die? Nein, besser die! Doch nicht, die ist es! Nach einer Weile stürmte ich mit meinem Idealismus in eine Bank, suchte mir eine nette Mitarbeiterin aus, spielte unter dem Tisch an meinem Trommelrevolver und meine Zehenspitzen kraulten unter ihrem Rock. Ich bearbeitete das Fräulein mit Charme, erzählte ihr von meinem Vorhaben, laberte, was die Segel hielten, und wickelte sie hypnotisch ein. Bis sie endlich in ihrem Schubfach kramte, nach unten schaute, meinen Liebsten erspähte und halb ohnmächtig wurde! Versuchte die hübsche Bankangestellte … nicht doch, nein, ihr Leben zu retten, indem das Fräulein sich einfach das Ding ergriff, dran zog und bog und drückte. »Geld willst du? Schmatz, leeecker … ahhhhh …«, jauchzte sie und legte die Papiere für meinen Kredit vor. »Oh, oh, ah, ich kommmmmeee!« Derweil las ich in aller Ruhe die Kreditbedingungen, überschlug das Kleingedruckte, setzte meinen Wilhelm darunter und strich dabei 5000 Deutsche Mark ein. Genau die Summe, die ich brauchte, um mir eine Reise zu finanzieren. Nicht witzig & spritzig! Meine lieben Leser. Meine Kumpels taten jeweils das Gleiche, nur suchte sich jeder eine andere Bank aus.

So, endlich war es wieder so weit, wir packten unsere Siebensachen und wollten gerade die Stadt Mannheim am Neckar verlassen. Unsere Fahrt dauerte nicht lange.

Denn gleich an der nächsten Ecke umkreisen uns die netten GSG-9-Truppen, sodass nicht einmal ein Floh entweichen konnte. Auf einmal musterte mich ein Lauf ihrer Schnellfeuerbüchsen. Wie immer, ich war es ja noch gewohnt, blieb ich cool. Nur der kleine Klumpen *Rauch und Freude* machte mir Sorgen, denn der lag noch im Handschuhfach.

Was für eine Aufregung, die ganze Straße hermetisch abgeschlossen. *Die* dachten wohl, wir seien Terroristen. Mit todernsten Mienen forderten sie uns auf, zum Revier zu kommen. Schon marschierten wir im Gänseschritt hinterher, was blieb uns auch anderes übrig, vorne, hinten, von der Seite, oben und unten die MP-Läufe. Die Leute lugten aus den Fenstern. Endlich war wieder einmal etwas los, unsere Nachbarn beobachteten alles ganz genau, ihre Fratzen verzogen sich zu Grimassen, die mich stark an alte Rembrandt-Bilder erinnerten.

Wie immer konnte ich meine Klappe nicht halten und rief dabei: »Liebe Leute, wir sind keine Terroristen, wir sind nur geile Böcke, unsere *Eiergranaten* sind ganz harmlos, wollt ihr die mal sehen?« Habe ich doch gelernt, mit der Demokratie umzugehen, reiße mein Maul auf und sage, was ich denke! Eiergranaten? Aber irgendwie ging mir die ganze Situation auf den Sack.

Doch sind wir nur ausgehungerte, neugierige, mit Hormonen voll gestopfte Wilde, die was erleben wollen, bevor der Ernst des Lebens beginnt, das Heiraten und Kindermachen. Alle vier, fünf Jahre die Möbel wechseln, damit der Haussegen wieder stimmt. Sich von der ehemals heiß geliebten Braut oder Bräutigam anmeckern lassen, aus Langeweile streiten, dabei der Freiheit »auf

Wiedersehen« sagen? Nein danke! Es geht auch anders, es muss nur passen.

Nach ein paar Stunden auf der Autobahn juckte es wieder in den Fingern. Wir hielten an und rollten uns erst einmal 'ne dicke Tüte, fingen an zu lachen, witzelten und amüsierten uns wie kleine Buben, die noch ohne Sorgen so vor sich hinlebten. Nach ein paar Flaschen Bier den Piephahn streichelnd, schliefen wir glücklich ein.

Am nächsten Morgen weckte uns wieder die liebe Polizei und durchschnüffelte unseren Benz. *Sie* suchten sich dumm, aber fanden nur unsere voll geschnupften Tempotaschentücher. Wir lachten, als wir sahen, wie die zwei von der Schmiere daran rochen. Der Blick des Hüters sagte alles. Haut bloß ab und lasst euch hier nicht mehr blicken!

Weiter ging die Reise. An der Grenze zu Österreich checkten uns die Grenzbeamten durch und durch, ließen sich viel Zeit. Endlich, einer der Grenzer gab grünes Licht, hieß uns in seinem gelobten Land willkommen.

Mann, oh Mann, dachte ich, scheiß Terroristen, die ich sowieso hasse wie die Pest. Stellte mir dabei vor, die würden an die Macht kommen. Na dann gute Nacht! Das IV. REICH wäre dann das Ende unserer schönen Welt. *Big Brother,* immer mit dir.

Die menschenverachtenden so genannten *Roten,* ich kenne die ganz genau! Wolf Biermann sang:

Sie schrubbten den Arsch
mit Stalins harten Besen!
So rot verschrammt,
der früher braun gewesen!

Phnom-Penh-Kommunisten! Terroristen, Faschisten, Sklavenhalter, Ketzer, ihr seid doch krank, geisteskrank. Ab in den Gulag.

Überall nur Bullen und Straßensperren. Bin ich nun wieder im Osten, oder was? Junge, Junge, aber zum Glück kann man ja jetzt wenigstens abhauen und sich aus dem Staube machen.

Miniröckchen

Schnurstracks passierten wir Österreich, schon waren wir in Jugoslawien. Ein Drunter und Drüber, die Straßen ein Karussell wie auf dem Jahrmarkt. Jeder fuhr, wie er wollte. Vor allen Dingen in der Nacht wurde die Fahrerei auf Jugoslawiens Straßen zum Abenteuer.

»Mann, pass doch uff!«, brüllte ich zu Benny. »Fast hätte es geknallt.« War doch wieder so ein Eselkarren ohne Licht unterwegs. Mit Ach und Krach gondelten wir durch Jugoslawien. Split und Dubrovnik faszinierten mich. Junge hübsche Polizistinnen regulierten den Verkehr. Ihre Uniform mehr oder weniger aus Miniröckchen, leicht durchsichtigen Blusen und schwarzen Stiefeln. Es schien, die Mädchen wären doch am liebsten nackt. Standen die Politessen auf einem runden Podest, das doch so etwa einen Meter von der Straße weg und hoch war.

Natürlich nahmen wir uns die Zeit, Kreuzung für Kreuzung abzufahren, dabei immer ganz unschuldig einen Blick unters Miniröckchen zu werfen. Einfach geil, Jungs! Könnt ihr es fühlen. Es donnerte aus ihren Mündern jaaa, ein süßes Stöhnen war zu vernehmen. Sowie »aahhhoooohhjaeehhh«.

Also, was machen wir? Wir bleiben für ein paar Tage hier! Ein wahrer Genuss in Dubrovnik. Die jugoslawischen Damen machten nie ein Heckmeck. Wenn sie spitz waren, dich mochten, na, dann nichts wie in die Betten. Sie verwöhnten uns, und das mit allen Raffinessen. That's life! No? Mein Motto ist sowieso schon immer gewesen: *Besser Liebe machen, als Kriege anzufachen!*

Auf jeden Fall revanchierten wir uns bei den Evas-
töchtern mit kleinen Geschenken, heißen Unterhöschen,
Strapsen, Büstenhaltern und ein paar Mark. Alle waren
glücklich. So haben wir uns mal wieder richtig ausgetobt.

Die Reise konnte weitergehen. Nach all dem Stress
in Deutschland. Kontrollen hier und da. Hin und her
hetzende Menschen, die immer auf der Suche nach ihrem Glück waren, dabei ihre traurigen Gesichter an die
Schaufenster drückten.

Kauft, Leute, kauft und ihr werdet glücklich. Aber wir
waren unterwegs in Richtung Süden, lieber angeln, die
Ruhe und die Natur genießen. Wie ich schon sagte, wegen
der *Banane* bin ich nicht in die freie Welt gegangen.

Von Anfang an interessierte mich die Konsumgesell-
schaft wenig. Aber natürlich will ich es niemandem vor-
werfen, wenn er sein Leben für *diese* Gesellschaft lebt.
Jeder soll doch seinen Spaß haben. Alles hat ja auch irgendwie Vor- und Nachteile.

Den Fortschritt der Technik kann oder will niemand
aufhalten. Außer ein Meteorit vielleicht wie schon einmal vor 65 Millionen Jahren.

Ich meine, niemand soll denken, dass das Aussteigerleben in einer Leistungsgesellschaft ein Zuckerschlecken
ist. Wer schläft schon gerne im Park, an der Autobahn
oder im Wald wie Robin Hood.

Nun wurde es aber wieder mal Zeit, ins Auto zu steigen,
um dem Pfad Marco Polos zu folgen, denn der Orient
wartete schon auf uns: Konstantinopel, der Bosporus und
Asien, das waren jetzt unsere nächsten Ziele.

Schnell durchquerten wir Griechenland. Hin und wieder hielten wir, um mal eine Pause zu machen, etwas zu futtern sowie unsere Geschäfte zu erledigen. Es war ein Rausch, Kilometer um Kilometer fraß sich unser Daimler Benz durch die Landschaft, bis wir endlich an der türkischen Grenze eintrafen.

Mein Weltbild veränderte sich auf einen Schlag. Ich vermute, die langen Haare waren den türkischen Zöllnern ein Dorn im Auge. Er machte Anzeichen wie *Meister Nadelöhr,* schnippel, schnapp die Scher! Herr B., die Haare müssen her! Ich guckte den türkischen Grenzbeamten ganz verdutzt an, gab ihm meinen deutschen Reisepass und legte 20 Deutsche Mark dazu. Der liebe Beamte guckte einmal nach rechts, einmal nach links und schwuppdiwupp verschwand mein Geld in seiner Hosentasche. Sein Wachsam-Grenzauge zwinkerte auf und nieder, klimperte wie ein Fräulein.

»Uh … ah … hier bin ich.« Man könnte meinen, ich und der Grenzer wären lange Zeit gute Freunde.

Ich dachte: So ist das wirkliche Leben. Super! Dufte! Affengeil! Was ein Stück Papier mit Zahlen, Nummern und Bakterien so alles ausrichten kann. Jedenfalls habe ich endlich einmal in meinem Leben einen Beamten bestochen. Das war schon eine Genugtuung. Wie schön, dass der Mensch keineswegs so perfekt ist. Perfektionismus ist für mich einfach zu langweilig. Wo bleibt dabei noch Raum für die Fantasie?

Mein Kumpel Benny schenkte dem Grenzer eine Stange Camel-Filter. Die Reisepässe füllten sich mehr und mehr mit Stempeln, worauf wir immer ein bisschen stolz waren.

Nach ein paar Kilometern in der Türkei konnte ich den *Vorderen Orient* förmlich riechen. Jugoslawien war schon ein Abenteuer. Aber ich glaube, hier in der Türkei musst du wirklich auf der Hut sein! Wenn du Pech hast, kannst du Himmel und Hölle auf Erden erleben. Wer sich noch an den Film *Midnight Express* erinnert, kann sich sicher seinen Teil denken.

Aber wir wollten es ja so, wollten uns durchkämpfen und die Freiheit mit allen guten und schlechten Seiten kennen lernen.

Das Erste, was man in der Türkei erlernen musste, war Auto fahren! Denn Fahrregeln, wie wir sie von Nordeuropa gewöhnt waren, gab es hier einfach nicht. Von nun an ließen wir Benny nicht mehr ans Steuer, denn er verursachte oft Beinahunfälle. Benny zog darauf eine lange Pinocchionase, war er doch auch so fahrgeil. Aber alle stimmten ab und dabei blieb es, Benny am Steuer gleich Ungeheuer!

Die kurze Autobahn, zehn Kilometer vor der Stadt Istanbul, war voll befahren und in Beschlag genommen von Geisterfahrern, Truckern, Rennfahrern, Eselskarren und Militärpolizei.

Wir kamen echt ins Schwitzen. Andauernd musste man irgendeinem Fahrungetüm ausweichen, bremsen, hupen oder händeschwingend Zeichen geben! Lachend sagte ich: »Noch eenmal Glück jehabt! Watt, Benny?«, und steuerte den Daimler in Richtung Istanbul. Eine Gaudi! Jeder machte mit, Verkehrzeichen oder eine Ampel interessierte niemanden, *Wildwest* in der Türkei.

Langsam fädelten wir uns in das Stadtzentrum ein, die Blaue Moschee empfing uns herzlichst. Gleich in der

Nähe befand sich der weltberühmte Puddingshop, eine der illegalen Kifferstuben, wo sich Globetrotter, Aussteiger, Hottentotten, Träumer, Philosophen und Künstler aus aller Welt trafen, um sich die Birne mit *türkischem Paff-Paff* zu benebeln. Eine höchst kuriose Angelegenheit, die nach türkischem Recht unter strengster Bestrafung verboten war!

Die Paranoia der Kiffer sah man in ihren Gesichtern, starrer Blick, lange Nasen. Nur die alten Männer nahmen es nicht so furchtsam, vor jeder Razzia wurden sie gewarnt. So hatten sie genug Zeit, die Klümpchen verschwinden zu lassen. Ich merkte sehr schnell, dass es hier im Orient scheißegal ist, ob du nun Ossi, Wessi, Eskimo oder Robinson Crusoe bist.

Die erste Nacht in Istanbul war sehr aufregend, viel Weltkultur von Ali Baba und die 40 Räuber, verschleierte Frauen, türkische Teenager in Miniröcken, Arm und Reich wie der Scheich trafen hier aufeinander.

An allen Ecken ging die Post ab. Das Leben auf der Straße vibrierte wie ein Dildo. Unvergleichbar mit irgendeiner europäischen Stadt, außer Berlin oder Amsterdam natürlich. Ich fühlte mich hier wohl wie eine Katze am warmen Ofen und verstand nicht, wie Mitmenschen sich immer wieder mit Vorurteilen begegnen. Menschen, die sich tagtäglich anblicken, ob's Russen, Amerikaner, Afrikaner, Araber oder Chinesen sind, sie jedenfalls erkennen sich in Istanbul.

Am Ende sind wir nur Erdgeschöpfe, die das Gleiche tun. Arbeiten, die Miete bezahlen, die Kinder versorgen, kochen, waschen, schlafen, Partys feiern, zum Friedhof gehen, lachen, weinen und zu guter Letzt *bumsen* nicht vergessen. Seid doch nett zueinander, tritt deinem Nächsten mit einem Lächeln gegenüber, hab Respekt vor seiner Religion, Kultur, irdischem Dasein, und alles regelt sich wie von selbst. Ganz einfach, nicht wahr? Auch wenn es mir manchmal schwer fallen sollte. Ich selbst erziehe mich noch heute von Tag zu Tag, um nicht immer gleich auszuflippen, bloß weil mich mal einer im Supermarkt blöd anmacht. *Keep smiling, keep on smiling.* Nicht immer leicht, aber es kommt immer auf einen Versuch an. How, der Indianer hat gesprochen, aber es ist eben *meine eigene Version vom Leben.* Vielleicht bin ich auf dem richtigen Pfad?!

Hier in Istanbul zählt wirklich nur die Mimik. Ein bisschen Augen zwinkern, den Mundwinkel freundlich ziehen, um den Grenzsoldaten zu zeigen, dass du gut gesinnt bist. Und was musste ich feststellen – es klappte wie am Schnürchen. Die Leute gingen darauf ein, und schon fühlte man sich wie zu Hause im fremden Land mit fremden Sitten. Sagt man nicht immer, wo ein Wille ist, ist auch ein Weg?

Loch in der Wand

Unser nächstes Ziel war erst einmal der türkische Puff. Der Taxifahrer grinste, als wir mit den Händen gestikulierten und mit dem rechten Finger immer wieder in den Kreis der links geformten Hand zeigten. Natürlich kapierte der Taxifahrer sofort und brachte uns in die *verbotene Zone*, nicht in die Ostzone, nein, nein, in die *Puffzone*. Oder noch deutlicher gesagt, ja da, genau da, wo alle so spitz sind wie Nachbars Lumpi. Oder wo räudige Hunde die Straßen rauf- und runterlaufen, um die richtige Dame zu finden und endlich den ständigen Druck des Schnullers loszuwerden.

Da fällt mir doch gleich wieder der Song von James Browne ein: *SEX MACHINE*.

Und das mitten in der Türkei. Na super. Morgens, mittags und abends wurde gebetet, bis die Nacht die Katze aus dem Sack ließ. Flugs war von Allah weit und breit nichts mehr zu hören und zu sehen.

Die Menschen waren wieder Menschen, ohne Druck und Pflichten von der Obrigkeit. Allein der Druck des Triebes war wichtig.

Man kann es drehen und wenden, wie man will, die Evolution hatte schon immer Vorrang. Warum auch nicht, sagte ich zu mir, jetzt nichts wie ran, auf geht es zum Getier! Irgendwie zitterten mir schon ein wenig die Knie, als ich daran dachte, in einem dieser Taubenverschläge zu verschwinden.

Überall konnte man Gackern, Kichern, Stöhnen oder Urwaldschreie vernehmen. Aha, aha, oho … Wir drei flanierten kreuz wie quer, machten einen Treffpunkt aus, um uns später wieder zu vereinigen.

Von nun an war jeder auf sich selbst gestellt und wir schwirrten aus: Auf die Plätze, fertig, los!

Nach Inspektion der Lage und der Ware entschloss ich mich, an so einer Pforte zu klopfen. Ein türkischer Zuhälter machte seine Luke auf, schielte mich an und ließ mich darauf hinein.

Ehrlich gesagt, meines Großvaters Taubenschlag war gegen diese Bretterbude, die sich Puff nannte, ein vornehmes Gartenhäuschen. Hier sollte ich also meine Hosen runterlassen, um einer gnädigen Dame meinen Schniepel zur Verfügung zustellen.

Oh mein Gott, dachte ich, hoffentlich kommst du hier wieder lebendig heraus. Aber wer nichts wagt, der nichts gewinnt. Meine Angst verschlich und ich ließ mich wie ein Schaf vom Zuhälter in ein Zimmer einweisen. Der Zuhälter war auch gleich wieder weg und gab mir zu verstehen, hier zu warten.

Also saß ich nun auf so einem vergammelten Bett, wo sich schon Tausende von Männern suhlten! Hier soll ick ficken, mein lieber Scholli, wenn das man gut geht!

Nach einer Weile des Wartens, noch war ich alleine, entdeckte ich im Bretterverschlag ein Loch, gerade mal groß genug, um mit einem Auge durchzulugen. Und was sahen meine Äugelein? Schweinereien von A bis Z. Ich will nicht in alle Details gehen, aber für mich *alten Spanner* war das gleich eine geniale Aufgeilepisode. Nun fing ich an, das Zimmer nach kleinen Löchern abzusuchen, und siehe da, es gab sie massenhaft.

Ich dachte an die Stasi, die vielleicht in diesem Moment sagen würde: »Na, seien Sie doch mal ehrlich, Herr B. Sie suchen doch bestimmt ein Loch?«

»Ja! Jaaaaa, ja, Sie haben Recht, Herr Oberstleutnant«, ertappte ich mich beim Kichern. Nicht zu laut natürlich, denn es könnte ja sein, dass mein Nachbar mich wahrnimmt. Nach einer Weile hörte ich, wie der Zuhälter die Treppe heraufkraxelte. Na endlich! Es passierte was. Der Zuhälter kam rein, fragte nach Mäusen, machte »Piepen, Piepen« und gestikulierte aufgeregt mit seinen Armen. Ich fragte: »Ja, aber bitte schön, wo ist die Braut?« Der Zuhälter machte keine Anstalten, mich irgendwie zu verstehen, sagte immer nur: »Geben mir Piepen, Piepen, du da!!!«

Da lachen ja die Hühner, ich bin zwar jung, aber nicht blöd! Nachher schleppt der mir noch so eine an, die ich abweisen müsste, und das könnte ich der Dirne gegenüber nicht verantworten.

So versuchte ich mit Gestik und Andeutungen leise flüsternd, »looky, looky«, dem Luden zu erklären, was ich wollte. Der Zuhälter kapierte nicht oder wollte nicht kapieren. Auf einmal verschwand er, sogleich widmete ich mich wieder meinem Hobby, es waren ja genug Löcher im Zimmer. Schnell zog ich an meinem Liebsten und spähte von Loch zu Loch, bis sich das einstellte, was die Wissenschaft als *hektomuss erektoruss elektromuss* Orgasmus bezeichnet. Ich atmete schwer, hechelte und war auch gleich drei Pfund leichter.

Die Treppe knarrte und der Zuhälter kam in Windeseile. Auweia, was mache ich jetzt bloß? Kein Tröpfchen mehr im Beutel, aber *La Paloma* pfeifen. Schnell drückte ich dem Mädchenhändler zehn Mark in die Hand und verließ den Bretterbudenpuff. Hurra, ich lebe noch! Bin mal gespannt, was meine Kumpels alles so erlebt haben. Ich trödelte zum Treffpunkt, beobachtete das Treiben auf der Straße und genoss die verrückte Subkultur der türkischen Menschen sowie ihrer Besucher. Rolle und Benny guckten mich mit großen Augen an, meine Gefährten wollten mir etwas sagen: »Also nein!«, feixten und lachten sie. »Was wir so getrieben haben, das geht auf keine Kuhhaut!« – »Meine Mutter, wenn die wüsste …«« – »Meine erst einmal!«, giggelte Eichsfeld Finke.

Rolle meinte nur: »Meine Mutter würde draußen warten und mich fragen: Hast du dir auch die Hände gewaschen, mein Junge?!« Wieder tierisch am Lachen, realitätsnah. Schnell suchten wir ein Taxi, verließen die Zone, sagten dem Puddingshop gute Nacht und high wie Freak Brother legten wir uns auf unsere Matten.

Würden wir einen Film über den türkischen Puff machen, sicher könnten die prüden Amis damit nicht leben. In Sachen *SEX* bin ich überzeugt, fechten die Amis lieber mit dem *Degen,* als eine richtige Frau zu fegen.

In den Staaten darfst du mit 18 Jahren Soldat spielen, einen Abstecher nach Vietnam machen, hier wie da herumballern, als Weltpolizei auftreten, Bodenschätze stehlen und den Menschen auf Mutters Erde Angst einjagen.

Und wirklich, erst mit 21 Jahren darfst du Bier trinken, dich amüsieren, tanzen gehen, Schwänze, Brustwarzen oder einen Venushügel in die Hand nehmen. Ist doch irgendwie komisch, alles, was Spaß macht, ist in Amerika verboten. Und das will die größte Demokratie der Welt sein!

Gleich am anderen Morgen kümmerten wir uns um *Rauch und Freude*. Ein kleines Klümpchen, so groß wie eine Murmel, war eingeplant.

Um zwölf Uhr mittags, pünktlich auf die Sekunde, wartete unser Apfelsinenverkäufer am ausgemachten Treffpunkt. Mir war schon mulmig und das Adrenalin schoss hoch. Mein Herzlein schlug wie wild, bum, bum, bum, und trommelte mit aller Macht in meinem Brustkorb.

Ich sah nur noch Bullen, Gitterstäbe, Folter und die Hölle, das kann nur die Paranoia sein!

Aber in dem Moment, als der Typ das Päckchen aus seiner Jackentasche zauberte, nahmen wir die Beine in die Hand und liefen, was das Zeug hielt. An der nächsten Straßenecke wartete schon die türkische Polizei. Sie stoppten uns brutal, indem sie sich vor uns barrikadierten und gefährliche Grimassen zogen. Zum Totlachen, kann ich nur sagen.

Dagegen war GSG-9 'ne freundliche Truppe. Wir mussten unser Antilopentempo abbremsen, um nicht durch ihre *Bajonettflinten* ins Auge gepiekst zu werden, rissen die Arme hoch, tanzten Tango, schwenkten unsere Ärsche, leerten die Taschen und legten die Kondome auf den Tisch. Die Hosen runter, wieder rauf, und schon war der Spuk wieder aus. Das war Glück im Unglück! Auf Teufel komm raus, verflixt noch mal! Wie hätte das enden können? Vielleicht noch am Galgen, nein, nein, das war kein Spiel mehr!

Also entschlossen wir uns, lieber kein Smoke mit uns rumzuschleppen, denn in der Türkei verstand die Obrigkeit in dieser Hinsicht keinen Spaß. Amen, Bumshanka, Salamaleikum, Bambuuleee ade.

Nach dieser Action war das Ufer des Bosporus auf der asiatischen Seite Istanbuls eine willkommene Abwechslung. Die türkischen Jungs tauchten nach Muscheln, luden uns zu ihrer Grillparty ein, reichten selbstgedrehte Joints rum und lachten sich kaputt, als wir ihnen erzählten, was uns mit der Schmiere gestern passierte.

So weit weg von der Heimat, ein Gefühl der Gemeinsamkeit und viel Spaß am Bosporus. Vor allen Dingen mit den türkischen Kameraden, die sehr sympathisch waren. Einfach unbeschreiblich, ein wirkliches Abenteuer, die *Türkei*. Die Genthiner würden vielleicht sagen: »Tatze, einfach dufte, einfach schnafte, Keule und die Atze!« Icke, icke bin Jenthina, dit jlobt mir keener.

I'm free, that's what I want,
love me, hold me, cause I'm free,

dröhnte die Musik aus dem Radio Orient Istanbul Express!

Mir kam die Gänsehaut. Mein Schwanz, der Süße, meldete sich von ganz alleine in der Eile des Gefechts. *Allah Euphoria de Socrates,* so sangen wir.

»Es gibt kein Bier auf Hawaii …
Drum bleiben wir hier!
Die Brüder, trinken … den Wein
wie … Bier, wie … Bier … lalala!«

Ach, wie schön das Leben sein kann, tuckerten die drei *Enterprise, milky way, welthungrigen Bubis* fröhlich weiter, fraßen sich die Autos Kilometer um Kilometer immer tiefer ins türkische Hinterland.

Landschaften huschten an uns vorbei, die mich stark an Tausendundeine Nacht erinnerten. Ich war überrascht. Je ärmer die Gegend wurde, umso freundlicher die Menschen.

Überall blühten gelbe Lupinen, weiße Mohnblumen, *Hanf High Nutzpflanzen*, Tabak, Kartoffeln, Mais und Zuckerrüben. Fasziniert saugte ich alles ein und genoss dabei die schöne Landschaft.

Tote Oma

Es war wieder mal Zeit anzuhalten. Ich gab Rolle die Lichthupe, er solle doch bei der nächsten Essgelegenheit stoppen. Weit und breit sah die Landschaft nur nach Wüste aus. Keine Anzeichen von Frauenzimmern, Hinweisschildern, Tankstellen, Futterplätzen oder Wasserzisternen. Pinocchios Nase wurde immer länger. Er durfte ja nicht *tüff tüff* fahren, träumte unentwegt nur von Brüsten, spielte an seiner großen Wurst und sagte: »Ach du lieber dicker Pullermann, schau mich nicht so böse an.« Daraufhin drehte ich meinen Kopf: »Benny, du darfst jetzt mal fahren!« Finke grinste, seine Indianeraugen leuchteten wie Feuer. In meinem Hirnkasten leuchteten gleich drei Lampen auf, schnell sagte ich darauf: »Aber nur unter einer Bedingung, mein Lieber.«

»Was meinst du damit Tatze?«

»Na, wenn du fährst, kann ich dir dabei gleich einen blasen?«

»Du spinnst doch wohl schon wieder Tatze!«, lallte er, konnte sich kaum noch halten vor Lachen und brüllte los wie tausend Ziegen. Wir kicherten und juxten wie Geisteskranke.

Ich erwähnte es ja schon, *Dick und Doof,* wie sie im Buche stehen! Oft konnten wir gegenseitig unsere Gedanken lesen, was natürlich unserem Humor zugute kam. Dementsprechend entwickelten sich immer verrücktere Geschichten, die von morgens bis abends ihren freien Lauf hatten und nie langweilig wurden. So wie jeder Atemzug im Leben, ist immer nur der Augenblick das biblische Wesen.

Natürlich wechselten wir immer mal wieder den Beifahrer, Benny mit Rolle, Rolle mit Tatze oder Benny mit Tatze. So konnte jeder mal für sich sein und bei seinen Träumen ausspannen.

Später ließen wir Benny auch wieder mal ans Steuer, aber stets nur alleine. Die Piste ging doch tausend Kilometer geradeaus, was sollte da schon passieren.

Endlich baute sich ein Rastplätzchen vor uns auf. Schon von weiter Ferne sah man das Zeichen einer Tankstelle. Unsere Tankanzeiger waren schon im roten Bereich. Es wurde Zeit, weit und breit luden nur Landschaften ein, von Zivilisation war keine Spur mehr.

Der Rastplatz mitten in der Wüste war mehr oder weniger ein Puff, wo sich alle trafen. Trucker, Cowboys, Weltenbummler, Hippies, die nach Indien wollten, alte Großmütter, verschleiert bis über beide Ohren, Ziegen, Hühner und Milchkühe, welche auf einmal neben dir in der Bar standen. Wohlriechende Speisen, ein Umschlaghafen für Menschen, die wirklich das Abenteuer liebten. Wenn man schon leicht angesoffen war, umkreisten die Geschichten der Leute das Lagerfeuer.

Ein Lkw-Fahrer aus Old Germany erzählte: »Ja, meinen Kumpel haben sie bei der letzten Tour einen Kopf kürzer gemacht, weil er eine Omi in der Osttürkei mit seinem Brummi ins Jenseits schickte. Der Idiot hielt tatsächlich an, wollte mal gucken, was passiert sei. Es war für ihn die letzte Stunde. Später fanden sie seinen Kopf, vorne auf den Kühler gestülpt.«

Na dann gute Nacht, schauderte es mir. Fahr hier um Gottes willen bloß keine Oma tot.

Adana Atakye. Syrien war nicht mehr weit. Hier, schien

es, muss der kleine Muck in der Nähe sein. Der *Vordere Orient* öffnete sich frühmorgens wie eine Blume, die sich an den ersten Sonnenstrahlen labt. Die alte Weltkultur hinterließ den Menschen nur wenige Andenken, wie zum Beispiel die Stadt Petra in Syrien.

Unser Ziel war jetzt *Amman*. Dort wollten wir unser Geld verdoppeln, indem wir die Autos verhökern. Gar keine einfache Angelegenheit, stellten wir fest, da es nach jordanischem Gesetz für Ausländer allerstrengstens verboten war, in ihrem Land ein eingeführtes Auto zu verkaufen.

Nach drei Wochen Abenteuer ohne Mamsellen, Feuerwasser, Rauch und Freude und Wüstenhorror am *Golf von Aquaba* wurde es wieder einmal Zeit für Aphrodite. Mitten in der jordanischen Wüste ließen wir Transatlanten die Hosen runter, spielten am Schnuller und spendeten der jordanischen Wüste ein paar Tropfen göttlichen Segens.

Es war nun Zeit, die Fahrzeuge loszuwerden, ins Flugzeug zu steigen. Berlin besuchen, bumsen, knutschen, tanzen, Quatsch anstellen und die Katze aus dem Sack lassen.

Arabien den Arabern! Und Woodstock den Hippies!

Nach vielem Hin und Her, Visa für das Auto fälschen, Konsulat besuchen, Ausreisevisa erstellen, packten wir es doch, wurden die Kisten endlich los und schlichen uns wie unschuldige Lämmer durch die Passkontrolle. Ein Araber fragte uns noch, ob wir nicht seine Reisetasche mit nach Berlin nehmen könnten. Wir sagten, no, no Muselman, nein danke. Bin doch wohl nicht blöd!

Berliner Luft

Die Düsen wurden angeheizt, der Jet rollte auf die Startbahn und hob ab *like a young bird* in Richtung Heimat.

WEST BERLIN, THE CITY OF DREAMS.

Da will icke jetz hin. Da brennt diieeee ... Berliner Luft ... Luft ... Luft ..., weil ick doch am Bahnhof Zoo ooch noch meen Koffer stehn jelassen habe ... Mensch!

Der Vogel flog vor sich hin und brauchte vier Stunden Flugzeit bis zur Ankunft in Berlin-Tegel. Genug Zeit, sich zurückzulehnen, den ganzen Trip nochmals zu überschlagen und dazu mit den süßen Stewardessen zu flirten. Meine Taschen voller Knete. Geil, dachte ich, bin jetzt 23, habe einen Teil von der Welt gesehen und mich wie ein echter Indianer durchs Leben geschlagen. Kaum zu glauben, ohne jede Bevormundung von einem Chef, dem Arbeitsamt, dem Finanzamt, der Rentenkasse, Krankenversicherung, Fitz und Fatz. *Ei, ei, ei, so schön frei.*

Berlin, Flughafen Tegel, Pass- und Zollkontrolle. Die drei Clowns ordneten sich in die Schlange ein und waren bekleidet mit schwarz-weißen Arabertüchern. Wir sahen aus wie Waschweiber, aber ebenso wie echte Araber.

Der Zollbeamte glaubte es nicht, als ich mit meinem allerliebsten grünen westdeutschen Reisepass vor seiner Nase wedelte. Darauf sagte er: »Nehmen Sie bitte die Pilotenbrille und ditt Kopptuch mal ab, mein Herr! Arbeiten Sie vielleicht bei der Deutschen Lufthansa? Oder watt!«

»Nee! Nee, mein Herr! Ick will nach Köln zum Karneval!«

Der Beamte schmunzelte vor sich hin. Das kann nur Berlin sein, witzig, großmäulig, sogar die Schmiere hat Humor. Das liebe ich an Berlin.

Am wichtigsten war nun, die arabische Knete in gute alte Deutsche Mark zu wechseln, was in Berlin-West ohne Probleme über die Bühne ging. Das Zweitwichtigste war, Berliner zu werden, denn durch den *Berliner Status* konnte uns das Militär mal am Arsche lecken und schlecken. Nochmals vielen Dank, ihr Geschichtemacher von Malta. Und das Drittwichtigste war was? Na, das kann sich ja wohl jeder vorstellen … na, was schon, die *Dreisteinische Formel* Sex mal Sex hoch Sex, Millionen von Samen in eine warme Höhle spritzen. Und so machten wir mal wieder die Stadt zur Nacht. Die Diskothek »Sound« *Genthiner Straße*, gleich nebenan bei Möbel Hübner, fetzte ab wie in alten Zeiten. Bräute gab es wie Sand am Meer, Kiffen, Koksen und saufen war dort Pflicht. Ab und zu konnte man Pärchen beobachten, die das Schönste in der Welt unter den Tischen ausprobieren, was die Stimmung im Sound natürlich erstaunlich anheizte.

Ganz Berlin ist ein Puff, la Bohème, la Bohème, Berlin bleibt Berlin! In den zwanziger Jahren soll Berlin ja noch mehr reingedroschen haben. Gab es dort den *Schnee* nicht etwa in der Apotheke? Oder habe ich mich da verhört?

Mein Bruder setzte sich ebenfalls in Berlin fest. So war wenigstens ein kleiner Teil meiner Familie dichter bei mir. Meine Heimatstadt Genthin gleich um die Ecke

war für mich sage und schreibe zwei Millionen Licht-
jahre weit weg.

Westberlin – Andromeda – Genthin.
Na ... na ... nana ... hey ... hey ... goodbye.

Nur ein Katzensprung über die Mauer und noch drei,
vier Kängurusprünge weiter, flugs könnte ich mit Va-
tern Schach spielen und bei Muttern futtern. Sogar der
Mond schien mir manchmal viel näher zu sein. Aber
leider ließen mich die Säcke der Honecker-Clique nicht
mehr zurück in ihr *DDRchen.* Wollten die mich vielleicht ärgern?

Fast wie Süchtige inspizierten und untersuchten wir
das Ungetüm *DIE MAUER.* Faxten herum, steckten die
Zunge raus, während sich die Vopos auf ihren Türmchen
langweilten oder onanierten, aha, aha, oho. Dabei von
uns Starfotos schossen, wobei wir zum Höhepunkt der
Session ausnahmslos mal wieder die Hosen runterließen
und den Arsch weit aufgerissen den Vopos entgegen-
streckten! Endlich hatten die Vopos neue Spritzvorlagen
und die Welt war wieder in Ordnung. Hihihihi.

Das war nur ein Bruchteil Spaß in Westberlin. So wie
die Stadt bebte, pulsierte und lebte!

Mit Rasenmähen, Fahrerjobs, Gartenumgraben, Tellerwaschen und Fensterputzen hielt ich mich in Berlin
über Wasser.

Aber nach fünf Monaten Stadtindianerdaseins wurde
es wieder Zeit, Berlin zu verlassen. Irgendwie juckte mir
das Fell. Das Reisefiebervirus Alpha-Beta steckte an und
ich entschloss mich, nach Hamburg zu fahren.

Es war Zeit, *Amerika* zu besuchen. *Winnetou* von Karl May, eines meiner beliebtesten Bücher.

Ich nahm den erstbesten Zug, sagte dem Berliner Zoo, meinen Spielkameraden, meinem Bruder, den Schnecken aus dem Sound, der Ruine und dem *Tolstefanz* am Ku'damm auf Wiedersehen. Eckensteher Nante stach ihn hier und da, aha oho aha, so fein, noch einmal hinein, schon war das Schwänzele ganz klein.

Auf der Transitstrecke Richtung Hamburg, nach Durchschnüffeln meines Passes, der mit Aus- und Einreisestempel der Emirate bereits voll war, wurde ich zunächst durch die *Organe des Ostzolls* auf Herz und Nieren geprüft. Schließlich fanden sie noch eine freie Seite und drückten ihren Stempel hinein.

In Hamburg-Altona im Herbst 1977 spät am Abend angekommen, galt mein erster Besuch erst einmal der Reeperbahn. *Auf der Reeperbahn nachts um halb eins ... tritratrallaalaala*, klang die Melodie aus einer Bar. Sofort fiel mir meine Kindheit und Jugend ein, holte meine Mundharmonika aus der Hosentasche, spielte diese alte Hans-Albers-Melodie und dachte an zu Hause. Was wohl jetzt meine Eltern oder alten Freundinnen und Freunde meiner Heimatstadt machten? Fast kamen mir die Tränen, so ganz allein auf der großen weiten Welt. Ich lief die Reeperbahn auf und ab und sann so vor mich hin. »Bin ick, bin ick jetzt im Film hier, oder watt?«

Ruckartig wurde ich aus meinen Träumen gerissen, als ich zu einem Eros-Center kam. Hunderte, ja Tausende scharfe Frauenzimmer standen da aufgereiht wie die Hühner auf der Stange.

Das war ein echtes Nisthaus, kann ich euch sagen! Hier

gurrten Täubchen, mein Lieber, da kannst du nur von träumen. Beim Träumen blieb es dieses Mal auch, denn in meiner Tasche war nunmehr keine Asche. Doch:

Warum in die Ferne schweifen, sieh, das Gute liegt so nah! Wolfgang von Goethe.

Ich meinte mit dem Zitat von Goethe natürlich den Hamburger Hafen, der nur so vor Abenteuerlust strotzte, mich dabei herzlichst einlud und mir zuwinkte. *Komm! Komm, Tatze,* lass die Evastöchter heute stehen, die Welt, die schöne bunte Welt, die musst du unbedingt mal sehen.

Am nächsten Morgen lief ich erst einmal zum Seefahrtsamt. Der Anheuer-Chef sagte gleich zu mir: »Hör mal zu, Mädchen! Mädchen stellen wir hier schon gar nicht ein!« Was meinte der nur mit Mädchen? Ich schaute ungläubig und öffnete meinen Hosenschlitz. Er konnte es nicht glauben, sagte zu mir: »Nee, nee, Lütte, lass ihn da mal stecken.«

Der Chef meinte, ich hätte zu lange Klatten, er könnte die Verantwortung gegenüber den anderen Seepiraten, die mit mir Kajüten, Schlafkabinen und Kombüsen auf einem Dampfer teilten, nicht übernehmen. Er hätte Angst, die *Piraten* könnten mich schnappen mir von hinten einen verbraten und mir meinen Pupipup leicht verletzen, weil ick ja wie ein Weib aussah mit meinen langen Zotteln.

Ich darauf: »Na, Chef, ist doch wunderbar, doch mal was anderes, oder? Ick muss ehrlich sagen, Chef, ditt habe ick doch schon mal jeträumt, Chef. So draußen uffem Meer, echte Seemänner tutaitaita, hulahula. Die frische Luft dabei.«

Der Chef darauf: »Na ja, Lütte, Humor haste, aber trotzdem, deine Klatten müssen mindestens einen Meter kürzer, wenn du übermorgen nach *Tampa, Florida,* mitfahren willst und weiter über *Panama …*«

In diesem Moment klingelte und zwitscherte es in meinen Ohren – *TAMPA, Florida, mamma mia, mamma mia, Pannnammmaaa …,* grölte ich fast aus mir heraus. Ich stand senkrecht wie 'ne Eins, machte den Kapitänsgruß und sagte zu meinem Seefahrtschef: »Aye, aye, Sir, Haare einen Meter kürzer! Aber Chef, halber Meter, würde das nicht reichen?«

Er wies mir die Tür sagte noch: »Geh morgen früh zum Seefahrtsdoktor, ebenfalls zum Frisör! Danach kommst du wieder her, holst dir dein Seefahrtsbuch und dann besprechen wir alles Weitere. Alles klar, Mädchen?«

»Alles paletti, Konfetti, Tuttifrutti, Chef«, verließ sein Piratenbüro und dachte: Eine halbe Stunde in Hamburg, noch nicht mal geschissen und schon geht es weiter um die große weite Welt.

Junge … komm … nie … wieder … nach … Haus.
Junge … fahr … bald … wie…der … hinaus …!«

Am nächsten Tag um 15 Uhr schüttelte ich meinem Chef die Hand, er überreichte mir feierlich das Seefahrtsbuch und ich schenkte ihm rituell meinen abgeschnittenen Indianerskalp. Flugs breitete mein Einstellungschef die wunderschöne Weltkarte auf seinem Eichentisch aus und zeigte mir, wo die Reise hingeht. In meiner Fantasie sah ich plötzlich nur noch *Hula-Hula-Matronen,* die *Bounty* und *James Cook* als meinen Käpt'n.

Was für ein Glückspilz ich doch sei, ging es mir durch den Kopf, ohne zu ahnen, was da alles auf mich zukommt. An Arbeiten habe ich im Traum nicht gedacht, und das auch noch Samstag wie Sonntag. Du arme Sau, mein Gott, Walter!

Das Piratenschiff lag in Antwerpen vor Anker. Na also, wieder saß ich in einem Flieger, mein neuer kurdischer Kollege zitterte am ganzen Leib. Yuschi reimte ich gleich um in Pussy, was, Blitz und Donner, meinem kurdischen Gefährten gar nicht so richtig passte. Aber später gewöhnte sich Pussy doch an seinen Namen, was blieb ihm auch anderes übrig. Mich nannte man *Icke* und es fiel mir doch gleich auf, da fehlt doch nur noch das »F« am Anfang und ich heiße »*Ficke*«. Damit konnte ich gut leben.

Unser Dampfer nannte sich kurioserweise *Dresden*. Das glaubt mir doch kein Schwein.

Pussy wurde langsam unruhig, denn der Flieger fing an zu rütteln und zu schütteln, etwa wie ein störrischer Esel, der plötzlich bockt und sagt: »Nein, nein, keinen Schritt weiter!« Es sei sein erster Flug, meinte Pussy und fragte mich in *polnisch rückwärts:* »Du haben Schiss wie ich, auch in die Wäsche unter?« Ich grinste in sein unschuldiges Gesicht und antwortete ihm darauf: »Mach dir keine Sorgen, Pussy, wir landen nur ein bisschen zu schnell.«

»Glaube, wir sind gelandet«, sagte ich, wobei mein Kollege aus dem Bullauge peilte. »Kamerad, glaube, ja ich auch.« Mann, oh Mann, knisterte es in meinem Gehirn, die Elektronen sprangen nur so von links nach rechts. Pussy muss erst einmal Deutsch lernen, sonst könnte es passieren, dass ich früher oder später draußen auf dem Dampfer mal durchdrehe. Absolut, Pussy war wirklich ein netter Kerl und erinnerte mich gleich an meinen letzten Törn in Istanbul am Bosporus.

In Brüssel stiegen wir in ein Taxi und ich fragte Pussy: »Was denkst du, Komplize, einen Abstecher noch wir machen, auch du mit?«

»Was du meinen, Freund?« Schnell zeigte ich ihm die internationale Geste, den Zeigefinger zum Daumen gehalten, wobei sich gewöhnlich ein Mauseloch bildet. Ich beäugte ihn und mimte den geilen Puma. Pussy kapierte nicht, bis ich mit meinem linken Zeigefinger hin- und herstocherte. Mein Kollege, ja mein Kollege schämte sich, blickte demütig zu seinen Füßen und ich dachte, na, wenn der mal nicht schwul ist. Hatte mein Einstellungschef etwa doch Recht?

Eine Seefahrt, die ist hitzig,
eine Seefahrt, die ist witzig,
hollahihholaholaholaho …
Eine … Seefahrt … die … ist … spritzig.

Der Taxifahrer kannte sich in Antwerpen äußerst gut aus. Wahrscheinlich hatte er schon öfters Konsorten wie Pussy und mich in seinem Fahrzeug, denn er brachte uns gleich zum richtigen Pier. Ich bezahlte das Taxi und Pussy belohnte mich, indem er meine Tasche bis ans Deck der *Dresden* trug.

Die Dresden, ein Kahn, kann ich dir sagen. Da brauchte man bald einen Kompass, um sich auch zurechtzufinden. Aber wie es schien, kannte Pussy sich auf dem Dampfer gut aus.

Was mich am Flughafen in Hamburg schon sehr beeindruckte: Mein Kollege watete immer etwas breitbeinig. Er machte Darbietungen, als ob er sich ständig irgendwo festhalten müsse. Ich dachte, hat der sich vielleicht in die Hosen geschissen? Oder warum wackelt der so? Nein, jetzt verstehe ich, warum er so komisch läuft! Denn das war der so genannte Seemannsgang, den ich später auch noch kennen lernen sollte.

Auf dem Deck trieben sich Gestalten herum, Männer wie *Sindbad der Seefahrer*, Recken, mit denen man sich am besten nicht anlegte! Nach vielen Stufen und Gängen schien mir, dass ich in einem Labyrinth herumirre und Versteck-dich spiele.

Meine Kajüte, was für ein Glück! Ich hatte ein eigenes Gemach. Ein Meter fünfzig mal zwei Meter. Hier war ich nun! Auf der Dresden mit einem Sack voller Träume und vielen unbekannten Seeräubern, die nicht zimperlich aussahen. Obendrein war ich total abgebrannt.

Aber ist die Not am größten, ist Gott am nächsten. Und Gott war dieses Mal am nächsten, denn ich befand mich ja auf der Dresden. Nun brauchte ich nicht mehr am Hungertuch zu nagen, hatte einen Job und segelte sogleich um die Welt.

Nach einer Weile Meditation, Schniepel recken, Schniepel strecken, drücken und zücken, fast schon zum Höhepunkt kommend, oho aha aha … oohhh, klopfte es plötzlich an meiner Kajütentür.

»Bum, bum, bum, bum!«

Mistdreck aber auch, zum Mäusemelken! Immer wenn ich mir einen runterhole, werde ich gestört!

Die Hose noch halb offen, öffnete ich die Tür.

»Ja! Steiner? Alles lütte?«

Ein freundliches Lächeln lugte durch den Spalt und einer sagte: »Entschuldigung?«

»Äh, Alter, ick bin jerade beim Schleudern, komm ruhig herein.« Er stellte sich als Maschinist und mein Kajütennachbar vor. Grinste natürlich, weil mein Schniepel augenscheinlich nur so rumbaumelte.

»Kommst aus Berlin, Lütte?«

»Nee, Rübezahl, kommst du aus Buxtehude?«

Er lachte. »Meinst du da, wo die Hunde mit dem Schwanz wackeln?«

Wir lachten gigantisch und er gab mir seine Hand. »Helmut! Und du?«

»Icke bin die Tatze, Hilfsmaschinist im Dienst.«

Na, das fing ja schon mal gut an. Sogleich soffen wir wie die Russen: Wodka-Cola, Cola-Wodka. So mir nichts, dir nichts wirkte das Feuerwasser erbarmungslos auf mein Gehirn. Nachdem die Flasche Wodka leer war, legte ich mich in die Koje und schlummerte wie ein Teddybär. Von nichts Bösem träumend, wurde ich plötzlich von einer fremden Person wachgerüttelt. Potz Teufel und Schneegestöber!

Mein Kapitän stand ganz dicht vor meinen Augen. Er flackerte mit seiner Taschenlampe und fragte mich: »He, Sie! B.! Sie da, haben Sie schon mal in der Nacht gearbeitet?«

Ich fragte diesen mir scheinbar fremden Mann: »Wo bin ich?« Mir wurde schließlich kotzübel, sodass ich den

Würstchenbrei und den Wodka-Cola-Mix vom Tag zuvor nicht mehr zurückhalten konnte.

Es spritzte und sabberte nur so aus mir heraus, sodass mein Chef wohl oder übel das Weite suchte und daraufhin Helmut weckte. Der arme Helmut, dachte ich, muss hinunter zur Maschine.

Walking up to the machine ... Pink Floyd.

In aller Frühe, um sechs Uhr, klopfte ein Kollege pünktlich an der Tür.

»Aufstehen, aufstehen«, krakeelte er hysterisch.

Das gibt es doch nicht! Um sechs Uhr muss ich schon aus den Federn. In meiner Kajüte sah es aus wie im Schweinestall! Meine Kotze schmückte die Wand oder vielmehr die ganze Kajüte mit abstraktem Würstchenbrei, was schon fast freischaffender Kunst ähnelte. Mein Kürbis brummte, halb besoffen ruderte ich zur Dusche, machte mich frisch, schluckte Aspirin, saugte gierig am Joint und wackelte in aller Ruhe zur Kombüse.

Die versammelte Clique schlürfte Kaffee, meine neuen Berufsgenossen, die so genannten *Seepiraten,* starrten nur so vor sich hin. Keiner machte muh oder mäh. Oder wie ich ganz laut und deutlich kundtat: »Juten Morjen, juuuten Morjen.«

War das ein Totenschiff? Na, ich halte lieber erst mal meine Klappe.

Ganz tief unten

Nach dem Frühstück hatte ich ein Rendezvous mit Kapitän Cook. Alle Vorgesetzten hießen mich herzlichst willkommen, um mir auch gleich ein paar Grundregeln der Seefahrerei einzupauken oder *rette sich wer kann,* falls das Schiff mal absaufen sollte.

Danach zeigte der Boss, mein Erster Ingenieur, mir ganz stolz meinen Arbeitsplatz. Tief, ganz tief unten in der Bilge drückte er mir Eimer und Putzlappen in die Hand und sagte: »Mach hier mal richtig sauber, Icke.«

»Aye, aye Sir, mache alles blitzeblank.«

So begann meine Morgengymnastik ganz tief unten im Schiff. Wo war Pussy nur? Ich putzte und schrubbte wie ein Faultier. Nach etwa einer halben Stunde Plage machte ich eine kleine Pause. Wie ein kleiner Junge versteckte ich mich zwischen den Eisenverstrebungen, um einen Joint zu glimmen. Auf einmal bollerte es in meinen Ohren, so laut wie eine voll aufgedrehte 10.000-Watt-Musikanlage. Das konnte nur die Maschine sein, und ich fühlte, wie sich der Kutter ganz langsam fortbewegte.

Es war Mittag, in der Kombüse saßen wir wieder bei versammelter Familie, siehe da, es wurde gesprochen, gelacht, gestänkert und geneckt. Fast kam ich mir vor wie im Kinderhort.

So nach und nach lernte ich jeden auf dem Schiff kennen. Von den Matrosen über die Maschinisten, Köche, Maat, Ersten, Zweiten, Dritten, Vierten Ingenieur, Navigationsspezialisten, bis zum Kapitän *J. Cook,* dem

Boss aller Zeiten. Langsam gewöhnte ich mich an den Ausflug und zum Glück wurde ich nie seekrank. Unterdessen nahm ich wahr, das es von Tag zu Tag wärmer wurde. Nun konnte es nicht mehr weit bis Florida sein. Delphine, die über Wellen sprangen, begleiteten uns quietschvergnügt, lachten und wedelten mit ihrer Schwanzflosse, als wollten sie sich verabschieden. »Land, Land in Sicht!« *Tampa,* kaum waren wir in Florida, da warteten die Schnecken schon am Pier. Die Luft? Die Luft, irgendwie roch sie etwas süßlich, vielleicht vermodert, auch ein wenig nach Kompost. Helmut streckte seinen Zinken in die feuchtwarme Luft, schnupperte und lächelte. »Ja, ja, die Tropen, ja, das kann man gleich riechen.«

»Meinst du nicht, Helmut, der süßliche Geruch«, und ich zeigte dabei mit meinem Finger zum Pier, »kommt von da drüben, wo die Flammen stehen?«

In meiner Magengegend braute sich gleich ein Wärmegefühl auf. Es zog und kniff bis runter zur Leistengegend, ja, genau da, wo sich mein Wasserhahn befand.

Was mir immer wieder auffiel: Sobald ich in einer wärmeren Gegend logierte und die Sonne mich lieblich küsste, wurde ich von Tag zu Tag geil, geiler, am geilsten! Bin ich etwa sexkrank? Vielleicht sollte ich doch Doktor Schlappschwanz mal besuchen?

»Landgang, Landgang«, hörte ich die Matrosen auf dem Deck singen. Na dufte, es geht an Land. Ich begreife, *Käpt'n Cook,* der Maat, Steuermann, der Koch, Yuschi, die Seepiraten, alle wollten nur das Gleiche. So schnell wie möglich den Puff aufsuchen und den Druck loswerden.

Nachdem die *USA Immigration* die Seefahrtsbücher besiegelte, ging es endlich an Land.

Meine Kollegen kannten sich gut aus in Tampa. Schwuppdiwupp fanden wir uns alle wieder in einem ihrer »Seepiraten-Stammclubs«. Alle Seemänner genossen den Sex, Druiden, Trank, Weiber und Gesang eine Woche lang, bis einer nach dem anderen ausgelaugt, abgewetzt und übermüdet in die Koje fiel.

Der Chef des Domizils drückte ein Auge zu und ließ uns ausschlafen. Wir ruhten ja im Hafen und die Maschinen standen still. Alle Seemänner waren wieder froh, als es raus aufs Meer ging. In die weite Ferne zum nächsten Hafen Zentralamerikas.

Die Seeabenteuer hatten keine Grenzen und nach etwa zehn Tagen ankerten wir in Panama.

Panama 1977

Unser nächster Hafen war *Balboa*. An beide Seiten Panamas grenzen die Länder Venezuela und Costa Rica.

In Panama, den so genannten *heißen Tropen*, da sollen die Schnecken ja noch besser schmecken, sagte jedenfalls unser Chefkoch immer.

Ich war schon gespannt, was auf mich alles noch so zukommt. Mein Vergnügen mit Fräuleins war zu dieser Zeit und auch danach in meinem Leben nicht mehr in Zahlen zu berechnen, denn irgendwann hörte ich auf zu zählen. Was sollte der Unsinn auch! Viel wichtiger war der Spaß, die Lust an der Freude des Juckens und Zuckens sowie der lieben Gesundheit wegen, alias Doktore Schwanzschlapp, hihihi.

Helmut war schon oftmals in Panama. Ohne ihn wäre der Spaß in Balboa halb so erregt gewesen.

Eines Morgens kam Pussy in seiner »*Wäsche unter*« aufs Schiffdeck, hatte ein paar Messerstiche im Hinterteil, die Doktor Schlappschwanz treuherzig reparierte. Pussy wollte es ja nicht glauben, musste er unbedingt Panama alleine kennen lernen.

Die leichten Mädchen im Freudenhaus oder sonst wo in Zentralamerika kann man eigentlich gar nicht beschreiben. Wozu auch, ob Nutte oder nicht Nutte. Mir schienen die Frauenzimmer irgendwie alle geil zu sein. Überall hingen die Titten heraus, ob nun in Bars oder auf der Straße. *Holà, que pasa, cariño? Vamos aquí, para el amor, solamente cinco dollares, amigo?* Schätzchen, nur fünf Dollar. Das waren die ersten spanischen Wörter, die meinen neuen Sprachschatz füllten. Ich kann euch sagen: *Alter, rette sich wer kann vor diesen Straßenmädchen, denn die denken wirklich nur an das eine!*

Wenn ich nachdenke, in welchen dunklen Ecken der Welt sich meine Füße in der letzten Zeit bewegten. Umgeben von den Ärmsten der Armen auf unserer Welt, und doch werde ich nicht überfallen, ausgeraubt noch bedroht. Jeder Mensch hat wohl einen Schutzengel. Aber hier in Südamerika, ohne die spanische Sprache zu beherrschen, warst du eben aufgeschmissen.

Nun lernte ich beiläufig gleich ihre Sprache und spürte, wie mein Blut anfing zu kochen, als ich der spanischen Kultur begegnete! *Sangre de latino, sangre de vivir.* Panamarot so wie das Bier.

Eines wusste ich genau, mein nächster Trip geht nach Spanien oder Portugal, wenn die Reise auf der Dresden beendet ist.

In aller Ruhe durchquerte unser Dampfer die Panamaschleusen, freudestrahlend beobachtete ich alles. *Rauch & Freude, Herr Ballermann & Söhne!* Panamarot, das war ein Gedröhne. Hier machte die Sonntagssklavenarbeit obendrein noch Spaß. Wir Seepiraten spornten einander an, erzählten dreckige Witze, spannen Seegarn und lachten uns fast zu Tode. Aus dem Totenschiff wurde ein Kasperleschiff! Was soll ich sagen, die Seefahrerei machte mir auf einmal riesigen Spaß. Links und rechts stürzten die Pelikane ins Wasser, schnappten ihr Futter und flogen wieder nach Hause. Dazu streichelten Lianen die Dresden, darauf die Matrosen sogleich einen kifften.

Käpt'n Cook, bekannt bei der Crew als *Lord Whisky*

von der Rennbahn, war immer leicht angesoffen und der Erste beim Puffgang. Das wusste jeder auf dem Dampfer, nur seine Gemahlin dachte nicht im Traum daran, denn offenbar war unser Kapitän ja ein Unschuldslamm.

Die große Fahrt ging weiter nach *Kanada, Vancouver, Naneimo,* wo das Schiff mit großen Baumstämmen beladen wurde. Zwei Wochen waren genug Zeit, um in *Naneimo* Land und Leute kennen zu lernen.

Kaum legte das Boot im Hafen von Vancouver an, boten hübsche Indianer-Teenager sogleich ihre Dienste feil. Die Indianer-Bräute stürmten die Dresden und grabschten an unserem Skalp herum, knöpften geübt die Kombis auf und labten sich an unseren Gliedern. In Kanada ging es wirklich drauf und drüber. Jeder Mann auf unserem Schiff war high, angesoffen und frohgemut. Oh happy day … oh happy day …

See you later, alligator

Der nächste Hafen hieß *NEW YORK,* die Stadt des Wahnsinns, der Musik, des Films, der Mörder wie zugleich der Obdachlosen. Unterwegs trafen wir mitten auf dem Atlantik unser Schwesternschiff, begrüßten uns von der Ferne mit Sirenen und Trompeten. Wahnsinn, was für ein Freudentag, andere Schicksalgefährten so auf dem Meer zu sehen.

Auf Grund laufen in Naneimo, das war harmlos. Aber mit Windstärke 12 in der Karibik zu schippern und noch mit starken Gewittern, da kommt das Zittern! Wirklich, bei zehn Meter hohen Wellen hört die Freundschaft auf. Alle Mann an Bord dachten schon, wir saufen ab wie eine bleierne Ente. Aber der liebe Gott war mit uns Seepiraten noch mal gnädig.

Nach einigen Seemanövern, die beinahe in die Hosen gingen, weil unser Kapitän mal wieder leicht angeheitert war, gelang es ihm schließlich doch, die Barke sicher nach *New York* in den Hafen *Newark* zu bugsieren. Natürlich sind wir Seerabauken gleich an Land und machten die Stadt unsicher. Die Wolkenkratzer in New York beeindruckten mich sehr. Plötzlich konnte ich mir vorstellen, wie Ameisen uns sehen.

Wieder bei der Arbeit, ich glotzte gerade zur Freiheitsstatue, schnippte den Rest vom Joint ins Wasser, fühlte ich plötzlich eine übergroße Hand auf meiner Schulter, die mich hart anpackte.

»Hey, you, man, you smoke Marlboro?« Die schwarzen Polizeistiefel, die ich dann erblickte, ließen mich erschauerten und ich dachte, hat mich also doch einer verpfiffen! Die Zigarettenschachtel linste aus meinem Arbeitsanzug und interessierte den amerikanischen Zollbeamten furchterregend. Der Zöllner sagte: »Let me see, what you smoke!« Ich übereichte ihm ganz freundlich die Packung.

Der Beamte öffnete die Marlboro-Schachtel und was sehen seine Scheinwerfer? Herrn Ballermann *aus Panama*. In Windeseile legte der Zöllner mir eine Goldene Acht um meine zarten Hände. Wie ein Hund wurde ich abgeführt, in den Kerker nach *New York*.

Der nette Colombo drückte mir beim Verhör gleich einen Porno in die Hand und sagte: »Richard B., hier, schau dir mal die geilen Puppen an.«

Am Kaugummi kauend rauchte er einen Joint und sagte mir immer wieder: »Richie, hey, pschht ... Beim Schnellgericht in zwei Tagen sagst du zu dem machtvollen Richter: Aye, aye, Sir, I am guilty, o. k., *bin schuldig, my friend*.« Er hustete kräftig. Ich überlegte und sagte: »Aye, aye, Sir, I'm guilty. Herr Major, bitte schön, dürfte ich diesen Joint auch einmal ins Schlepptau nehmen?« Colombo reichte mir die Tüte und lächelte ganz verschmitzt.

Nach zwei Tagen Gitterstäben, Hamburgern und Hotdogs wurde ich zu 150 Dollar Strafe durch das amerikanische Schnellgericht verurteilt. Mein Freund Colombo befreite mich von den Gitterstäben und machte mit mir eine kleine Stadtrundfahrt.

Im Polizeiauto kifften wir ununterbrochen, er sagte immer zu mir »Buddy, you like New York, you like New York, that crazy city?«

Colombo fragte mich weiter: »Are you from East Germany, buddy?«

»No, no, inspector, I'm from planet Mars, the city is called *Genthin*.«

Colombo lachte und reichte mir den Joint.

»Here, that's your Marihuana, you funny East-German boy! Would you like fucking girls in Harlem? Kumpel!«

Und weiter ging es: *New York East, New York West, Empire State Building and World Trade Center.*

Colombo brachte mich zurück zur *DRESDEN* und lieferte mich bei Käpt'n Cook ab. Der Wachtmeister verabschiedete sich mit einem »See you later, alligator! And don't smoke too much dope, Richie!«, lachte und ging seiner Wege.

Der Kapitän sagte: »Mensch, Icke, ich dich gleich ficke«, übergab mir die Kündigung, meine Aussteuer und drückte mir noch 200 Dollar in die Hand, machte die Tür auf und mit einem seegerechten Arschtritt flog ich aus seiner Kajüte.

Nun packte ich wieder mal meine Siebensachen, den Scheck über 5.007 Dollar, buchte ein Ticket und flog vom Kennedy Airport nach Berlin.

In Berlin hieß es abtanzen im Sound, wieder mal mit alten Freunden saufen und Bräute aufreißen. Mann, Tatze, du kommst grade aus New York, warst mal kurz im Kittchen und erspähtest einen Teil der Welt. Auf geht es, rein in die Stadt, ich bin frei, high, supergut drauf, was kostet die Welt. Nach ein paar Tagen Gammeln sagte ich erst einmal meinem Bruder, meiner Keule, guten Tag. Grüßte hier und da, ging zum Onkel Doktor und ließ mich krankschreiben. Der Doktor glaubte alle meine Schwächen, die ich ihm professionellerweise weismachte. In meiner alten Heimat war ich ja darauf spezialisiert, den Ostprofessoren was vorzukleisten. Manchmal dachte ich, die Doktoren haben Jahre studiert, aber sind zu oberschlau, um einen Simulanten zu erkennen.

»Aua aua hier und aua aua da, der Kasperle ist wieder da!« Da fällt mir ein, eines Tages in Jena war es wieder einmal so weit. Benny und ich brauchten einen Krankenschein. Doktor Haschke, ein uriger Typ, dem konnte man das Blaue vom Himmel erzählen. Beim Doktor gab es immer den Schein. Im Wartezimmer saßen die verrücktesten Besucher. Wir starrten uns nur an und mussten mit vorgehaltener Hand das Lachen unterdrücken. Jeder wusste, warum er hier war. Des Doktors Sekretärin rief: »Richard B.!« Benny kam gleich mit. Sprunghaft rannte ich zu Doktors Örtchen ... öhe rha räh oeh raa rroer, röchelte in sein Scheißhaus und tat so, als ob ich kotzte. Finkemeier huschte hinterher. Der Doktor war ganz aufgeregt und dachte bestimmt, ich krepiere. Mein lieber Gott, war das immer ein Theater. Ging es auch um Arbeitserziehungsknast, und dahin wollte ja absolut keiner von uns.

Mein letzter Job im Osten war in *JENA* auf dem Friedhof. Die Kirche rettete mich vor dem Zuchthaus, obwohl ich nicht einmal getauft bin. Keine sozialistische Fabrik oder sonst wer stellte mich mehr ein. In meiner *Big-Brother-Akte* stand alles über mich drin: R. B. ist *arbeitsscheu, Alkoholiker, Hippie, Staatsfeind, 007, lacht den ganzen Tag, immer am Masturbieren, hat keine Angst, denkt nur an Weiber, träumt von Paris ... London ... Madrid. Ein total ausgeflippter Zeitgenosse mit eigenem Lebensstil und Vorstellungen, die nicht in unseren feudalen Sozialismus passen.* Genossen, macht es dem B. so schwer wie möglich: B. ist ein *Antikommunist, Staatsfeind der DDR*, außerdem will er in den Westen, was klar legt, dass er ein *Vaterlandsverräter oder wahrscheinlich Spion des Bundesnachrichtendienstes* ist, also im Klartext: *gefährlich! Aufgepasst, Genossen!* Lasst ihn nicht mehr aus den Augen, *Big Brother,* sei wachsam. Und wenn *Sie* nicht gestorben sind, dann leben sie heute noch.

Auf jeden Fall habe ich erst einmal Bekanntschaft mit Toten gemacht. Auf dem Friedhof im thüringischen Jena musste ich ins Krematorium, um irgendwelche Reparaturarbeiten auszuführen. Nichts ahnend schlenderte ich mit meiner Maurerkelle, dem Zement und einem Eimer in die Einäscherungshalle. Ich öffnete die Tür, glaubte es nicht, wer begrüßte mich da? Ein Toter nach dem anderen. So sahen also Tote aus. Friedlich lagen sie mit dem Blick zur Decke, sodass ich manchmal beim Vorbeigehen die Köpfe der toten Menschen ehrwürdig streichelte, um ihnen dabei meinen letzten Abschiedsgruß zu entbieten. Ab und zu verdienten wir ein paar Ostmark extra mit Gräberausschaufeln. Unterdessen unsere Kollegen, *die Totengräber*, es vorzogen, einen saufen zu gehen, um den grässlichen Alltag in der DDR zu vergessen.

Von Deutschland nach Deutschland

F*ebruar 1978, Westberlin. Pinocchio und Tatze planten ihren nächsten Trip. Dieses Mal sollte es über Frankreich und Spanien nach Marokko gehen.*

Benny kaufte sich einen blauen VW-Bus, wie sich später herausstellte, eine durch und durch verrostete, nur zum Schein aufgemotzte Schrottkiste.

Grenzübergang Dreilinden: Von Deutschland nach Deutschland. Die so genannte Transitstrecke für Westeuropäer und westliche Ausländer.

Was sich Menschen alles so einfallen lassen, um ihren Erfindungen und Fantasien freien Lauf zu lassen, so wie die Ostorgane der DDR mit ihrem Kontrollsystem. Jetzt fehlte nur noch der obligatorische Fingerabdruck bei der Ein- und Ausreise und alles war in Butter. Der Reisepass musste erst kilometerweit ein Transportband *made in GDR* passieren, bis uns Wessis gestattet wurde, mit einem Transitvisum von Deutschland nach Deutschland durch Deutschland zu reisen.

Man könnte meinen, Politik endet da, wo Politik angefangen hat. Nämlich wo? Bei *Bismarck*.

Der Witz der Sache ist für uns ehemalige Ostbürger, die jetzt Westdeutsche sind, dass wir durch unsere alte Heimat fuhren, aber nicht einen Zentimeter von der vorgeschriebenen Transitstrecke abweichen durften.

In Ziesar hielt ich meistens an, um in der Raststätte heimische Luft zu schnuppern und gleich dazu Heimatkost zu schlemmen. Nur tausend Meter weiter, da, ja da war einer unserer Stammclubs, dort habe ich einige Prügeleien um die Frauen mitgemacht.

Meine Augen wurden an der Raststätte immer feucht. Deutlich klar erschien es mir, aus tausend Metern wurden auf einmal 44.000 Kilometer. Nun wusste ich, alle Wege führen nach Rom, nur nicht die über Ziesar.

Die kleine Raststätte der Osttransitautobahn war nur eine halbe Stunde Autofahrt von meiner Heimatstadt entfernt. Die Versuchung war immer groß, mal kurz einen Abstecher in die Heimatstadt zu machen, um Muttern ein paar Blumen zu schenken oder mit Vattern zu schnattern. Es war jedoch utopisch, die Transitautobahn zu verlassen. Tat man es doch und wurde von den Vopos dabei erwischt, gab es daraufhin viele Jahre *Bautzen*. Dass es überhaupt so weit kommen konnte, dass wir unschuldigen Nachkriegskinder dieser Welt so leiden mussten! War das der Preis für Deutschlands grässlichste Vergangenheit in der Geschichte der Denker und Dichter? Schämt euch! Wahnsinnige, Waffenindustrie, Kriegstreiber und Herrscher.

Aber was blieb mir anderes übrig, als mich damit abzufinden und meine Heimat aus dem Kopf zu streichen, was mir jedoch nicht leicht fiel. Masochismus hat seine Grenzen.

Einmal fuhr ich mit dem Zug die Transitstrecke Berlin-Helmstedt. Als der Zug durch meine alte Heimatstadt kroch und an unserem Küchenfenster vorbeifuhr, standen meine Mutter und mein Vater an der Bahnlinie und winkten mit dem Taschentuch: »Hallo Sohnemann, hier sind wir, hier sind wir, kannst du uns vielleicht sehen?«

Mir schossen die Tränen aus den Augen. Mann, dachte

ich und heulte wie zehn Schlosshunde! Da fährst du nie, nie, nie mehr durch. Die Leute im Zug versuchten mich zu trösten, als sie sahen, wie ich heulte, und ich erzählte ihnen meine Geschichte. Ich glaube, die Mitreisenden verstanden mich in diesem Augenblick sehr, sehr gut.

Andere Leute, treue Anhänger des DDR-Regimes, die vielleicht mein Buch mal lesen werden, würden jetzt vielleicht sagen: Ja, aber er wollte es so! Er wollte ja weg. Darauf kann ich nur sagen: Was wollte ich denn so sehr? Sicher niemandem wehtun oder demütigen oder ermorden, wie diese Politverbrecher in der *DDR!* Ja, ich wollte weg, ich wollte die Welt sehen und frei sein und euch angeblichen Weltverbesserern zeigen, dass es auch anders geht. Ich hoffte, dass eines Tages Deutschland wiedervereinigt wird und die verantwortlichen Ostherrscher dafür bestraft werden! Sie sollten nie und nochmals nie einen Pfennig von den Steuerzahlern oder der Bundesregierung erhalten. Gemeinnützige Arbeit wäre wohl die beste Lösung sowie Straße fegen und die Blätter in Parks aufsammeln. Aber von morgens bis abends, bitte schön.

Endlich näherten wir uns mit dem VW-Bus der Landesgrenze. Helmstedt, Checkpoint Charly. Es war schon später Abend und so kalt wie in Sibirien. Plötzlich spuckte und zuckte es, unser VW-Motor spielte verrückt, qualmte, zischte an allen Ecken. Die Antriebsmaschine gab den Geist auf. Pinocchios Nase wurde immer länger. Er glaubte es nicht. Zum Glück hatten wir unsere alten Schafsfell-Parkas eingepackt, sonst hätten wir uns vielleicht noch zu Tode gefroren.

Benny fröstelte und jammerte wie ein Knabe. Ich sagte:

»Benny, Alter, scheiß dir nicht gleich in die Hosen, hier im Wunderland gibt es an jeder Ecke einen VW-Austauschmotor.«

Pinocchio nickte. »Na, wenn du meinst, Tatze!« Er zog eine Miene, zum Heulen. Ich bastelte eine Tüte und ließ Benny daran ziehen. Nach etwa fünf Minuten kicherte Finkemeier über alle Backen und machte wieder Witze. Na also, es geht doch. Ich vermute, wer das Kraut durchschaut, weiß Bescheid.

Der Notdienst auf der Autobahn ließ auf sich warten. Am anderen Morgen konsultierten wir den *Auto-Doktor.*

Der Mechaniker: »Habt ihr in der Ostzone getankt? *Minol-Pirol?*«

»Ja, ist doch billiger!«

»Aber nicht besser«, meinte der Geselle und sagte nur noch: »Ich glaube, ein VW-Austauschmotor liegt noch in meiner Werkstatt, soll ich den einbauen?«

»Keine Frage«, sprachen wir im Chor.

Dufte, am nächsten Tag konnten wir endlich weiterziehen. Wieder einmal Deutschland den Rücken kehren, so wie Heinrich Heine es auch ab und zu mal tat: *Deutschland, ein Wintermärchen.*

Grundsätzlich, wenn wir Hippies an irgendwelche Grenzen kamen, stoppten uns die Zöllner. Die Autos wurden durchwühlt, wobei wir menschliche Lebewesen uns auch nackt ausziehen mussten. Finger in den Arsch, Taschenlampe und so … absolut keine Demütigung! Franzosen, Spanier, Italiener oder deutsche Grenzbeamte, egal, irgendwie kam es mir vor, als ob *die* wieder neue Wichsvorlagen bräuchten! Sie suchten sich meistens

Teenager aus, eben junge, knackige und hübsche Gebilde! Motto: *Hosen runter, Ärsche breit, wo ist denn nun das Kifferzeug?* Da lachten doch der Bär und vielleicht noch viele Hippies mehr!

Nach *Lyon* hielten wir an, kauften uns Rotwein, Baguette und Brie. Wir schmatzten, schlürften den Wein und genossen die ersten Sonnenstrahlen. Als die ersten Palmen sichtbar wurden, steigerte sich unsere Stimmung und die Joints gaben uns den Rest.

Tatsächlich standen doch an der Raststätte zwei süße Tramperinnen, die unbedingt mit Finkemeier und Tatze Eier Bekanntschaft machen wollten. Wir winkten erst ab, doch die zwei Damen versuchten unbedingt, bei uns Hippies mitzufahren. So hielt ich an, tat so, als ob sie mitfahren dürften, im selben Augenblick, als die Fräuleins einsteigen wollten, fuhr ich den Bulli wieder ein wenig an. Die Mädchen fanden das gar nicht so lustig. Aber Spaß muss doch sein, sprach Herr Ballerstein.

Schließlich ließen wir die Bräute doch in unseren VW-Bulli steigen, wir benahmen uns höflich, charmant und freundlich. Dass die Fräuleins nach ein paar Stunden Weintrinken, Tüterauchen und Witzereißen ihre heißen Schlüpfer runterzogen, spricht doch für sich. So bumsten wir uns regelrecht von Frankreich bis Südspanien durch. Die heißen Schlitten wollten es wissen. Benny und ich lechzten schon und dachten, das geht doch wohl ab wie ein Gewitter. Kaum sind wir fort aus Deutschland, scheint die Sonne. Nach einer Woche zu viert im Bus gab es auch schon die ersten Streitereien und zu duften fing es auch schon an.

Franco der Fascho

In *Algeciras, Andalucia, Südspanien,* sagten wir ciao, ciao, adios, amores Señoritas, denn sie wollten unbedingt weiter nach Portugal.

Nach dem Abschied der Girls besorgte ich uns Tickets für die Fähre nach *Ceuta.* Hier unten im südlichsten Spanien begann nun unser gemeinsames und lang ersehntes Abenteuer.

Schnell gewöhnte ich mich an die spanische Mentalität, an das südliche Essen wie auch vino tinto, porros, raketas! Und die Chicas!

Ich lebte auf und fühlte in meinem Herzen ihre Gastfreundlichkeit. Erstaunlich, wie diese einfachen, gelassenen Menschen den Alltag genießen. Sie lachten, redeten und feierten in aller Ruhe ihre Siesta. Ach, wie herrlich, jeden Tag spiegelte sich das blaue Meer in meinen Augen. Die andalusische Natur lud uns unter den schönen Korkbäumen zu einem Picknick ein.

Zum Glück verweilte *Franco der Fascho* schon ein paar Jahre in der Hölle, wenn ich mich nicht täusche, genau da, wo er auch hingehört, die Drecksau!

Die armen Menschen in Spanien könnten sicher ihr Leid erzählen. Des Öfteren hielten uns die Guardia Civil bei ihren obligatorischen Straßenkontrollen an. Schon von weitem waren sie zu erblicken – man spürte noch die alte *Franco-Macht*, die so stark war, dass man sich vor Angst beinah in die Hose schiss. Aber wir alten Ostdeutschen kannten ja noch die Tricks der Diktatoren. Mit ihrem angsteinjagenden Benehmen machten sich die *Majore* bei uns Hippies doch nur lächerlich!

Die wirkliche Freiheit gibt es sowieso nicht mehr, wo doch jeden Tag irgendwelche Staatsorgane nur wissen wollen, woher du kommst, wohin du willst und was du den ganzen Tag so machst – *Überwachungsstaat*. Wenn das mal keine Bevormundung ist, fresse ich einen Besen. Und darum fahren Benny und ich erst einmal in die Wüste, um genug Abstand von all den grässlichen Realitäten zu nehmen.

Auf der Fähre nach *Ceuta* traf man viele Wandervögel und Aussteiger, die man früher oder später im Süden Marokkos wiedertraf. Am Grenzübergang zu Marokko spielte sich das gleiche Lied wie in der Türkei ab. Ein paar US-Dollar im Passport überzeugten die Grenzer.

Fez und *Ketama* waren unsere ersten Reiseziele. Mein lieber Mann, ob du es glaubst oder nicht, aber in Marokko weht ein anderer Wind. Eine ausgeprägte Anmachtour à la *weißer Indianer, kauft, Leute, kauft!*

Es war noch lustig am Anfang in Marokko, als die marokkanische Jugend uns laufend ansprach und dazu am Ärmel zog. Oft waren sie frech: »Du kommen, kaufen! Verstehest du! Wocha enjalla, Sesam öffne dich!« Als alte ungläubige Weißhaut musste man sich im Orient allerdings jeden Tag aufs Neue beweisen. In dieser von Schönheit überzogenen Landschaft und mit ihren Menschen schien der Kalender stehen geblieben zu sein. Wie schön, dass es so einen Lebensstil überhaupt noch gibt am Rande unserer Milchstraße.

Als Kind interessierten mich schon immer Abel und Kain, Euphrat, der Tigris. Das waren schöne Geschichten. Vielleicht zieht es mich deshalb so um die Erdkugel, ich lebte in einer Welt, wo Fantasie keine Grenzen hat.

Hier in Marokko, Ende Februar, hielt der Sommer schon lange Einzug. Einmal mehr bin ich der Sonne entgegengereist und genieße jetzt jeden Tag.

Meine neuen Eindrücke im nördlichen Afrika faszinierten mich immer wieder. Unser VW-Bus summte wie eine Biene. Der Motor, so schien es, machte seine Arbeit gut.

Die Taschen gefüllt mit Murmeln und allerlei Leckereien. Vielen Dank dem König. Ja, die Marokkaner wussten schon, wie schön das einfache Leben auf dem Lande seien kann. Qualmte man eine *Sputnik-Rakete* im Orient, war es angebracht, das Auto abzustellen, den Teppich auszurollen, um sich wie ein fliegender Holländer geschwind in die Lüfte treiben zu lassen.

Mir fiel immer wieder auf, wie leicht es sich in orientalischen Ländern ohne viel Konsumgüter leben lässt. Jeden Tag kochten wir uns *Tajine à la Maroc* am Lagerfeuer de Beduin.

Wer Marokko kennt, der weiß, von was ich rede, die Hippies zu jener Zeit bestimmt.

Irgendwie war ich gefesselt von diesem Aussteigerleben. Fabriktore, Sklavenhochburgen, Autoabgase und politisch schlechte Luft waren weit entfernt. Nur der Ozean, das tiefblaue Meer, lag vor unseren Füßen.

Endlich erreichten wir südlich von Marokko *Tharasud* bei *Agadir* mit unserem VW- Raketentriebwerk den Campingplatz, wie sich herausstellte, ein Platz internationaler Globetrotter. Eine Horde von Erdensöhnen, die noch schnell, bevor es zu spät ist, Marco-Polo-Abenteuer erleben wollten. Bekanntermaßen rückte die aggressive Industriewelt uns Aussteiger immer mehr auf den Pelz.

»Benny, leg doch mal Jimmy Hendrix rein.« Hey Joe … reichte ihm den Joint, grinste und legte mich wieder hin, genoss die Musik. Jimmy, dachte ich, es ist mal wieder Zeit, ein Weib zu sehen.

Der Campingplatz war ja voll belegt mit Hippie-Schnecken. Darüber brauchten wir uns keine Sorgen machen. Vielmehr mussten wir auf die marokkanische Schmiere aufpassen, bekanntlich kreuzten *die* immer unerwartet auf.

Eines Morgens war wieder einmal eine Razzia. Alias Hippie, lauf, so schnell du kannst. Als die Razzia zu Ende war, sammelten wir Murmeln, denn die flogen zu solchen Zeiten noch schnell aus allen Zelten. Die Polizei packte einige Hippies am Kragen und schleifte sie in den Kerker. Dort wurden sie schließlich gefoltert oder vergewaltigt.

Wer Kohle hatte, konnte sich freikaufen. Ja, als junger Mensch hat man es nicht immer einfach auf dieser schönen bunten Welt. Und das nur wegen des Paffens.

Das Kifferzeug, *Hopfen und Wein* wuchsen auf der Erde doch schon lange, bevor die Menschheit hier überhaupt aufkreuzte! Nicht zu glauben, jedes Kind weiß, dass Alkohol, Valium, Fabrikqualm, Atombomben oder chemisch-biologische Waffen tausendmal schädlicher sind. Alles nur Heuchelei. Was ist das nur für ein fremder Planet? Lebe ich vielleicht im falschen Film? Jahrhunderte, Jahrtausende oder gar Jahrzehntausende entfernt?

Hot Dog auf dem Planeten Sirius

Eines Tages sprach mich ein Schweizer an. Senn fragte mich: »Tatze, alte Weißhaut, schon mal einen Trip vom Allerfeinsten gegessen?«

»Was murmelst du?«

»Na ja«, sagte Senn, »bist du schon einmal auf dem Planet Sirius gewesen?«

»Nein, wieso?«, fragte ich zurück.

»Ja, mit dieser Pille«, sagte der Schweizer, »kannst du mit Lichtgeschwindigkeit durch die Wurmlöcher fliegen, wie eine Schlange gleiten und bei Ankunft in Sirius auf dem Bahnhof einen Hotdog kaufen.«

Oh, dachte ich, hört sich nicht schlecht an, vielleicht sollte ich so eine Reise wirklich mal machen, und sagte zu Senn: »Lass mir noch etwas Zeit, so schnell verlässt niemand den Planeten Erde.«

Ich war wieder mal auf Mamsellenjagd und traf Sonja unten am Strand. »Hallo«, sagte ich. Sonja lächelte und reichte mir den Joint. »Setz dich«, hauchte sie wie eine Katze. »Komm, Tatze, massiere mir doch bitte mal den Rücken.« Leicht erhitzt dachte ich, vielleicht kann ich ihre süßen Titten anfassen. Meine Rute meldete sich auch gleich zur Stelle und baute ihr Zelt in der Badehose auf. Sonja hatte lange blonde Haare und ihr Gesicht war ausgefüllt mit dicken Schmolllippen. Sie erinnerte mich an norddeutsche Mädchen. Ihre braun gebrannten Beine luden mich ein, mit ihr zu plaudern.

»Na? Alles im Grünen, Sonja? So halb nackt am Strand von Nordafrika?«

»Ach, Tatze, kannst du mich nicht etwas Einfacheres fragen? Hast du nicht Lust, mich in deine Arme zu nehmen, eine kleine Strandwanderung zu machen oder ein Lager zu suchen?«

»Meinst du?«

Sonja stöhnte und machte ein leichtes, süßes: »Hm vielleicht?« Ich saugte ganz aufgeregt an der Tüte, musste zugleich husten und sagte »O. k., Sonja! Let's go!« Ihr Gesichtausdruck sagte mir alles. Sie gab an, ja sie wollte es wissen, jetzt oder nie! Oder lag ich da etwa falsch? Mann, oh Mann, dachte ich, hoffentlich werden wir nicht gestört. Ab und zu verirrten sich ja sexhungrige Muselmänner am Strand, immer auf der Suche nach blonden Frauen. Ich dachte, die Sonja muss ich beschützen, so wie es die alten Musketiere früher schon taten.

Oh, Sonja machte Zeichen zu lustwandeln und nickte mir zu. Endlich im Lager angekommen, ging es gleich zur Sache. Sie zog ihren Roch hoch, streckte mir ihren Popo entgegen und schaute mich wollüstig an. Links und rechts war kein Mensch. Aber als ich entlüftete, sah ich doch tatsächlich einen Muselmann schnurstracks das Weite suchen. Wir liebten uns den ganzen Tag heiß und innig, so lange, bis die Sonne sich neigte und die orientalische Nacht ihren Einzug hielt.

Wenn es dunkel wurde, war es gefährlich am Strand, ich nahm Sonja mit zum Bus und auch Benny kam sogleich in den Genuss.

Damals waren wir ja noch stolze Draufgänger, als wir wieder mal bumsten. Ich glaube, das konnte schon von weitem jeder an unserer Nasenspitze erkennen.

Je kecker oder witziger man wurde, umso mehr Damen gesellten sich an unser Lagerfeuer. Es sprach sich herum, dass zwei Hippies aus dem Osten Deutschlands in Marokko herumvögelten wie Meister Lampe.

Mit der Zeit lernte ich viele Gleichgesinnte kennen und einige wurden für immer meine Freunde.

Jetzt waren wir in Marokko, hatten das Flair von Freiheit, frischer Luft, feinstem *smoke* und viel Spaß: *Was kostet die Welt, ich bin dabei,* jeden Tag die Lust wie den Wein.

Eines Morgens, ich machte Rühreier und Senn saß lässig auf seinem Campingstuhl. Er fragte mich wieder: »Na, Tatze? Willst du heute mit mir reisen?« Im Stillen dachte ich, warum nicht, probieren geht über studieren. Ich erwiderte: »Na, wenn du meinst, Senn, dass heute das richtige Reisewetter ist, bin ich dabei! Senn«, sagte ich noch, »frage doch bitte Pinocchio, ob er nicht auch zum Planeten Sirius aufbrechen will.«

»Benny«, rief Senn, »kommst du mit auf die Reise?«

»Wohin bitte, Senn?«

Ich sagte: »Benny, hier, iss erst einmal deine Rühreier, danach gibt es eine Nachspeise: *Löschpapier à la Donald Duck.*«

»Nachspeise?«

»Nachspeise, die es in sich hat.«

»Ich bin gespannt. Wo soll die Reise noch mal hingehen? Planet der Affen? A Quadrat plus B Quadrat gleich C Quadrat?«

»Ja, Benny, wir benutzen die Wurmlöcher, hahaha. Frage doch Senn aus der Schweiz, du Schlaukopf.«

Benny fixierte die marokkanische Erde, überlegte eine Weile und sagte endlich: »Ich begleite euch auf der Reise.«

Der Uri reichte uns das LSD, sagte noch, die Dinger seien zum Lachen, Schreien und Träumen. Ich dachte, wenn Sonja jetzt vorbeikommen würde, würde ich sie glatt einladen. Und wenn man vom Teufel spricht, so ist er nicht mehr weit.

»Hallo Jungs«, sagte Sonja, lächelte, reichte wie üblich den Joint und setzte sich an unser Feuer. Wir laberten, kicherten und lächelten. Donnerwetter, schlug der Blitz der geistlichen Feen wie Götter in mein Gehirn. Benny stocherte schon eine Weile mit einem Stock im Feuer. Um seinen Kopf hatte Finke ein lila Band und sah aus wie ein echter Spaßmacher. Seine dünnen Haare wedelten im Wind wie sanftes Grasland. Um mich herum ereignete sich ein Naturschauspiel ohnegleichen. Ich sah plötzlich Schattenrisse und sich ständig verändernde Materie, blitzschnell, etwa wie ein Laserstrahl, durchquerte mein Hirnkasten das Universum.

»Benny?«, fragte ich.

»Ja, Tatze?«

»Geht es bei dir jetzt auch los?«

Benny nickte, schmunzelte, wobei seine Pinocchionase sich plötzlich in eine zehn Meter lange Schultüte verwandelte.

Um mich herum schien die Wirklichkeit weit entfernt zu sein. In meinem Hirn knisterte es, mir schien, ich säße auf einer Wolke und treibe vor mich hin. Hatte Senn, der *Wilhelm Tell*, möglicherweise doch Recht?

Benny verwandelte sich ständig, wie ein Chamäleon. Einmal sah er aus wie ein Gartenzwerg und ein anderes Mal wie Rübezahl. Sonja ritt derweil mit einem Besen durch die Lüfte und schrie: »Ja, ich bin, ja, ich bin eine

Hexe, eine Hexe!« Hänsel und Gretel verliefen sich im Wald … zum Totlachen, es hörte nicht mehr auf. Als aus den kleinen Kakteen plötzlich ungeheuerliche Bäume wurden und ich im Garten Eden schwebte, Himmel auf der Erde erlebte, fragte ich mich ständig, was ist jetzt die Wirklichkeit?

Irgendwann krochen wir auf allen Vieren und fanden uns am Strand von Tharasud wieder. Wer weiß, wie wir dahin gekommen sind. Freilich untersuchten wir jedes Sandkorn. Dabei entdeckte ich wunderbare Dinge. Wie zum Beispiel aus Sand ein goldener Farbenflash wurde. Alles war wesenhaft, sogar die Steine. Mein Bewusstsein saugte all diese neuen Erlebnisse begehrlich auf. Mein Gehirn spielte verrückt, ferner entdeckte ich neue Wege zu reisen und die Welt mit anderen Augen zu sehen. Mein lieber *Herr Hoffmann*, Wahnsinnserfindung! Was haben Sie da nur erfunden? Nun kann ich verstehen und mir vorstellen, wie die Indianer oder Ureinwohner unseres Planeten durch natürliche Halluzinogene, wie Meskalin-Pilze und dergleichen, abfliegen oder abgefahren sind. *Carlos Castaneda* beschreibt diese außergewöhnlichen Erfahrungen und Erlebnisse sehr ausführlich in seinen Büchern.

Es war Zeit, Marokko unter die Lupe zu nehmen. So fuhren wir weiter und landeten schließlich im *Paradise Valley*. Ein Fleckchen Erde, wie der Name schon sagt. Umgeben von Palmenhainen, die Schatten schenken, liebreizendes Vogelgezwitscher, harmonische Ruhe, wie ein Mensch es sich nur vorstellen kann.

Auch hier hielten sich ein paar Hippies auf, welche sich von der klösterlichen Harmonie inspirieren ließen. Am nächtlichen Lagerfeuer durfte jeder mal auf Ricardos Gitarre spielen und das Beste von sich geben. Auch ich hatte die Ehre, dieses feine Instrument, sprich Gitarre, mal zu benutzen und mich dabei so richtig auszutoben. Ich hämmerte auf die Gitarre wie ein Besessener und fühlte dabei die starke Macht der Musik, die ich als Kind meiner Großeltern schon in Klein Wusterwitz auslebte.

Im Stillen dachte ich, die nächste Gitarre kaufst du dir in Spanien. Mein treuer Gefährte Benny langweilte sich und träumte ständig von seiner angehenden Frau, die er vorher noch in Berlin kennen lernte, bevor wir Marokko bereisten. Andauernd jammerte mein Dick: »Ich will nach Hause, ich will wieder nach Hause.«

Ein echter Aussteiger war Pinocchio nicht, denn er liebte mehr die Sicherheit und sprach einstweilen auch hin und wieder über die Rente, die es vielleicht zu seiner Zeit nicht mehr geben wird. Mein Gott, Walter, was ist bloß mit Finkemeier los?! Vermutlich ist das die letzte Reise, die Finkemeier und ich unternommen haben.

Aber bevor es für meinen Freund ins traute Heim nach Berlin ging, sollten wir noch ein paar wilde Abenteuer erleben.

Marokkanisches Erdloch

Dieser Tage trafen Lothar und Sonja mit ihrem Daimler Benz im Paradise Valley ein.

Oh, schön, dachte ich, endlich ist es vorbei mit der Onanie. Sonja und Lothar kannten sich von Aschaffenburg. Sie waren gute Freunde. So gab es zwischen uns keine Missverständnisse wegen der Liebe. Mal schlief Sonja bei uns im Automobil oder ein anderes Mal bei irgendeinem anderen Aussteiger.

Wir genossen die Ruhe, die heißen Tage mit Fladenbrot, Tajine und zuckersüßem Pfefferminztee. Die Zeit spielte im Paradise Valley keine Rolle, gleichzeitig schien es mir, dass die Tage nie vorübergehen.

Einst saßen wir wieder einmal am Feuer, da fragte mich ein marokkanischer Frommgläubiger, an welchen Gott ich wohl glaube? Ich bedeutete Herrn Berber mit Händen und Füßen, dass ich ein Atheist sei.

Er blickte mich ungläubig an und schüttelte nur mit dem Kopf. Ich machte ihm klar, dass er sich um mich keine Sorgen machen müsse. Zumal ich ja weiß, dass auch Ungläubige einen Platz nach dem Tode im Paradies erhalten, möglicherweise aber auch in der Hölle.

Glaubhaft gab sich der Gottesfürchtige mit meiner Lebensphilosophie zum Universum zufrieden, denn er überreichte mir mit Begeisterung die Friedenspfeife.

Ich glaube, dass wir Hippies in den Augen der Berber eine willkommene Abwechslung waren. Was sie in hohem Grade wohl dachten über nordeuropäische Barbaren mit langen Zotteln, ausgefransten Jeans, die

Taschen voller Schnaps und Mädchen im Bikini?

Die Wüstenbewohner besaßen eine Toleranz gegenüber uns Hippies, dass sich mancher Bergmensch in Bayern oder Redneck aus Texas eine Nase von abschneiden könnte.

Nach drei Wochen Paradies, Philosophieren, Träumen und Gammeln zogen wir weiter in Richtung Süden, lernten Menschen aus Tifnit, Tarudand und der Sahara kennen.

Im tiefsten Marokko machten wir Halt und wollten wirklich wissen, ob es doch tatsächlich einen Puff hier gibt. Der erste Steppenwolf, den ich konsultierte, ob ein Freudenhaus hier im Dorfe sei, gab uns gleich die richtige Adresse. Ein Kuppler führte uns auf Umwegen ins gelobte Erdloch. Wir bezahlten zehn Dirham, geschwind öffnete sich die Erdluke.

»Ich glaube nicht, dass Herr *Neckermann* jemals den Genuss von derartigen Abenteuern davontragen wird«, sagte ich zu Benny, lachte und witzelte vor mich hin.

»Ja, ja«, konterte Benny, »ich glaube auch nicht, dass Herr *Tourist* jemals in dieses marokkanische Erdloch steigen würde.«

»Nichtsdestoweniger, was meinst du, Benny, du lässt mich doch hier nicht im Stich?«

»Nein, nein, ich mache mit.«

»Na denn, nichts wie in die Höhle, um zu sehen die Vögelein!«

Ich glaubte es nicht, erspähte Aladin die Wunderlampe, Bauchtänzerinnen aus den Emiraten, die auf Teppichen tanzten und die Stimmung im Erdloch anheizten. Die Herrinnen kullerten mit ihren Augen, als sie uns langmähnige, blonde, blauäugige Hippies erspähten. Die Zauberinnen gaben ihr Bestes, um Finke oder mich zu überzeugen, dass *sie* die richtigen Künstlerinnen seien, um Tausendundeine Nacht unvergesslich zu machen.

So geschah mein Wille, nachdem eine hübsche Braut mich überzeugte, sie Spagat und Erotik am geilsten vorführte, bekam ich doch gleich einen mörderischen Ständer! Der Tee, der durch leicht gekleidete Gebieterinnen gereicht wurde, hatte es in sich. *Raschascha*, dieser Tee wird aus Mohnblüten gebraut und steigerte den Sexualtrieb. Dass ich auf der süßen Frau und Gebieterin so lange reiten konnte, bis es endlich donnerte und blitzte im Himmel der Liebe, habe ich sicher diesem Zaubertrank zu verdanken.

Am anderen Morgen, noch leicht benebelt, geknetet und massiert, wurde es Zeit, sich vom gemütlichen Bunker zu verabschieden. Auch Künstlerinnen, Nutten und Tunten sind Menschen, müssen mal schlafen, um für die nächste Nacht frisch und munter zu sein.

Als ich auf der Matratze lag, um mich zu entspannen, dachte ich zurück an mein Geburtsland. Wenn zu jener Zeit *Horch und Lausch* mich gefragt hätten: »Nun seien Sie mal ehrlich, B., was wollen Sie denn da im Westen?«

»Na ja, meine Grenzwächter, ick will nach Marokko, da jibt dit so watt wie Erdlöcher, Bauchtänzerinnen und derlei Kram, mitten in der Wüste, und quasi da will ick unbedingt mal hin.« Nach dieser Antwort hätten die mich sicher in eine Irrenanstalt gesteckt.

Die *DDR-Technokraten* hätten mir tatsächlich drei Jahre Selbständigkeit vorenthalten. Waren für mich doch diese drei Jahre in der Freiheit eine hohe Schule des Lernens, Hören und Sehens. Unerwartet sah ich Dinge auf dieser Welt, von denen ich früher nur träumte.

Zum Glück ließ ich mich ja ausbürgern. Es gab Ostbürger, die so einen feinen Ossi-Pass besaßen, aber gleich heulten, wenn ihre Oststaatsbürgerschaft aberkannt wurde und man sie nicht mehr zurückließ ins *stalinistische DDRchen*. Da lachen ja die Hühner. Ja, aber so ist das im Leben. Einer so und der andere so.

Vielleicht hat es auch mit dem Schicksal zu tun, das ganze Erdendasein. Einige Menschen zum Beispiel sind materiell so reich, aber im selben Moment arm wie eine Kirchenmaus, weil es ihnen an Liebe und Gefühlen fehlt. Was soll's, alles hat seinen Preis, oder etwa nicht?

Meine Mutter sagte immer zu mir: »Junge, sei zufrieden und glücklich mit dem, was du hast, und mach das Beste daraus.« Irgendwie hatte meine liebe Mutter häufig Recht mit ihren alten Sprüchen, stellte ich immer wieder fest. Nach dem Motto, wer dreimal in die Scheiße fällt, lernt es nie! Und das wollte ich auf keinen Fall. Aber ich, ein Sonntagskind oder besser am Karfreitag Geborener, hatte das Glück, ein lustiger, fast immer glücklicher Lausbube zu werden. Nur ab und zu gab es auch mal Ärger und musste mich keilen. Darüber haben sich die Ostbonzen bestimmt schrecklich geärgert, weil ich mehr oder weniger nur mit ihnen rumgeflachst und sie zum Narren gehalten habe. Wie ernst die Stasi-Mutanten auch immer ihren Job nahmen, für mich waren sie doch nur Marionetten. Im Stillen taten sie mir manchmal sogar Leid. Selbst eingesperrt, eingemauert bis zum Gehtnichtmehr. Ich fragte mich immer wieder, wie blöd muss man eigentlich sein, sich von Honecker, Mielke und Konsorten so foppen zu lassen?

Ich erinnere mich noch an ein Lied, was sie uns im Kindergarten immer eingebläut haben.

Ich trage eine Fahne
und diese Fahne ist rot.
Es ist die Arbeiterfahne,
die niemals fällt in den Tod.
Die Fahne wird niemals fallen,
so oft auch der Träger stirbt,
sie weht heute über uns allen
und sieht schon das Sehnsuchtsziel.

Eine sehr schöne Melodie begleitet dieses Lied, aber warum singen *die* nicht zum Beispiel:

Wir haben eine Mauer
und diese Mauer ist schön.
Es ist die schönste Mauer,
die musst du unbedingt mal sehen.
Wir schützen uns mit Minen
und schießen wild umher,
auch wenn ein Schäfchen
nur einmal in den Westen will.

Meister Lampe und ein Maulwurf

Die *drei* waren wieder auf der Piste und durchquerten Marokko, trieben sich hier und da auf den Bazaren herum, um sich vom marokkanischen Alltag einschleiern zu lassen. Sonja blieb einstweilen in Tharasud und ließ sich bestimmt jeden Tag regelmäßig bumsen. Dass sie es brauchte, war uns Musketieren natürlich klar.

Rabat, wir sitzen auf dem Bazar und versuchen Ersatzteile von Lothars kaputt gegangenem Daimler zu verhökern. Blitzartig umzingelten uns drei marokkanische Kripobeamte. Sie begutachteten derweil Verteiler, Dynamo, Anlassmotor, Schrauben und Muttern, die wir säuberlich auf unserer weißen Tischdecke ausgebreitet zum Verkauf feilboten.

Die Kripoherren befahlen uns, alles einzupacken und ihnen zu folgen. Benny, Lothar und ich guckten uns blöd an und verzogen keine Miene.

Mustafa hieß einer von der Gendarmerie. Er zeigte auf unser VW-Strahlentriebwerk, das unmittelbar neben uns offen stand, und machte uns deutlich, in unser Auto einzusteigen. Jetzt ist alles aus, dachte ich. Die wollen doch nicht etwa mit uns ins Polizeipräsidium fahren?

Es dauerte keine fünf Minuten, wir sausten durch Rabat und die marokkanische Schmiere machte es sich gemütlich in unserem Auto. Das Erste, was ich unternahm, ich drehte die Musikanlage auf, zog Grimassen und versuchte die Schmiere abzulenken. Unglücklicherweise lagen ja auch noch einige Klumpen im Bulli, die unter den Sitzen versteckt waren. Mustafa saß mit seinem fetten Hintern auf einem dieser Päckchen, was er aber zum Glück nicht bemerkte. Oh mein Gott, wenn das man gut geht.

Zappa, Lothars Schäferhund, leckte derweilen die Hand eines der Ordnungshüter, was dem Major offensichtlich einen Schrecken einjagte.

Mustafa befahl zu stoppen, sie stiegen aus und nahmen Lothar mit aufs Revier. Derweilen suchten Benny und ich einen Parkplatz, sammelten all die Klumpen zusammen, verstauten sie in einer Plastiktüte und sausten los, um ein geeignetes Versteck in der Stadt zu finden.

Bennys dünne Haare wedelten wieder einmal ganz gestresst im schnellen Schritt der Paranoia. An seinem lila Stirnband bildeten sich von Angstschweiß und Schrecken weiße Ränder. Wie ein Hase jagte Finkemeier in den Gassen umher, schlug Haken, um Reineke Fuchs zu zeigen, wer hier der Igel oder Meister Lampe ist. Als ich ihn so rumhinken sah, dachte ich, du *Doofmann*, schmeiß doch endlich die dämliche Tüte weg.

Ich wusste nicht, dass uns ein Fußsoldat auf den Fersen war, denn auf einmal packte mich des Jägers Bärentatze. Er forderte auch Pinocchio auf, der gerade wie eine Katze um die Ecke schlich, mitzukommen und ins Polizeipräsidium zu fahren.

Aus und vorbei, schrie mein Gehirn. Im selben Moment musste ich den Unschuldigen mimen, um den Jäger von der Tüte abzulenken, die unmittelbar neben ihm lag. Hoffentlich kippt die Tüte bei Bennys Fahrstil nicht um! Schultütennase schwitzte wie ein Schwein und pfiff die Melodie vom Tod. Ja, wir sahen uns schon im Loch mit 30 Mann in einer Zelle und in der Mitte ein Loch zum Scheißen.

Als wir am Präsidium parkten, kamen im selben Moment Mustafa und Lothar aus der *Sesam-öffne-dich-Tür*, stiegen ins Auto und wir fuhren zurück zum Basar. Alles war paletti. Mustafa zeigte uns seinen Colt und ließ uns damit spielen. Die Autopapiere von Lothar überzeugten die Männer von der Schmiere, dass alles in Ordnung sei und die Ersatzteile des Daimler nicht geklaut waren. *Ordnung muss sein, sprach der Herr Ballerstein, auch im Marokkolein.*

Der Schutzengel war uns ausgeflippten *Hippies, Fickis, Jesuiten, Träumern* wieder einmal äußerst gnädig. Natürlich atmeten wir auf, nachdem unser kleines Abenteuer mit den freundlichen Gendarmen aus Rabat für uns Rabauken noch einmal so glimpflich endete.

Irgendwie war dieser Tag für uns gelaufen. Wir machten uns auf den Weg, verließen Rabat im eiligsten Tempo und suchten draußen in der Pampa einen Schlafplatz.

Als es dunkel wurde, am Himmelzelt die Sterne wie Diamanten funkelten, schlief ich endlich ein, träumte von Spagat und spanischem Wein. In meiner tiefsten REM-Phase verwandelte ich mich in einen Maulwurf und zu meinem Schrecken wachte ich in der Mitte einer Knackizelle auf. Schweißgebadet stellte ich fest, dass es nur ein Albtraum war.

Benny schnarchte vor sich hin, zuckte ab und zu mit seinen Gliedern. Sein äußerst zufriedener Gesichtsausdruck beruhigte mich. Ich brühte Kaffee auf, rauchte einen dicken Joint und sogleich war der Tag mein Freund. Ich robbte zum Strand, sprang in die Fluten, ließ mich etwas bräunen, genoss die Ruhe sowie das Rauschen der Wellen und grübelte. Wenn Finke wieder nach Hause will, soll er doch ruhig fahren! Auf jeden Fall ziehe ich weiter, suche mein Glück in weiter Ferne, kaufe mir in der nächsten Stadt eine Gitarre und spiele jeden Tag, bis mir die Finger bluten. Denn ich muss noch einiges aufholen, um aus der Klampfe das Beste herauszuholen. Durch die Kifferei juckten meine Finger sowieso immer und meine Hände wollten ständig mit irgendetwas spielen. Zum Glück war meine kleine Mundharmonika bei mir, um ab und zu mit ihr den Blues zu spielen ... *Hey brother, don't go down ...* Oder meine Lieblingsmelodie, die ich als Kind schon immer spielte:

Hänschen klein ging allein
in die weite Welt hinein,
Stock und Hut, alles gut,
Tätzchen ist frohgemut.

Dosensuppe und ausserirdische Materie

Der Lebensstil in Marokko, genügsam am Lagerfeuer zu sitzen und über Gott und die Welt zu philosophieren, faszinierte mich unablässig. Das wirkliche Leben spielt sich sowieso außer Haus ab.

Nun ziehe ich schon eine Weile um die Welt, stelle fest, das richtige Leben hat nicht das Geringste mit dem zu tun, welches der Gesellschaft jeden Tag wieder und wieder im Fernsehen vorgaukelt wird. Mein sehnlichster Wunsch ist, dass alle Menschen auf dieser Welt genug zu essen, ein Dach über dem Kopf haben und glücklich wie friedlich eingestellt sind. Weiterhin nicht allen Quatsch glauben, den Prediger schon über Jahrhunderte die allzeit in künstlicher Armut gehaltenen Menschen lehren.

In unserer so genannten heilen Welt musst du schuften, bis du umfällst, Pech hast, keine Rente erhältst, im hohen Alter auf allen Vieren kriechst und dich gerade mal mit Katzenfutter über Wasser halten kannst. Wenn das keine moderne Sklaverei ist! Jetzt spüren, fühlen, sehen, schmecken sowie jeden Tag stechen und lecken, das ist jetzt mein Lebenselixier.

Unser dreimonatiges Visum für Marokko neigte sich seinem Ende zu und es wurde langsam Zeit, sich vom sittlichen Land zu verabschieden. Leider sahen wir nicht voraus, dass unser VW Bus die Schnauze voll hatte und irgendwo im nördlichem Atlasgebirge am frühen Abend den Geist aufgab.

Finke glaubte es nicht, stieg aus seinem Raumschiff, untersuchte die Turbine und jammerte: »Scheiße,

Scheiße, habe ich es doch gewusst!« Unser Abenteuer in Marokko nahm kein Ende. Benny meinte: »Lasst uns ein Süppchen kochen«, und fummelte gleich am Campinggaskocher herum.

Finkemeier wollte nicht warten, bis das Lagerfeuer knisterte und ich wie gewöhnlich die Tajine zubereitete. Inzwischen schlugen wir unser Zelt auf, derweil Zappa schon eine Weile unruhig hin- und herlief. Hatte er den Braten gerochen? Irgendetwas stimmte nicht hier in der Gegend. Nein, Zappa, der schlaue Hund, wollte uns nur warnen, denn unser kaputtes *UFO* brannte lichterloh. Außer Kontrolle geraten, retteten wir in letzter Minute all unsere wichtigsten Habseligkeiten, wie den Nachtschrank, die Pferdedecken und Passporte.

Zwei hergelaufene Muselmänner schraubten noch schnell die vier Räder ab und brannten sich im Kurbelwahn die Nasen schwarz.

Ungefähr nach sechs Stunden erschienen plötzlich die Polizei und Feuerwehr. Leider gab es für die Spritzenmänner nicht mehr viel zu tun, unser Raumschiff *made in Germany* hatte sich unterdessen zu einem kleinen Klumpen außerirdischer Materie verwandelt. Die Nacht schliefen wir natürlich im Atlasgebirge und bei hellstem Mondschein, während die Wölfe ständig jaulten – auh … uhu … ouhu …

Sehr früh am anderen Morgen weckten uns die Gendarmen. Sie luden uns freundlichst ein, auf ihrem Revier die Zähne zu putzen, die Geschäfte zu erledigen sowie Kaffee und Croissant zu genießen.

Unser Nachtschränkchen, in dem eine Schublade mit *Rausch und Freude* beladen war, stand im Raum der

Schmiere wie Rumpelstilzchen. Ach, wie gut, dass niemand weiß, dass unser Schränkchen voll beladen ist mit diesem Pfeif. Was uns drei Abenteurern natürlich voll bewusst war, denn hätte der *Dicke* oder *Dünne* auch nur einmal die Schublade aufgemacht, wäre er sicher in Ohnmacht gefallen. Unser Schäferhund, der treue Zappa, legte sich einfach vor das Schränkchen und bewachte es standesgemäß.

Die zwei Dorfpolizisten schielten arglos zum Nachtschränkchen, wir saßen ganz sicher auf glühenden Kohlen. Nach zirka acht Stunden Grausen bemühte sich endlich der lange Dünne, ein Protokoll für die Versicherung zu schreiben.

Einen halben Tag Angst und Kupferbolzen lohnten sich, um Finkes Versicherung später davon zu überzeugen, dass sein Raumschiff beim Kochen einer Dosensuppe in die Luft flog. Finkemeier war heilfroh, als es mit dem nächsten Bus weiter zum Campingplatz ging.

»He, wieder einmal Glück gehabt, alte Weißhaut«, röhrte es aus meinem Mund. »Wenn wir drei Glücksritter keinen Schutzengel haben, fresse ich zehn Besen.«

Benny sagte nichts mehr, denn er wusste ja, dass für ein paar Gramm Medizin in Marokko die Hölle los war. Auf dem Zeltlager kurz vor der Grenze Ceutas trafen wir unsere alten holländischen Kumpels, die wir noch vom Paradise Valley her kannten. Auch sie planten ihre Rückreise nach Europa. Später stellten wir fest, dass Jan Steen, der fliegende Holländer, im spanischen Kerker landete, weil der Dummkopf in seiner französische Ente unerlaubte Schmuggelware, *Medizin der Heiligen Drei Könige*, nach Spanien einführen wollte. Wir packten unsere übrig gebliebenen Utensilien, viel war es ja nicht mehr, aber was ist schon viel auf dieser Welt? Wichtiger waren die Erlebnisse, die Lebenserfahrungen und der Humor beim Reisen. Die Grenze von Marokko nach Europa war für uns alte Grenzfetischisten absolut kein Hindernis. In Windeseile, Zappa immer an der Spitze, durchquerten wir im Sprint die Höllengrenze. Mit ein paar Pesetas im Rucksack ging das Aussteigerüberleben in Spanien wieder richtig los. Kreative Überlebungskunst kannte keine Grenzen, dies wusste ich schon früher im Osten Deutschlands zu nutzen. Dort musste man sein Köpfchen allerdings auf andere Gebiete der Theaterkunst ausdehnen, weil ja die Bezirke im *Freiraumgehege DDR* eingeschränkt, überwacht und ständig von *Inoffiziellen Mitarbeitern* kontrolliert wurden. Im Osten stand man praktisch jeden Tag mit einem Bein im Karzer. Weil ja an jeder Ecke oder Litfaßsäule im *Zonen-Revier* ein *Stasi-Männchen* lauerte, um ein schwarzes Schaf aus seiner Herde zu fischen und ihm den Garaus zu machen.

Mit was sich Menschen auf dieser Erdkugel aber auch so jeden Tag beschäftigen, um anderen Leuten den Alltag und die Freude am Leben zu verderben.

Ist doch ungeheuerlich! Statt die Blumen am Waldrand zu genießen und den Lebensraum zu begreifen, ärgerten die *Gurus Honecker & Co.* lieber die Staatsbürger! Ist das nicht ein Armutszeugnis?

Darum waren für uns *DDR*-Teenager die sechziger und siebziger Jahre reine Überlebenskunst und hatten sogleich ganz andere Umstände. Es war schon ein Fingerspitzengefühl, die richtigen Freunde zu haben, um nicht eines Tages durch eingeschlichene Schnüffelnasen ins Unheil zu stürzen. In unserer Clique sprachen wir oft über das System oder machten Witze über Spitzbube Walter, später Erich und seine Anhänger. Früh lernte ich in der DDR, Personen einzuschätzen, die nicht meiner Lebensphilosophie entsprachen, was mir zu guter Letzt in der freien Welt auch zugute kam. Aber gewöhnlich lernt man nie aus im Leben und jede neue Erfahrung macht dich einfach klüger.

Spanische Ritterburg

Castillo de Castellar de la Frontera, eine alte ehemalige spanische Ritterburg, die verlassen war und nun von Hippies erobert wurde, war für einige Zeit mein Zuhause. Einen alten Ziegenstall, das Dach war noch unversehrt, baute ich mir aus und machte mir daraus ein Schmusekästchen.

Meister Popper putzt so sauber,
dass sich jedes Weib wohl fühlen kann.
… Meister Popper …!

Die alte Bastei wurde oftmals von heißen Bräuten besucht. Bei den warmen Temperaturen in Spanien ließen die Mädchen häufig ihre Höschen herunter und das machte uns Blumenkindern wahrhaftig großen Spaß.

Wie ich es mir schon dachte, Schultütennase gab das Aussteigerleben auf. Er nahm den nächsten Zug Richtung Heimat, Westberlin, und heiratete seine Liebste. Wahrscheinlich wird er wohl oder übel alle vier Jahre die Wohnungseinrichtung wechseln, die Steuern pünktlich zahlen, die Stechuhr betätigen und sich irgendwo als Leibeigener wiederfinden.

Ich jedenfalls, *die Tatze, Bleichgesicht-Indianer,* wünschte meinem alten Kumpel Benny sowie seiner Braut alles Beste, dass sie jeden Tag richtig bumsen, bumsen und nochmals bumsen, schmatzen, hecheln, wie es sich für ein anständiges Pärchen gehört. Aber im tiefsten Innern meines Herzens tat es einfach weh, mich von meinen Kumpel Benny zu verabschieden. Aber was ist schon Abschied? Die Weltkugel bleibt nicht stehen, sie dreht und entfernt sich endlos weiter. Bis sie eines Tages, so Gott es will, im schwarzen Loch verschwindet, wir alle am Ende in Mutters *trautem Heim* bei Kaffee und Kuchen uns wiederfinden.

Wir näherten uns dem Jahresende, nach vier Monaten Castillo de Monte Christo wurde es Zeit, den Vögeln zu folgen, eine Barke zu chartern und Christoph Columbus' Insel *La Gomera* zu erobern.

Pferde-Hans heißt der Modeschmuckhersteller aus dem Castillo, der mir den Tipp gab und sagte: »Tatze! Pack deine Flamenco-Klampfe ein, schippere zu den Kanaren und besuche die *Ureinwohner der Guanschen*.« Viel Glück wünschte mir Hans und sagte beim Abschied: »Tatze, üben, üben und nochmals üben, dann kannst du vielleicht mal ein guter Gitarrenspieler werden, um die Häuser ziehen und wenigstens als Gaukler überleben.« Ich danke Pferde-Hans noch heute für seinen guten Rat.

Von *Cadiz* im Süden Spaniens segelte die Fähre in Richtung *Islas de Canarias*, meinem nächsten Ausflugsziel.

Nun, mit meiner Wandergitarre und Mundharmonika bewaffnet, nahm ich Angriff auf die Bastille von La Gomera. Ich nahm mir vor, die Gitarre so lange zu studieren, hämmern, zupfen oder wenigstens so gut zu spielen um mir in Zukunft auf der Straße oder vor Kneipen ein paar Groschen zu verdienen!

Die Fähre nach Santa Cruz de Teneriffa brauchte drei Tage, um über den Atlantik zu dampfen. Genug Zeit, der starken See zu zeigen, wer hier der Stärkere ist. Einige Passagiere sahen kreidebleich aus, sodass man annahm, dass ihnen nicht gut war. Überall lagen Kotzbrocken, und wer noch nicht gekotzt hatte, brauchte nur mal kurz Bekanntschaft mit dem Scheißhaus auf der spanischen Fähre zu machen. Die Wände waren braun von Exkrementen.

Meine Mutter sagte immer, als ich noch klein war: »Junge, auch wenn ein Mensch arm ist, heißt das nicht, dass er auch dreckig sein muss.«

Aber was waren denn das für Leute auf der Fähre? Ich hatte lange Haare bis zum Steiß, wurde oft beschimpft, aber dennoch wusch ich meine Klatten immer wie ein Waschbär.

Das schlechte Image der Hippies ist darum in meinen Augen total falsch. Im Vergleich zu den Blumenkindern lässt die Hygiene allerhand Pflichtbewusster sehr zu wünschen übrig. Das fiel besonders in den von mir bereisten Ländern auf.

Liebe Spießer, oben hui und unten pfui!

Ich meine: »Fasst euch mal lieber an eure eigene Nase!« Ihr mit euren Vorurteilen behafteten *Gesellschaftsanzugsträger*!!!

Hosen runter, Hosen rauf,
liebe Hippies, zieht euch aus.
Dosen öffnen sich alleine,
Hippie, spreize deine Beine.
Wenn ich finde was zu hasche,
Hippie, gibt's was auf die Backe.

Als ich Ende 1978 zum ersten Mal den Hafen von Los Cristianos in Teneriffa sah, dachte ich gleich daran, hier zu bleiben und das Ernest Hemingways Buch zu lesen: *Der alte Mann und das Meer.*

Die Temperaturen schwankten zwischen 25 und 30 Grad. Hier und da konnte man Angler am Pier beobachten, die schmunzelten und guter Laune waren. Das blaue Meerwasser im Hafen verzauberte meine Sinne, ich blickte hinein und beobachtete die Fische. Ach, Tatze, du Träumer, was wohl Pinocchionase macht? Hat er den Bund der Liebe schon geschlossen? Seit unserem Abschied vor vier Monaten in Algeciras habe ich mich an das Alleinsein gewöhnt. Ein verklemmter Bursche war ich nie, habe neue Freundschaften geschlossen und wurde von vielen Menschen liebevoll aufgenommen.

Nach zwei Stunden Schippern erreichte die Fähre den Hafen von Gomera, *San Sebastian.* Schon von weitem piekte die Insel mir ins Auge. Hohe Berge, die aus dem Ozean ragten, machten mich schon ganz neugierig. Wie würde es wohl auf der Insel aussehen? Der rote Käfer war ein Geschenk meiner letzten Liebe aus dem Castillo de la Frontera und machte mir die Reise wirklich angenehmer.

Christina sagte noch beim Abschied: »Tatzelito, ein guter Ficker wird nicht dicker! Hier, nimm die Droschke, du geiler Eber, fahr nach Gomera und spiele jeden Tag Gitarre.« Ja, mit Christina hatte ich viel Spaß, sie war mehr Kumpel als alles andere. Sofern es mich nicht weitergezogen hätte, wäre vielleicht noch ein Liebesdrama zwischen uns zweien abgelaufen.

Als meine Füße die Insel Gomera berührten und ich

die Täler mit Bananen sah, der Duft der Mandelbäume meine Nase verzauberte, fühlte ich mich gleich wie zu Hause. Pferde-Hans meinte: »Alter, geh ins Valley Gran Rey, dort wirst du Gestalten treffen, die deinen Blues verstehen.« Vertrauensselig befolgte ich diesen Rat und fuhr ins unbeschreiblich wunderschöne Märchenland. Unterdessen lernte ich auf der Fähre ein paar Aussteiger und Fräuleins kennen, die alle ins Valley wollten. Die Insel hatte es in sich und die Kraft der hohen Berge trug ihren Teil dazu bei.

Drei Wochen Aussteiger

Die Energie, die von der Insel ausströmte, erhitzte bei unzertrennlichen *Dreiwochenaussteigern* die Gemüter. Ich beobachtete, dass die Pärchen aus der Industriewelt die Zeit ihres *Robinson-Crusoe-Daseins* mit viel Streit verbrachten.

Auf jeden Fall war die Nachfrage nach Sex hier im Valley Gran Rey sehr hoch, die schwarzen Lavastrände luden förmlich dazu ein. Von Aids hatten wir damals 1979 auf der *Peace-und-Love-Insel La Gomera* noch nie etwas gehört und logischerweise gebumst, was das Zeug hielt.

Die immergeilen Knaben warteten oft an der Bushaltestelle, am Strand oder an der Bar Maria, um neue Bräute kennen zu lernen. Derweil spielten wir ein Ständchen. Unsere Gitarren sangen ein Lied wie auf der Loreley. Ab und zu flog auch mal ein Taschentuch. Manchmal stand ich im Schatten, spielte den Unschuldigen und erweckte den Anschein, so gut wie nichts über Frauenzimmer zu wissen. Hier und da fragten mich die Süßen, wenn ich gerade wieder mal kiffte: »Hör mal, Kleiner, darfst du überhaupt schon rauchen?« – »Bist du schon 18?« – »Hast du schon Haare am Sack?«

»Nee, Baby, ich bin rasiert, wollt ihr mal gucken? Dann kommt mal mit zum Strand!« Als sie mein Ding endlich sahen, glaubten mir die Bienen sofort, dass ich bald 25 werde.

Meine kleine Casa in »*Lomo de Moral*« mit Blick auf das Meer war ohne Strom, hatte dafür aber fließend Wasser. Ab und zu hafteten Geckos an den Wänden und glotzten mich mit ihren schwarzen Kulleraugen an.

Eines Tages packte ich wieder einmal meine Klampfe und lief zum Playa. Dort traf ich den Bodo, der auch mit seiner Gitarre unterwegs war. Gleich erzählte er mir, dass er aus Indien, aus *GOA* komme und seiner Liebsten in Pakistan den Laufpass erteilte. Bodo hatte die Nase voll von der ständigen Meckerei, aber wirklich.

Wir scherzten und liefen gemütlich zur Bar Maria. Bodo hatte zehn Jahre mehr auf dem Buckel, war im Tierkreiszeichen Widder, gut aussehend und sehr charmant. Durch den Zufall der Götter und Sterne bin ich auch Widder. Wir zwei Dickschädel zogen eine Zeit lang um die Welt. Eines Tages, als wir beide am Strand die Klampfen zupften, sah ich sofort, von diesem humorvollen Menschen und talentierten Musiker könnte ich wirklich was lernen. Bodo, ein Aussteiger, wie er im Buche steht. Mal ganz unabhängig von sechs Sprachen, die er fließend beherrschte, nutzte der Musikus sie nie zu seinem Vorteil. Im Gegenteil, er paukte mir von früh bis spät all sein Wissen ein. Danke, Bodo, du bist ein wahrer Mensch! Dass wir beide das Haus in Lomo de Moral teilten, war wohl keine Frage. Wir verstanden uns von der ersten Minute. Die tägliche Hausarbeit erledigte sich von selbst, also jeder von uns trug ohne Kommentar dazu bei.

Es gesellten sich immer mehr Fans um uns, wenn wir Gitarre spielten oder wilde Partys feierten. Der Bodo lachte beim Singen, sodass bei einigen Hippies die Sonne besonders schnell aufging. An Geld dachte Bodo nie, er wusste genau, wie gut er Musik spielt, hatte es sich und anderen schon tausendmal bewiesen.

Für mich war und ist Gomera ein unvergessliches Erlebnis. Knüppelchen, der Dorfsheriff, gab mir ein Piratenvisum auf Lebzeiten.

Maria de Paz, die gleich unter meinem Haus eine Tienda hatte, war so eine liebevolle Inselbewohnerin. In ihrem *Tante-Emma-Laden* kam es immer zu humorvollen Gesprächen: »Holà, cariño, que tal? Muchas fiestas con guitarra y las Chicas ayer?«

»Si, si, Maria sempre muchas fiestas!«

Ich meine, einfach unbezahlbar, die Augenblicke bei Maria, denn aus Minuten wurden öfters Stunden. Die Magie dieser Menschen zog mich einfach an und ließ mich nicht mehr los. Dass ich so etwas erlebe, ist ein Geschenk der Erde. Auf einmal begreife ich, dass die einfachen Menschen dieser Welt ein Herz besitzen, dich lieben und so nehmen, wie du bist.

Über mir wohnte die süße Marisa aus Italien, die mir nie aus dem Wege gehen konnte, weil ja Bambina immer wieder an meinem Haus vorbeimusste, um ihrer Wege zu gehen. Manchmal lud ich Marisa in meine Casa ein. Dass sie eine ausgeflippte Tussi ist, wusste ich von Anfang an, es war mir egal, ihre Schönheit und ihr Körper ließen alle meine Sinne schwinden. Dass die Sonne ihren Teil dazu beitrug, war doch wohl klar!

Jeden Tag wurde an den Stränden gebumst, gebumst und gebumst. Einmal sprach mich am Playa del'Ingles ein Mädchen aus dem Norden Europas an, fragte ungeniert, ob ich ihr nicht ein Kind machen könnte. Ich sagte daraufhin: »Nur *eins*? Können es nicht auch *zwei* sein, Baby?« Sofort nahm ich sie beim Wort. Jahre später erzählte mir der Klapperstorch, dass er ihr Nachwuchs gebracht hat.

Nach einem Jahr als *Freitag* auf Gomera war es wieder mal so weit. Bodo schwärmte nur noch von Afrika, wollte weiterziehen und das Leben auf der Straße auskundschaften. Mischa, ein Gitarrist aus Frankfurt am Main, wollte unbedingt mit nach Afrika, um dort mit uns Musik zu spielen.

Unsere weiblichen Fans, Cordula und Monika, wollten auch auf einem Schiff in Las Palmas anheuern.

»Amigo, wir fahren aber ohne Weiber nach Afrika, oder was meinst du?« Bodo lachte nur: »Was denkst du, Tatze! Klotz am Bein hatte ich erst neulich in Indien, weißt du noch?«

Am Flughafen in Teneriffa, ob du es glaubst oder nicht, schwirrten tatsächlich die zwei Turteltauben Cordula und Monika herum. Die Damen, ursprünglich aus Ibiza, wollten doch wirklich mit nach Afrika. Wir ließen sie aber erst mal im Ungewissen.

In Las Palmas de Gran Canaria mieteten wir erst einmal eine Pension *de barato, billig*, denn unsere Finanzen ließen wieder zu wünschen übrig.

Staub-Mischa hatte noch etwas Kohle, die er aber eisern zusammenhielt. Er hatte eine Stauballergie, diese machte ihm sehr zu schaffen. Musste doch der arme Kerl jede Stunde sein Überlebensspray inhalieren. Ich zweifelte langsam an Mischas Kondition und fragte Bodo: »Ob Mischa Afrika überleben wird?« Bodo spottete wieder: »Tatze, mache dir keine Sorgen! Wir beide werden es schon schaffen!«

Cordula und Monika, die uns immer noch nervten, begriffen endlich, dass die Reise nach Afrika kein Zuckerschlecken ist, und wir rieten ihnen, lieber wieder zurück nach Ibiza zu fahren, um dort auf uns zu warten.

Strassenmusikant

Las *Palmas de Gran Canaria*, Ende 1979.

Plaza Catalina, eine riesige Terrasse, die ständig von Touristen besucht wurde, wurde unsere Einnahmequelle. Mein Gitarrenlehrer Bodo spielte mir vor, wie man den Leuten das Geld aus der Tasche zieht. Unsere eingeübten Lieder sprachen für sich, und so klingelte es in der Kasse. Endlich war ich auch einer der Straßenmusikanten, die ich vor ein paar Jahren auf der Insel IOS in Griechenland so bewunderte.

Jeden zweiten Tag machten wir uns auf den Weg, im Hafen von Las Palmas einen geeigneten Dampfer zu finden, der uns vielleicht mit nach Senegal nimmt. Unsere Versuche, auf den Segelschiffen anzuheuern, endeten meistens stockbesoffen am Pier. Wir konnten nie Kapitäne überzeugen, uns für einen Segeltörn mitzunehmen, und sei es als Küchenjunge.

Einmal hätte es beinahe geklappt. Ein Bananenkutter aus Rumänien wollte nach Senegal. Der Kapitän lud uns ein und nach der Mahlzeit haben wir Slibowitz gesoffen. Unerwartet verwandelte Bodo das Kackhaus in ein Schlachtfeld, indem er alles voll schiss und voll kotzte. Der Kapitän war stinkesauer, packte uns am Kragen und verwies uns des Schiffes. Nach diesem letzten Fehlschlag im Hafen hielten wir uns erst einmal eine Weile fern von Slibowitz und Schiffsführern.

Öfters luden uns spanische Mädchen ein, verwöhnten Bodo und mich mit ihren Kochkünsten. Als Straßenmusikant trifft man wirklich Gott und die Welt. Eines Tages promenierten wir um die Blöcke, packten die Klampfen aus und gaben unser Bestes. Kamen doch tatsächlich zwei Gestalten angelaufen, die auch mit Zupfinstrumenten ausgestattet waren. Als wir unsere Session beendeten, begrüßten sich Bodo und der langhaarige Germane mit einem Handschlag, als ob sie sich gestern das letzte Mal gesehen hätten. Der Germane nannte sich Baboo und Bodo kannte ihn von *Goa* her. Sein spanischer Begleiter, der Flötenspieler, hieß Juan del Rey. »*The Dusty Road*« war gegründet. Von nun an wollten vier weiße Minnesänger unbedingt den Musikmarkt in Afrika erobern.

Langsam kannte uns jeder Straßenköter in Las Palmas. Es wurde Zeit, die weite Steppe des Löwen zu suchen. Juan Pan, unser Flötenkönig, besaß aus seinem Königserbe noch einige Pesetas, kaufte uns vieren ein Flugticket ohne Rückflug nach *Dakar, Senegal, Westafrika.*

Wie hergelaufene Handwerksburschen müssen wir ausgesehen haben, denn die Passagiere auf dem Flughafen musterten uns eine ganze Weile. Als wir zum Einchecken nach Dakar aufgerufen wurden und uns in Richtung Gesichtskontrolle bewegten, staunten die Touristen nur noch Bauklötze. Oho ... oho, mit fünf Dollar willst du nach Afrika? Mach nur weiter so, du Wahnsinniger!!!

Meine Eltern würden mich total für ausgeflippt, bekloppt und verrückt erklären, wenn sie wüssten, was ich jetzt vorhatte. Bodo und Baboo hatten auch keinen Cent mehr. Nur der König besaß 400 Dollar, vielleicht etwas mehr.

Januar 1980, *Senegal, Flughafen Dakar*

Als Air Iberia nach zwei Stunden Flugzeit auf der gelobten Erde Westafrikas landete, dachte ich nur, hoffentlich fragt mich keiner der Einreisebeamten nach Knete oder dergleichen.

Beim Betreten der heiligen Erde Afrikas fühlte ich gleich die Energie des Universums, Magie und pure Woodoo-Culture. Jedenfalls wurde ich meine letzten fünf Dollar doch noch los. Dass ich den Flughafen finanziell unterstützen müsse, meinte der Major in schöner Khakiuniform.

»Five Dollars please!«

»Here, take it! You want more?« Mit einem Lächeln, dass jeder denken müsste, der weiße Mann ist voll gestopft mit Geld bis zum Kragen.

Nun war wirklich wieder die Fantasie des Überlebens angesagt. Als ich aber Bodo sah mit seinem ausgeglichenen und zufriedenen Babygesicht, das gerade an Mutters Tittis saugte, dachte ich, so wird schon alles gut gehen in Afrika. Nachdem wir unsere Visa erledigt und der König die Dollars gewechselt hatte, schnappte jeder von uns vieren nach afrikanischer Luft und wir schüttelten die Hände der Taxifahrer. Hunderte von Menschen beschnupperten uns, zogen an unseren langen Haaren, lächelten, lachten und lachten. Das ist Afrika! Bunt, so fröhlich, wild und zahm.

Die erste Tour, die wir mit einem Sammeltaxi unternahmen, ging nach *Ile de Goree,* eine ehemalige Sklaveninsel der französischen Kolonialherren. Folglich kamen wir nun total ausgehungert an. Die vier Musiker bettelten bei den Insulanern um eine milde Gabe. Der ewig knurrige, hungrige Quälsack, sprich Magen, musste gefüllt werden. Sofort packten wir unsere Klampfen aus, hämmerten los, alsbald tanzten die Menschen. Ein afrikanischer Bongo-spieler lud uns in seine Strohhütte ein. Der Buschtrommler verzauberte unsere Sinne mit Bananen, Fisch, Kokosmilch und einem Bob-Marley-Joint. Gutgläubig stellte er uns noch seine vier Schwestern vor, die uns auf afrikanische Weise zügellos verwöhnten.

Am anderen Morgen, durchgeschwitzt und stinkend, suchte ich Wasser, um mich zu waschen. Aber weit und breit war kein Wasserhahn zu finden. Unser neuer Freund, der Conga-Spieler, führte uns zu einem Brunnen inmitten des Dorfes. Die Hölle! Überall wuschen und schrubbten die afrikanischen Damen ihre Unterwäsche. Büstenhalter oder dergleichen kannten sie ja nicht, und ihre Brüste wackelten im Takt der überall klingenden Percussion-Rhythmen. Ich wurde regelrecht angesteckt vom afrikanischen Lebensfieber, wie von den Tänzern und Feuerspuckern. Was mir gleich in Afrika auffiel, war, dass die Zeit gegenüber der europäischen nicht in 24-Stunden-Abständen gelebt wurde. Niemand erkundigt sich in Afrika, wie spät es ist oder was für ein Tag geschrieben wird. Ein paar Touristen fragen allenfalls, die sich verirrten und in panischer Angst ihr verlorenes Grüppchen suchten.

Der Conga-Spieler aus Ile de Goree empfahl uns Ro-ckern, einen Besuch in Gambia zu machen, weil dort angeblich die Musikindustrie besser boomte und wir auch Auftritte bekommen könnten.

Wir saßen wieder mal in einem Sammeltaxi mit Hühnern, Ziegen, Enten und vielen bunten Leuten. Die Piste führte uns durch den Urwald, überall waren Schlaglöcher, kletternde Affen und lautes Urwaldgeschrei. Mitten im

Dschungel, irgendwo hinter ein paar Bananenstauden, stand ein Grenzposten aus Gambia. Sogleich lockte uns der Herr Major in sein Grenzhaus, drückte uns Stempel in die Pässe und freute sich des Tages. Der Buschgrenzer war ein freundlicher Zeitgenosse, zeigte uns vier Hippies mit einem Zeigestock auf seiner Landkarte, wo wir uns im Moment befanden. Der lustige Beamte strahlte über alle Backen und ließ dabei seine wunderschönen weißen Zähne blitzen. Dass Juan, der König, auch mit senegalesischen Rauchwaren bestückt war, wusste keiner von uns drei Banausen. Auch im heiligen Woodoo-Land musstest du immer mit dieser Ware sehr vorsichtig umgehen. Bevor es nach Gambia weiterging, musste *The Dusty Road* die Gitarren auspacken und dem Herrn Grenzbeamten im Dschungel ein Ständchen darbieten. Bodo zwinkerte mit seinen Augen, zählte one, two, three, four: Und nun, Jungs!

Imagine all the people
living in peace …
uhu aha ahaha lalalalala … dadadadaa.

Der Strahlemann Buschgrenzbeamte war tief beeindruckt und vergaß tatsächlich, in unserem Reisegepäck zu schnüffeln. Die Fahrt durch den Busch ging lustig weiter. Links und rechts der dunkelroten Sandpiste kitzelten die grünen Palmen freundlichst meine blaugrauen Augen.

Als wir den Fluss in Gambia erreichten und mit einem alten Raddampfer im New-Orleans-Stil ans andere Ufer gelangten, fühlte ich Endorphin in meinem Körper kochen und brodeln. Die Glückshormone stimulierten mein Wohlbefinden ums Tausendfache hoch drei, kann ich nur sagen, meine lieben Parteivorsitzenden!

Nach einem Tagesritt durch die Savanne im Sammeltaxi, dicht gedrängt und eingepfercht, war es für alle Mitfahrer eine Erleichterung, als wir in *Banjul, der Hauptstadt von Gambia,* eintrafen.

Kakerlaken und schwarze Spinnen

Irgendwo am äußeren Rande Banjuls mieteten wir uns zwei Zimmer im Hotel *Sternenklasse null*, welches so am Tag umgerechnet 2,50 Mark kostete. Immerhin hatte jedes eine Pritsche und Moskitonetz.

Der alte verrostete Ventilator an der blau bemalten Decke drehte sich so langsam, wie eine Schnecke die über den Acker kriecht. Wo bin ich nur gelandet? Fette, wohlgenährte Kakerlaken krochen auf meiner Pritsche herum und scherten sich einen Dreck um mich. Schwarze Spinnen klebten an den Wänden, sie hatten Beine dick wie Streichhölzer und dazu noch einen wulstigen Körper. Diesem Hotel konnten wirklich nur waschechte Aussteiger standhalten. Cordula und Monika hätten hier ihr blaues Wunder erlebt und Mischa wäre sicher schon die Luft ausgegangen.

Unser Chef, der Bodo, animierte uns jeden Morgen, auf den Gitarren rumzuklimpern und den restlichen Hotelbesuchern was vorzusingen. Nach ein paar Tagen sprach sich herum, dass in Banjul vier langhaarige Rock-'n'-Roller die Hotelbude anheizten und den Einwohnern das Tanzen beibrachten.

Father was a Rolling Stone … dadidadida …!

Eines Tages stellte sich Femi Jeng im Hotel vor, der als DJ Radio in Gambia schaffte, und sagte nach der Session: »Guys, do you wanna be my guests in my little villa in Bakau?«

Mein English war good enough zu verstehen, was der DJ aus Bakau sagte! In kaum sieben Minuten saßen wir in seinem Peugeot, sausten los in Richtung Bakau, in unser neues Heim, so fein, so fein. Die Zivilisation rückte wieder näher und ich freute mich wie ein kleiner Junge am Heiligen Abend, der auf den Weihnachtsmann wartet.

Irgendwie geht es immer weiter im Leben, auch wenn es manchmal nicht danach aussieht. Dass ich jetzt schon zwei Wochen lang keine müde Mark mehr gesehen hatte, geschweige denn überhaupt noch wusste, wie Knete aussieht, vergaß ich tatsächlich in der Aufregung meines afrikanischen Daseins.

Femy Jeng, unser neuer afrikanischer Freund, sprach sehr gut Deutsch. Er studierte in Hamburg, wie er sagte, und zeigte uns seine Räumlichkeiten. Juan Pan teilte sich mit mir ein Schlafgemach, und so auch Bodo und Baboo. Eine super Stimmung, die sich da aufbaute, kann sich ja zweifellos jeder vorstellen.

The Dusty Road hatte eine Bleibe und konnte sich langsam auf die Karriere in Westafrika vorbereiten. Unser neuer Gastherr Femi Jeng war einfach ein klasse Mensch. Er organisierte uns Auftritte in seinem Radio und Lifeshows in Hotels. Endlich verdienten wir vier Herumtreiber wieder Geld und konnten uns Lebensmittel kaufen.

Bananen und valuta

So viele Bananen, wie in Afrika in meinen Magen wanderten, habe ich in meiner 20-jährigen Lebenszeit in Ostdeutschland nie auf dem Markt gesehen. Nun bin ich schon fünf Jahre im Westen, bin ständig unterwegs, lebe mehr oder weniger unter dem Himmelszelt und genieße meine Freiheit. Meine Eltern sammelten alle meine Postkarten, die ich ihnen immer wieder schickte, damit sie auch immer Bescheid wussten, wo ich mich gerade so herumtreibe. Die Stasi hatte bestimmt auch ihre Freude an meinem Welttrip, denn hin und wieder sandte ich ihnen schöne Grüße. Die Detektiv-Post-und-Päckchen-Kontrolleure waren sicherlich nie neidisch, wenn sie meine Postkarten lasen. Oder womöglich doch? *Straßburg, Zürich, Monte Carlo, Venedig, Wien, Lugano, Milano, Freiburg im Breisgau, Genua, Nizza, Helmstedt, Gießen, Hamburg, Kitzbühel, Basel, Amsterdam, Brüssel, Saint Tropez, Barcelona, Portinatx, Cadiz, Ceuta, Casablanca, Rabat, Agadir, Tifnit, Tharudand, Marrakesch, Ios, Athen, Thessaloniki, Damaskus, Amman, Istanbul, Ankara, Golf of Aquaba, Petra, Sofia, Zagreb, Split, Dubrovnik, Belgrad, Tampa, Miami, Balboa, San Cristobal, Panama, Naneimo, Vancouver, New York, Westberlin, Montpellier, Bordeaux, Algeciras, Santa Cruz de Teneriffa, Los Cristianos, Valle Gran Rey, Gomera, Las Palmas, Dakar, Banjul, Bakau de Afrika, Paris, London, Madrid … Jupiter, Sirius, Venus und Mars!*

Femi Jeng stellte uns *Infang Bundi*, eine Rockband aus Bakau, vor. Die Musiker lebten ganz einfach in ihren Buschhäusern, ihre Verstärker standen neben dem Bett, sie klimperten und trommelten jeden Tag vor sich hin. *»Nangadef, mamfirek«,* grüßten die *»Dustys«* und schon kreischten unsere Gitarren im Einklang mit der afrikanischen Band. Schnell schlossen wir Freundschaft mit Infang Bundi und gleich wurden auch die Urwaldtrommeln geschlagen. Wo immer wir vier Vagabunden in Gambia aufkreuzten, so schien es mir, kannten uns die Ureinwohner.

Inzwischen war es wieder einmal so weit und *Dusty Road* machte einen gemeinsamen Expeditionsausflug in den Buschpuff. Ein Dschungelexperte führte uns auf Umwegen durch Gestrüpp und Lianen ins verbotene Land. Ich war ja schon einiges gewöhnt, aber die Tortur durch den Busch mit Moskitos, Schlangen und Skorpionen hatte es in sich. Nach zwei Stunden Buschmesserschwingen erreichten wir endlich den Pullerschubserstall. Komische Gestalten huschten an mir vorbei und weiße Zähne funkelten in der Dunkelheit. Die erste Dame, die mir vorgestellt wurde, hatte Ähnlichkeit mit *Schweinchen Dick*, 175 Kilo, mindestens! Der Schlepper muss es an meinem erschrockenen Gesicht erkannt haben! Nein, dieser dicke Bumsschlitten war absolut nichts für mich, den abgemagerten Indianer.

Bodo hatte etwas übrig für Mollige und verschwand mit ihr in einer der Buschhütten. Eine Weile später lieferte der Buhle eine kleine, zierliche Dame, die mir auch zusagte, und ich verschwand mit ihr in die Strohhütte. Alles, was ich in der dunklen Hütte erblickte, waren blitzeblanke Beißer. Beim Bumsen animierten mich Moskitos, bissen hartnäckig in meinen Arsch, Eier wie

Schniepel, bis es juckte und zuckte, die Wonne der Lust zuschlug und der Dampf zu guter Letzt seinen Segen gab. Ich glaube, dass die Außerirdischen ihren Spaß hatten, uns Halbwesen mit Neandertalern auf der Erde verklonten und den Fickeleffekt stärker als bei Tieren prägten, um dabei die Evolution voranzutreiben. Liebt euch, vermehrt euch und pimpert, so viel ihr nur könnt. Zum Glück habe ich dies schnell erkannt, lebe und bumse mich folglich um die Welt, spiele hier und da eine Ballade. Nach mir die Sintflut, wie man immer so schön sagt.

Neulich rockte *Dusty Road* in einem Hotel vor vollem Publikum. Nach der Vorstellung lud uns der Hotelboss zu einem Essen auf Kosten des Hauses ein. Esst, was ihr wollt, sauft, so viel ihr saufen könnt! Wir nahmen den Hotelboss beim Wort. Der allerteuerste Wein, das allerteuerste Essen wurde bestellt und verzehrt. Immer lauter krakeelten und tranken wir lallend fröhlich weiter und waren zum Schluss nur noch die einzigen Gäste im Hotelsalon. Unser Hippie-Rocker-Benehmen verscheuchte in der Tat alle Gäste. Wir leerten nebenher schnell noch die restlichen Schnapsflaschen, die Hotelgäste auf ihrer Flucht uns freundlichst überließen. Der Hotelchef heulte, als er die Rechnung sah. Wir grölten immer lauter und amüsierten uns bis in den Morgen, bis dem Hotelchef dabei die Luft ausging und er mit aller Kraft versuchte, uns aus seinem Hotel zu treiben.

Als ich bei Femi Jeng in seiner Villa aufwachte, brummte mir der Schädel. In Gottes Namen, wo bin ich nur? Langsam kam mir die Erinnerung, dass ich ja in Afrika und richtig schön blau war.

Mitten im Busch sah man mehr oder weniger freie Körperkultur, sprich große Tittis, mittelgroße Tittis, kleine Tittis, wunderbare Gazellen und Antilopen. Die afrikanischen Menschen waren so locker vom Hocker. Ab und zu, wenn ich mal den Spiegel betrachtete, lachte mich nur noch Tatzelito, der Bandito, mit zehn hoch zehn mal zehn breiten Backen an. Bist du alter Weltenbummler angesteckt vom Glücklichsein der Afrikaner, oder was ist mit dir alte Kuhhaut passiert? Einfach traumhaft, dass ich dergleichen miterleben darf. Nochmals vielen, vielen Dank, liebe Schutzengel, Himmel, Götter, Berge und Seen.

Die Gitarre, das verdammte Biest, forderte mich jeden Tag heraus: CDEFGAHCCCCCCCCC.

O sole mio, o sole l'amore, trallalla-aa-aaa ... making some Dollars in Afrika-ha ... hahahaha!

Nach vier Monaten in Gambia juckte jedoch schon wieder das Reisefieber und wir entschieden uns, weiter südlich nach Senegal zu ziehen. Wie Halbaffen, so sahen wir nämlich beinah aus, packten wir wieder einmal unsere Siebensachen, charterten ein Sammeltaxi und fuhren nach *Südsenegal, Singarchur.*

Baboo ließen wir jedoch zurück in Gambia, weil er häufig zu stänkern anfing und dabei seine Muskeln spielen lassen wollte. Der große Germane wusste nicht, dass der Held der Revolution in der Ostzone eine Judo-Ausbildung bei der deutschen Volkspolizei hatte.

Baboo wollte es ja nicht glauben, so lud ich ihn zu einem Duell in Bakau am Strand ein. Es scharten sich mehr und mehr Menschen um uns, die sogleich Wetten abschlossen. Der Große oder der Kleine, wer wird gewinnen? Die Stimmen um uns wurden immer lauter. Die Stierkampfatmosphäre wurde durch Buschtrommeln, Kreischen und Juchzen angeheizt. Mit freiem Oberkörper begegneten wir uns wie zwei Kampfhähne. De Ashi Barey, Hitza Guruma, Ogoshi genügten, um Tarzan aus dem Verkehr zu ziehen! Der Musikus lag auf dem Sand wie ein umgedrehter Maikäfer, sein rechter Fuß war aus dem Knöchelgelenk ausgekugelt. Dass ich seinen Fuß auskugelte, war nicht eingeplant, aber er wollte ja nicht glauben, dass es auch schmerzhaft für ihn ausgehen könnte.

Dass jetzt für uns drei Rocker zwei Monate weißer Strand, Palmen, die bis ins Wasser wuchsen, und frische Meeresluft angesagt waren, hatte ich gerade erst vor ein paar Tagen in meinem Horoskop gelesen.

Ein altes verlassenes Missionshaus, das sich zirka 50 Kilometer südlich von Singachur am Strand befand, wurde unser neues Zuhause. Weit und breit war keine menschliche Seele zu hören oder zu sehen! So machten wir es uns gemütlich, lebten von Tag zu Tag und spielten von morgens bis abends unsere Klampfen, bis die Finger qualmten.

Die wilde Affenherde

Der nächste Bretterbuden-Supermarkt war rund fünf Kilometer vom Strand entfernt. Wir machten uns einmal in der Woche auf, um unsere Grundnahrungsmittel aufzustocken sowie literweise Wasser durch den Urwald zu schleppen. Nun zeigte sich wirklich, wer hier am verlassenen Ende der Welt die stärkeren Nerven von uns Troubadouren hatte. So nach und nach entwickelten sich kleine Sticheleien. Hätten wir hier Bräute, könnte das Lotterleben am Strand zum feinsten Genuss werden. Ein Paradies kann auch zur Hölle werden, wenn einem die Abwechslung fehlt. Mal ganz abgesehen von Vietnam oder Kambodscha, das Inferno möchte ich dort nicht miterlebt haben. Bei uns drehte es sich mehr um Langeweile, außer Affen, Vögel, Schlangen, Leguane oder sonstige wilde Tiere gab es hier im Busch nichts.

Aber irgendwie war es faszinierend, hier am Meeresufer zu sein. Der blaue Atlantik wechselte ständig seine Farben und im Hintergrund lag der ewig grüne Dschungel. Als wir wieder einmal den Dschungel durchwanderten, stach den Bodo eine Mücke. Von da an murrte er nur noch und war fast am Ende mit seinen Nerven. Der eigensinnige Widder spiegelte sich in all seinen Formen wieder. Weil ich mich ja selbst am besten kenne, nahm ich es Bodo nie übel, wenn sein Tierkreiszeichen mit ihm verrückt spielte. Wollte ich im Dschungel nach rechts, nein, dann wollte er unbedingt plötzlich nach links laufen. Bodo brummelte und sagte nur: »Ich gehe dahin, wohin ich will, und du gehst dahin, wo du gerne hinwillst!« Ich erkannte meinen alten Gitarrenlehrer nicht mehr wieder, hatte ihn letztmöglich doch das Dschungelfieber gepackt? Der König wackelte immer hinter Bodo hinterher, wie ein treuer Hund. Nein, dachte ich, dass kann nicht so weitergehen. Irgendetwas muss passieren, sonst packe ich meine Klamotten und mache die Fliege.

Eines Abends zupfte ich an meiner Klampfe, mein Lehrer musterte mich und hörte mir zu. Nach einer Weile sagte Bodo: »Wie ich feststelle, hast du einiges dazugelernt und ich muss dir ehrlich sagen, dass mein Latein als Musiklehrer hiermit zu Ende ist. Du musst nun weiterziehen und noch bessere Gitarrenspieler als mich kennen lernen, die dir möglicherweise mehr beibringen.«

Sollte dies das Ende von *Dusty Road* sein? Irgendwie machte es mich auch glücklich, ich wusste ja, dass ich besser Gitarre spielen konnte als je zuvor. Aber was ist schon besser, stellte ich früher oder später fest. Dass ich erst am Anfang der Gitarrenlehre war, fiel mir damals nie im Traum ein.

Am frühen Morgen packte ich meine Klamotten, sagte: Ciao, bella, ciao, ciao, auf Wiedersehen, blauer Atlantik, verabschiedete mich von meinen zwei Kollegen und tigerte durch den afrikanischen Dschungel. Junge, Junge, hoffentlich komme ich hier wieder gesund heraus und ende nicht irgendwo im Magen eines der wilden Tiere. Zum Glück hatte ich ja mein Schweizer Taschenmesser eingesteckt und war somit nicht ganz unbewaffnet. Aber ganz geheuer war mir nicht dabei. Dass ich mich jetzt nicht auf dem Ku'damm oder auf dem Eiffelturm befand, bemerkte ich ja. Die nächste Sammeltaxistelle war 20 Meilen Fußmarsch von unserem Missionshaus entfernt. Es blieb mir wohl oder übel nichts weiteres übrig, als die Zähne zusammenzubeißen und durch den Busch zu wandern. Was für ein Abenteuer! Ich stellte mir vor, der Tarzan bin jetzt ich. Aber mal ehrlich, Tatze, mach dir bloß nicht gleich in die Hosen, nur weil du mal durch den Urwald stromerst.

Das Wandern ist des Mülles Lust,
das Wandern ist des Müllers Lust …

sang ich so laut ich konnte und dachte nimmer, dass ich durch meinen Gesang irgendwelche wilden Tiere anlocken könnte. Potz Teufel, kreuzte tatsächlich eine wilde Affenherde meinen Weg. Es müssen so um die 20 Klettermaxen gewesen sein, die plötzlich innehielten, albern glotzten, als sie mich erspähten. Ich dachte nur noch eines, hol so schnell wie möglich die Klampfe aus dem Koffer und gib den Affen dein Bestes. Naturgemäß schlug ich in die Seiten, brüllte wie zehn Löwen und interpretierte den Song:

Auf die Bäume ihr Affen,
der Wald wird gefegt …

Wirklich, dass den Gorillas so ein *Geistesgestörter* in ihrer Dschungelwelt zu geisterhaft erschien und sie sich deshalb flugs aus dem Staube machten, wunderte mich ganz und gar nicht. Wusste ich doch schon immer, dass eines Tages die Gitarre mein Leben retten wird!

Nach dem Ausflug durch den Urwald trampte ich nach Dakar und besuchte einen alten Schweizer Kumpel. Der Uri nahm mich herzlich in seiner Hütte auf, so konnte ich erst einmal durchatmen, ausschlafen und nachdenken.

Was tun, in Afrika bleiben oder zurück nach Westberlin fliegen und in der U-Bahn meine geübten Songs spielen? Keine leichte Entscheidung, so oder so liebte ich das Leben in Afrika.

Gleich neben Uris Hütte lebte ein deutscher Greis, der mich hin und wieder in seine Hütte einlud, mir Geschichten und Abenteuer aus seinem Leben erzählte. Neben seinem Bett stand eine Jagdflinte, die, wie er sagte, noch nie benutzt wurde. Oft sprach der Alte zu mir: »Lieber sterbe ich als Mensch in Afrika als in einem Altersheim in Deutschland.« Ich meine zu verstehen, was der Alte andeutete, immerhin machte er einen glücklichen Eindruck.

Nach vielem Nachdenken kam ich zur Alternative, die deutsche Botschaft zu besuchen. Bargeld für das Rückflugticket in die Heimat war nur ein Traum! Meine Eltern konnten mir leider nicht mehr helfen, weil ihre Ostmark auch hier in Senegal kein zulässiges Zahlungsmittel war. Mit Ach und Krach ließen mich die Deutschen zum Konsul.

Noch trieben die Terroristen ihren Unfug in Deutschland, dementsprechend waren die Sicherheitskontrollen reine Routine.

Der Konsul in der deutschen Botschaft: »Ja bitte, Herr B., was wollen Sie?«

»Herr Botschafter, ich möchte nach Hause, habe keinen Pfennig mehr, weil … Ja, ich wurde beklaut«, stotterte, log ich wie gedruckt und zog eine Miene, dass mir beinah das Heulen kam. Keine halbe Stunde später besaß ich ein Flugticket, Überbrückungsgeld bis zum Abflug in die Heimat. Wie der Blitz verließ ich die Botschaft, nahm ein Taxi und ließ mich in den Puff fahren. Spitz wie ein Hase suchte ich mir in Dakar fieberhaft eine Ricke und rammelte sie durch, wie es sich gehört. Uha, uha, uuuhhhhh …

Berlin-Tegel. Total ausgelaugt und in meiner Poporitze Senegalgrün versteckt, durchbrach ich wieder einmal die Zollkontrolle.

Ein Zöllner sagte: »Wo kommen Sie her?«

»Na, aus Dakar, mein Herr.«

»Wie, aus Bangladesch?«, fragte er ganz neugierig.

Unterdessen war ich aber schon aus seiner Sichtweite und rannte um mein Leben. Im Pendelbus saßen wieder Bleichgesichter. Allesamt waren sie grau gekleidet, hatten lange Nasen, abgestumpfte Gesichter. Keines dieser Lebewesen unterhielt sich, geschweige lächelte, die meisten hielten nur ihren Fettwanst fest. Was für ein trauriger Bus, wirbelte es in meinem Schädel. Gleich fiel mir das wilde Leben in Afrika ein und ich dachte nur, was für ein Unterschied des Lebens und der Kulturen.

Völlig abgebrannt klopfte ich bei meinen alten Gefährten Rolle und Hermann in Berlin an. Sie gaben mir ein Bett für zwei Tage, sagten: »Aussteiger und Straßenmusikanten pennen normalerweise am Bahnhof Zoo! Geh arbeiten wie wir, bezahle deine Steuern, halt die Klappe und verpiss dich.«

Schöne Aussichten, nicht wahr. Kaum zu glauben,

Rolle, mein alter Republikflüchtlingsgenosse, entpuppte sich auf einmal als Spießer. Klar macht das Militär aus jungen Menschen gefügige Mörder! Aber dass die Bananenrepublik auch meine Kumpels eingefangen hat, ging absolut nicht in meine Birne. Mir schien, meine alten Kumpel seien Fremde. Zum Glück kannte ich noch mehr Leute in Berlin. Pablo, der Schriftsteller, ihn lernte ich letztes Jahr in Marias Bar in La Gomera kennen, er hatte ein Gartenhäuschen in Berlin-Spandau und da fuhr ich hin.

Mein Kumpel Pablo freute sich sehr, als er meine witzige Grimasse erblickte. »Wo kommst du gerade her?«, fragte Pablo. »Na, aus dem Senegal, Neruda!« Pablo grinste über alle Backen und zeigte mir gleich mein neues Zuhause. Ein alter Geräteschuppen, umgebaut als Schlafkoje, reichte vollkommen aus, um mich erst einmal zu akklimatisieren. Afrika steckte mir immer noch gewaltig in den Knochen.

Beethoven und die UFOS

Pablo ist ein feiner Mensch, ein Wesen mit Humor, bei dem sich jeder gleich wie zu Hause fühlt, seine Freundin Ingrid ein Kumpel, wie er im Buche steht. Langeweile kannten die beiden nur vorm Fernseher. So gab es immer viel zu quatschen. Wir spannen uns ein Garn, da würde jeder normale Mensch beim Zuhören nur noch mit dem Kopf schütteln.

Wie die Geschichten von den UFOs, die Bodo, der König und ich am 5.3.1979 in Puerto Rico de Gran Canaria von den Bergen aus gesehen haben.

»Pablo, du musst dir vorstellen, voll gestopft mit Pilzen und ziemlich high, spielten wir in der Nacht die neunte Sinfonie von Beethoven. Erschien doch am nächtlichen Himmel, heilige Maria, plötzlich eine riesengroße Seifenblase, die plötzlich aus dem Atlantik hervorbrodelte und sich dabei in ein Riesen-Raumschiff etwa wie eine *Pyramide* verwandelte. Ich glaubte meinen Augen nicht. Sagte nur noch: Amigos, spielen wir weiter, vielleicht lassen uns die Außerirdischen dann in Ruhe. Wir gaben den Kosmosreisenden eine Galavorstellung, die nach einer halben Stunde Aufenthalt und Energietanken die Erde wiederum mit Lichtgeschwindigkeit verließen.« Wenn mir jemals ein Mensch erzählen will, dass es keine Außerirdischen oder höheren Intelligenzen im Weltall gibt, der soll nur weiterhin träumen und sich bewusst werden, dass die Erde ganz flach ist. Die parallele Welt, das weiß ich aus eigener Erfahrung, befindet sich präziser gesagt gleich um die Ecke. Ob mir es einer glaubt oder nicht, der braucht ja nur das Buch *UFOs, die Wahrheit* von Werner Walter zu kaufen, die Seite 181 aufzuschlagen und mal zu studieren, was er, wie tausend andere Menschen, darüber meint.

Nun wurde es wieder mal Zeit, meine musikalischen Fähigkeiten unter Beweis zu stellen. Am Bahnhof Zoo fing ich an, meine ersten Solokonzerte zu geben. Im U-Bahn-Tunnel spielte ich meine Sonaten, und siehe da, die ersten Münzen fielen in meinen Gitarrenkoffer. Die meiste Kohle verdiente ich zwischen 17.30 Uhr und 19 Uhr, bekanntlich dann, wenn die Arbeiter nach Hause pendelten.

Eines Tages forderte einer von der Bahnpolizei mich auf, sofort den U-Bahnhof zu verlassen, und sagte: »He, du Penner, such dir lieber einen Job, geh richtig arbeiten, kapiert!« Das war mir wirklich zu viel, ich zeigte dem Herrn Polizisten meine Fingerspitzen: »Hier! Schauen sie, Major! Diese tiefen Rillen in den Fingerkuppen! Ist das keine Arbeit?« Er glotzte meine Finger an. »Ja, mein Junge, sieht ja schlimm aus. Na, von mir aus kannst du hier so viel klimpern, wie du willst! Alles klar, Stromer?« Diese Schlacht hast du gewonnen, Tatze. Berlin ist eine Weltstadt, Berlin bleibt Berlin! Jedenfalls verdiente ich so jeden Abend um die 150 Piepen, sah die Unterwelt in der U-Bahn und lernte einen Haufen Leute kennen.

Irgendwann im Tunnel am Kottbusser Tor gab ich auf der Gitarre wieder mal mein Bestes, wurde dabei von einer Lehrerin angequatscht und in ihr trautes Heim gelockt. Die feine Dame kochte ein Süppchen und machte mich ganz sexy in ihrer Küche an, wobei sie mir ihren heißen Hintern immer wieder vor die Nase streckte.

Ganz lässig lag ich auf ihrem Sofa, beobachtete sie und geilte mich an ihr auf. Nach dem Süppchen fragte mich die Lehrerin: »He, Kleiner, du willst mich doch bestimmt nur bumsen?«

»Nee, nee, was denkst du, wollte eigentlich wieder mal richtig was essen. Ein Steak oder Schnitzel, aber es könnte auch 'ne Schnecke sein, wie zum Beispiel deine.«

Nach dieser frechen Antwort wies mir die Lehrerin die Tür zu ihrem Schlafzimmer. Ich musste mich nackt ausziehen, derweil sie das Bad herrichtete. Die Amme schrubbte meinen Rücken, spielte an meinem Liebsten und zog mich gleich in ihre Liebeshöhle. In ihrem Schlafzimmer ging es drunter und drüber, nach dem Motto, lass die Samen sprießen, Gentlemen schweigen und genießen. Dass Straßenmusiker bei Frauen den Eisprung auslösen, hatte Bodo, mein alter Gitarrenprofessor, mir aber nie erzählt.

Mir wurde Paul, mein zukünftiger Trommler, durch einen alten Kumpel, den ich von Marokko her kannte, vorgestellt. Von nun an machten wir zwei Berlin unsicher, indem wir Tag und Nacht durch die U-Bahn-Schächte tingelten und oft zu Bums-Partys gingen. Dass Paul auch verheiratet war, verschwieg er mir bis zur letzten Minute.

Eines Morgens stellte er mir seine Frau vor. Er hatte noch den Schlüssel zur alten Wohnung, so war es für uns leicht, sich da einzuschleichen. Seine Ehefrau lag in der Badwanne, erstarrte, als sie uns zwei Gestalten erblickte. Paul lag in Scheidung, was er mir vorher noch schnell beichtete.

Na gut, dachte ich, jetzt ist die Braut ja frei. Ich probierte, Alexandra mit Charme anzubaggern, indem meine Finger in ihrem Badewasser planschten und sanft versuchten, ihre Beine zu streicheln. Paulemann spottete nur, amüsierte sich, als Alexandra mit ihren Beinen strampelte und ihr Badezimmer in einen See verwandelte. »Watt bringste mir denn da für 'nen Typen ins Haus, Paule? Sindse bei dir noch janz richtig im Kopp oder watt!« Aber Alexandra machte nur Spaß, sie wusste ja, wie ihr Ehemann war.

Pauls Familienoberhaupt war Polizist und er zog ständig an Joints, die von morgens bis abends ihre Runden drehten. Dass seine Gemahlin auf dem Wochenendstrich an der Potsdamer Straße arbeitete, beichtete mir der Trommler erst etwas später. Alexandra war eine sehr attraktive und gut aussehende Frau, die man annäherungsweise mit Ava Gardner vergleichen könnte. Als die süße Maus im Minirock die Beine leicht spreizte, auf ihrem Sofa die Stellung wechselte, wobei ich sie aus dem schiefen Winkel betrachtete, kribbelte es schicksalsmäßig in meinem Brustbein und der Leistengegend. Erschrocken versuchte ich, dieses fantastische Gefühl in meinem Körper zu unterdrücken. Aber zu jener Zeit, in diesem Augenblick, der ein Leben von einer zur anderen Minute verändert, du an nichts Böses denkst, ja, genau dann passiert es und du bist verliebt bis über beide Ohren. Mein Kopf jedenfalls wurde rot wie eine Tomate. Alexandra bemerkte es sofort und blickte ganz tief in meine Augen. »Tatze, das kann ja heiter werden!«

Später machte sich Alexandra auf den Weg, verkaufte ihre Möse und verdiente Kohle an der Potsdamer Straße. Ab und zu schliefen wir einstweilen in ihrer Bude, bis sie wieder nach Hause kam und uns zwei geile Böcke auch noch mit Sexspielchen verwöhnte. Das glaubt mir doch kein Schwein! Aber es war wirklich so, bestimmt, glaubt es mir! Dass wir drei Fantasten später noch eine Weltreise über Brüssel, die *Bahamas, Florida, New Orleans, Texas, Louisiana, Arizona, Kalifornien, Nigeria, Nairobi, Zürich und Gomera* machten, ist auch kein Witz.

Darum, Geld musste her, sprach der Berliner Bär. Die Mark, die Alexandra auf dem Strich oder ich in der U-Bahn nebenher verdienten, reichte nimmer aus, um einen längeren Welttrip zu finanzieren. Wir spielten Lotto, um zu sehen, wer nichts wagt, der nichts gewinnt. Aber dieser Lottotraum ging natürlich in die Hose.

Nach einem Monat Brüten kam uns die Erleuchtung. Paul sagte: »Wisst ihr was, wir lassen uns nicht scheiden und nehmen einen Ehekredit auf. Und du, Tatze, erschwindelst dir einen Kredit für ein neues Auto. He, was sagt ihr dazu?« Er schmunzelte.

Und ich sagte zu Paul: »Aber die letzten fünf Jahre ging ich keiner geregelten Arbeit mehr nach, wie soll ich da einen Kredit bekommen?«

»Du Schlaumeier! Mach dir mal keine Sorgen, meine Madame arbeitet normalerweise als Sekretärin in einer Company & GmbH und kann dir sicherlich die Unterlagen für einen Kredit besorgen.«

»Mensch Meier, denn los, nichts wie weg.«

Alexandra besorgte mir einen Job bei ihrer Firma. Um eine bestimmte Zeit wenigstens so zu tun, als ob die Arbeit beim Straßenbau das Schönste auf der Welt wäre, schuftete ich wie ein Pferd. Meine neuen Kollegen lobten meinen Fleiß und feuerten mich bei den Strapazen an.

Gelernt ist gelernt. Meine Arbeitskameraden, wenn die wüssten, dachte ich bei der schweren Sklaverei.

Noch heute muss ich bekennen, dass auch der Hippie Tatze ein paar *historische Steinplatten um die Siegessäule* legte und natürlich sehr stolz darauf ist. Die Steinplatten liegen heute oder vielleicht in Millionen Jahren noch da.

Schon nach dem dritten Tag auf der Baustelle machte ich mich auf den Weg, um einem Kredithai das blaue vom Himmel zu erzählen. Der gute Mann vom Kreditbüro am Zoo glaubte mir alles, was ich ihm vorgaukelte. Er sagte zu mir, kommen Sie nächste Woche wieder.

Beim zweiten Besuch in seiner Kanzlei lief der Hai tatsächlich zu seinem Safe, holte 20 Riesen aus dem Geldschrank und fragte mich, wo die Tasche für die Kohle wäre. »Ja«, log ich wie gedruckt, »die Aktentasche ist unten in meinem alten Käfer!« Wenn der Gönner jetzt, jetzt in diesem Augenblick Lunte gerochen hätte, wäre es aus gewesen mit dem schönen Traum. Denn einen Käfer oder sonst ein Fuhrwerk habe ich nicht besessen. Der Hai überreichte mir die Beute in einem großen Briefumschlag. »Na dann gute Fahrt, Herr B., und viel Glück mit Ihrem neuen Flitzer.« Ich bedankte mich bei ihm und verabschiedete mich mit einem Lebewohl, pfiff dabei: *Und der Haifisch, der hat Zähne …*

Da stand ich nun, mitten in Berlin, einen Batzen blauer Scheine in meiner Jacke, und freute mich wie ein Knirps. Als Paul und Alexandra ebenfalls ihre Scheine zu Hause auf den Tisch legten, fing die Party erst richtig an. Wir rissen uns die Kleider vom Leibe, schlürften Champagner, kifften, koksten und liebten uns bis zum Morgengrauen.

Am nächsten Morgen mussten wir tierisch lachen, bekanntlich in der Wohnung, wo die 100-Mark-Scheine nur so herumlagen. Präziser gesagt, 50.000 Deutsche Mark. Was glaubt ihr, wohin die drei verschmiedeten Weltenbummler nun ihre nächste Lustfahrt planten?!

Das Erste, was ich mir kaufte, war ein Nadelstreifenanzug, Unterwäsche, Schuhe, Socken, Polohemden und T-Shirts. Die uralten Klamotten wanderten sofort in den Müll. Mein Aussehen änderte sich in Windeseile. Falls mich meine Eltern jetzt im Fernsehen sehen würden, sie könnten es nicht glauben. Ihr *Sohnematz, Klaus, Lord Tatze von der Rennbahn* ist jetzt ein zivilisierter Hippie geworden. Alexandra und Paul besaßen noch genug Kostüme, sodass ihre Koffer beinahe aus den Nähten platzten.

Ara, des Trommlers Papagei, der immer alles nachplapperte, war ohne Zweifel nicht in unserem Welttrip eingeplant. Zum Glück ist mein Bruder ein ausgesprochener Geflügelliebhaber und er nahm mit großer Freude meines Kumpels Vogeltier in Obhut.

Meine Keule wohnte in Tempelhof, wie ein Gefangener. Claudia, seine Braut, ließ meinen Bruder nicht mehr aus den Augen. Wenn Dieter auf den Lokus musste, schlich Claudia sofort hinterher. »Liebling! Was machst du?«

»Mann, icke pinkle nur … ohahhh, wenn du nicht bald aufhörst, zu meckern, haue ick gleich ab, blödes Weib! Mein Bruder, die Atze, vor Glück strahlende Fratze, ist nicht so doof wie icke!«, hörte ich ihn brummen. Paul grinste nur noch. So ging es den ganzen Tag bei meiner Keule zu. Die arme Sau lebt im freien Westen und lässt sich von Claudia beherrschen. Schnell verabschiedeten wir uns und wünschten meiner Keule noch viel Spaß mit seiner Perle. Außerdem frohe Weihnachten und ein gesundes neues Jahr.

Im Eiltempo rasten wir zurück nach Wilmersdorf, griffen uns die Koffer und trafen am Bahnhof Zoo ein. Unser Reiseziel, Luxemburg, die amerikanische Botschaft, die auch für Hippies Visa ausstellte! *Geheimtipp der Globetrotter & Weltenbummler Aktiengesellschaft.* Hihi, hihi …

Der Zug rollte wieder einmal durch meine alte Heimatstadt, was mir überhaupt nicht behagte. Schon nach den ersten 100 Metern der Mauer holte mich die Wirklichkeit ein. Ich dachte an meine Eltern, stellte mir vor, dass meine Lieben am Bahnsteig stehen, um sich von mir zu verabschieden. Was für ein Psychoterror, nicht wieder heulen. Bei Maria und Jesus, wenn ich wieder in Europa bin, fahre ich in die Tschechoslowakei und treffe meine Eltern dort.

Luxemburg, Oktober 1979. Gleich am frühen Morgen besuchte Familie *Dreigeil* die Botschaft, um ein Visum für die Vereinigten Staaten zu ersuchen. Mein Nadelstreifenanzug, *Kaisers neue Kleider,* machte einen großen Eindruck beim Konsul. Alexandras Netzstrümpfe, ihr geiler Minirock war nicht übersehbar. Als die Ehefrau ihre Beine spreizte, fragte der Konsul gleich, ob wir schon Breakfast hatten in Manhattan. Sollte das eine Einladung sein, oder wie? Oder watt!

»No, thank you very much, Sir! But we are in a hurry, our plane is waiting.«

»O. k., six months for you guys, USA visa, and have a nice trip.«

»Menschenskinder«, brüllte ich, »sechs Monate Staaten!«

Der Konsul musste sich nach dem Stempeln der Pässe und Alexandras gespreizten Beinen sicher erst einmal einen runterholen, da er offensichtlich am Schnaufen und Schwitzen war. Erst später im Flugzeug erzählte mir Alexandra, dass sie keinen Schlüpfer anhatte und obendrein glatt rasiert war. Von nun an wunderte mich gar nichts mehr. Wir drei Schweinigel lachten, was die Segel hielten. Aufgepasst, Amerika, wir kommmmmm-men!!!!!!!!!!!!!

Horrorfilme im brennenden Miami

B *arbados,* die nächste Maschine geht in vier Stunden. Voll gestopft mit 100-DM-Scheinen in der Innentasche des Nadelstreifenanzugs durchquerten wir die karibische Zollkontrolle und landeten schließlich in Miami.

Nach der Geisterkontrolle der amerikanischen Grenzer mieteten wir uns zunächst ein Auto. Schon bei der Landung sagte ich: »Seht mal, all diese Lichter, diese Stadt sieht doch wirklich aus wie der Planet Mars! Ja, kein Wunder, dass uns Außerirdische entdeckt haben, bei dieser Straßenbeleuchtung.«

Dass Miami teilweise in Flammen stand, konnte man bei der Landung nicht erkennen. Erst als unser Straßenkreuzer in *Miami Downtown* mit *Molotow-Cocktails* Bekanntschaft machte, leuchtete mir ein, dass hier etwas faul sei.

Alexandras hübsche grüne Augen verzerrten sich zu ängstlich dreinblickenden Kinderaugen. Miami war die reine brutale Wirklichkeit, Straßenkämpfe zwischen Weißen und Schwarzen. Mach mal hier als Schneeweißer jetzt in Miami irgendeinem Schwarzen klar, dass du ihn liebst und gerade aus Afrika kommst! Uns blieb nichts anderes übrig, als so schnell wie möglich nach Miami Beach zu düsen, in ein Altersheim zu gehen und abzuwarten. Am Strand nisteten wir uns in einem Hotel ein. Gleich machte ich mich auf die Suche nach einem geeigneten Versteck, logischerweise, die kostbare Beute zu verstecken. Der Kühlschrank erwies sich als geeignet und fror die Packen Hunderter im Eiskühlfach ein.

Schließlich befanden wir uns ja in Amerika und waren dazu noch unbewaffnet.

Nach vielen Jahren ohne Fernseher blieb mir hier wohl oder übel nichts anderes übrig, als die amerikanische Glotze einzuschalten. Der Schock saß gleich in den Knochen, als der Bildschirm nur so von Terror, Gewalt, Blut und Toten strotzte. Jede Oma, die das im Fernseher sieht, bleibt wohl lieber in Miami am Beach. So ließen auch mein Kumpel, seine Frau und ich genau dort die Sau raus, denn Wodka-Cola und Sex on the Beach gab es überall in den Bars am Strand.

Endlich beruhigte sich der Terror in Miami, sodass jeder Bürger nun friedlich seiner Wege gehen konnte. Wir kauften uns einen alten Straßenkreuzer, zu unserem Unglück ein Schrottauto! Ständig verlor die Karre wertvolles Wasser, das eigentlich zur Kühlung des Motors beitragen sollte. Die Autobahn nach Key West war an einigen Brücken so schmal, und genau an den schmalsten Stellen blieb der Kreuzer immer stehen. Irgendwie schaffte die Kutsche es aber doch bis nach Key West, wo wir gleich eine andere kauften. Diesmal war es ein Ford Mercury! Und der lief und lief, öfters auch mal heiß.

Nach einer Abenteuerfahrt durch Florida war es an der Zeit, sich ein Motel zu suchen, um mal die Beine auszustrecken. Das *Ocean Drive Motel* in Key West gefiel uns sehr und hatte auch einen Swimmingpool. Wir gafften Fernsehfunk, während Alexandra sich im Swimmingpool vergnügte. Der Horrorfilm von Alfred Hitchcock ließ uns die Haare zu Berge stehen. Tief in den Film versunken, vergaßen wir zwei Banausen doch tatsächlich unsere geliebte Frau.

»Paul, wo ist Alexandra überhaupt, die Süße ist schon eine Stunde nicht mehr hier gewesen!« Der Horrorfilm bohrte im Gehirn und wir malten uns schon das Schrecklichste aus. »Paulemannnnn, wo ist Alexandraaaaaaaa!!!!« Draußen am Pool fanden wir nur noch Alexandras Schuhe. Von ihr war weit und breit nichts mehr zu sehen. Unsere erschrockenen Gesichter spiegelten sich im Wasser des Swimmingpools wieder.

»Alexandra, wo bist du? Bitte, bitte, melde dich doch, dein Ehemann und dein Liebhaber machen sich Sorgen.« Der Ehemann immer am Rufen. »Bitte, bitte, wo bist du, Alexandraaaa?«

Irgendwann ging ein Fenster auf. »Kann ick nich eenmal in aller Stille mit jemand anderem ficken als mit euch, ihr zwee Penner!«

»Entschuldigung, Mausi, wir dachten nur, es sei was passiert!«

»Macht euch mal um mich keene Sorjen, ihr zwee Typen da!«

»O. k., ist ja juut, Alexandra. Ick saach dir ja, Paul, mit Weiber reisen haste nüscht wie Sorjen.«

Paul nickte, grinste und sagte: »Da haste vollkommen Recht! Nüscht wie Sorjen aber ooch. Watt denkste, warum ick mich scheiden lassen will, du Pfiffikus.«

In Key West gab es genügend Musikläden, die ich abklapperte, um mir endlich eine richtige Gitarre zu kaufen. Ich machte die Entscheidung meines Lebens und kaufte mir eine Martin HD 28, diese Klampfe schleppe ich heute noch mit mir herum.

Das feuchte Klima in Florida trieb unsere Hormone immer wieder an, sodass unsere Orgasmen keine Grenzen kannten. Hin und wieder spendeten uns Key-West-Hippies auch *Gras*. Nach drei Zügen von dem Zeug gingen die Lichter an. Alexandra wagte es nicht, an diesem Kraut zu ziehen, denn sie wusste, wenn sie high wurde, würde sie sich nackt ausziehen und nur noch bumsen wollen. Zwei Wochen Key West genügten, um herauszufinden, wie geil es hier ist. Aber trotzdem düsten wir weiter, Meile für Meile. Was mich auf dem Highway sehr beeindruckte, war die Fahrdisziplin der Amis. Jeder Hanswurst fuhr tatsächlich 55 Meilen per Stunde!

»Paul, was meinst du, soll ich mal durchtreten und den Kaugummifressern zeigen, wie schnell ein Straßenkreuzer fährt?«

Mit 90 Meilen in der Stunde schossen wir über die Autobahn, was für ein Spaß. Drei schwarze Schafe brechen durch die Koppel. Bei der nächsten Ausfahrt standen die Autobahn-Sheriffs und winkten uns heraus. »Das darf doch wohl nicht wahr sein!« Ich ging in die Klötzer, bremste ordnungsgemäß und lenkte meinen Kreuzer zur Ausfahrt.

Voll benebelt vom Kiffen und Heineken Bier begrüßte ich die Uniformierten: »Have I been too fast, Sir?« Als der Major in meinem Passport schmökerte, dachte ich nur noch, hoffentlich muss ich ihm nicht noch einen blasen.

The Policeman: »My friend! We are not in Germany! You get it!«

»Yes Sir, I get it, I am not in Germany.« Ich bezahlte 100 Dollar, lächelte und der Vorfall war vergessen. Gediegen schlichen wir weiter, anständig und heiter, nach *Alabama, Mississippi, Louisiana und Texas*. Selbstverständlich drückten wir hin und wieder die Pedale und foppten freilich die Autobahnschmiere. Es machte einfach Laune.

Klein-Woodstock

In Texas, wie es sich für anständige Bleichgesichter gehört, machten wir drei Gruppensexanhänger erst einmal eine zweiwöchige Rast auf einem Campingplatz. Es stellte sich heraus, dass dieser *Klein Woodstock* war.

Hier und da übten verschiedene Musikgruppen ihre Melodien, feuerten sich gegenseitig an und drehten die Anlagen so laut auf, was aber offensichtlich niemand störte. Schnell schlossen die Harem-Beschwörer Freundschaft mit der ausgeflippten Camping-Clique. Als unsere neuen Bekannten aus Texas erfuhren, dass Paul und ich seine Ehefrau bestiegen, staunten sie nur noch. So sangen die texanischen Blumenkinder.

»Willkommen in ... A...merika ... born ... in the ... GDR! Paule und der Tatze ... besteigen die Alexandra ... la ... la ... la ... la.« Tief beeindruckt bedankten wir uns für ihre Zugabe beim Camping-Rockkonzert.

Eines Morgens wachte ich auf und wollte mich noch einmal umdrehen, fühlte, wie mich eine kalte, nasse Nase beschnupperte. Watt ist denn dit? Um Jottes Willen, träume ick oder watt! Tatsächlich, ein junger Labrador-Schäferhund-Mischling lag unter meiner Decke. »Na ... watt willst du denn hier?« Irgendwer muss den kleinen Hund hier ausgesetzt haben. Der Welpe schmiegte sich fest an mich, als wollte er, dass ich sein Herrchen werde. So geschah es auch und wir tauften den kleinen Hund Tanga.

Wieder einmal unterwegs, stoppte ich den Straßenkreuzer bei Pizza Hut. Konsequent verwaltete Alexandra die Beute in ihrer weißen Handtasche, die sie überall mitnahm. Tanga musste draußen bleiben und kackte vor den Eingang des Restaurants einen Riesenhaufen. »Shit«, sagte ich, »hoffentlich gibt das keinen Ärger!« Paul machte eine Miene wie drei Tage Regenwetter, denn er musste den Haufen beseitigen.

Nach ein paar Meilen auf der Autobahn fragte ich: »Alexandra.?«

»Ja, Chef.«

»Baby, wo ist die weiße Handtasche?«

Keine Antwort.

»Wo ist die Handtasche?«, grölte ich aus vollem Halse und blickte dabei in den Rückspiegel.

Alexandras Augen blinzelten. »Ich dachte, du hast sie, Chef!«

»Alexandra! Hör bloß uff mit deinem Chef, Chef, Chef! Du dämliche Pute.«

Ich drehte den Straßenkreuzer um 180 Grad, brauste wie ein angestochenes Schwein zurück zum Pizza Hut, finde die weiße Handtasche und laufe zurück zum Auto. »Hier, Darling! Deine Tasche, aber die Kohle ist weg! Jetzt kannst du wieder anschaffen gehen, du blöde Ziege, ich spiele in der U-Bahn und lache mich kaputt.« Alexandra guckte in ihren Sparsack und ihre Augen stellten fest, dass er leer war. »Was machen wir denn jetzt?« *Hokus, pokus, Fidibus, dreimal schwarzer Kater.* »Hamwa noch mal Jlück jehabt, he.« Ich zog das Bündel Hunderter aus der Jacke, wedelte mit den Scheinen, wobei mein Ehepaar bleischwer durchatmete. »Musst du immer solche Witze machen, Tatze?!«

Don't have Sex on the road

Von jetzt an übernahm ich die Verantwortung der Hai-Beute, da meine zwei Freunde mehr oder weniger nur ihre Honeymoon-Flausen im Kopf hatten.

In *El Paso* an der Grenze zu *Mexiko* legten wir vier eine zweitägige Rast ein. Es stellte sich heraus, dass hier mehr oder weniger nur Cowboys herumlaufen. So zündeten wir wieder die Mercury-Rakete, um mit Lichtgeschwindigkeit so schnell wie möglich das Weite zu suchen. Die fast leere Piste war so gerade, als ob sie mit einem Lineal gezogen wäre und nach Stunden monotonen Fahrens fast Trancezustände bewirkte. *Do not leave your car, beware of wild animals, do not drink beer, smoke dope or have sex on the road,* konnte man öfters auf den Warnschildern lesen. Aber genau das, was verboten ist, macht doch den Menschen am meisten Spaß, oder irre mich etwa?

Bei der nächsten Tankstelle in New Mexiko flehte uns ein Tramper an: »Bitte, bitte, kann ich bei euch mitfahren?« Wir nahmen den ahnungslosen Tramper mit auf die Reise, der nicht ahnte, dass wir von oben bis unten mit Bier eingedeckt waren. Als Alexandra dem Tramper ein Bier und Paul den Joint reichte, erschrak der Amerikaner dermaßen, dass er gleich wieder aussteigen wollte. Bei der nächsten Ausfahrt, um die 200 Meilen nach der letzten Raststätte, ließen wir den Tramper seiner Wege ziehen. Ich glaube, der Ami war begeistert, als er wieder auf der Piste stand. So ein wildes Treiben wie in unserem Auto kannte er wahrscheinlich nur aus Büchern oder Filmen: *Jack Kerouac, On the Road,* oder wie der Kultfilm *Viel Rauch um nichts.*

Aber Filme sind nun einmal Filme, irgendwo müssen die Ideen der Filmemacher ja auch ihren Ursprung haben, sonst hätten die Menschen vermutlich auf unserem Planeten nichts mehr zu lachen oder weinen. Wollen wir Erdenbürger, anstatt immer zu arbeiten, uns nicht auch einmal amüsieren oder ablenken, wie vom Fabrikgelände, ständigem Horrorfernsehen und angstmachenden Parolen. Pausenlos entdecke ich Maler, Schriftsteller, Musiker, Zirkusartisten, Zauberer, Talkmaster, Lebenskünstler, Fußballspieler, Straßenmusiker, Spaßmacher, Pornodarsteller, Skatbrüder, Tiefseetaucher, Transvestiten, Schwule, Nutten, Hippies, Popos und Tittis. Für mich sind sie die echten Künstler, die den Erdenbewohnern ein paar Glückshormone schenken. Auch Artisten müssen hart arbeiten, ob es mir einer glaubt oder nicht! Ich will nur sagen, dass jeder, der meine Zeilen liest, nicht denken soll, ich sei nur ein arbeitsscheuer Schmarotzer!

Ganz deutlich wurde mir dieses im U-Bahn-Tunnel am Bahnhof Zoo, als ich dem Bahnhofspolizisten die tiefen Rillen meiner vier Finger zeigte. *He, du Penner!* Such dir besser einen Job und geh arbeiten! Nach meiner Erkenntnis, jeder, der von uns Wesen schon mal eine Gitarre in der Hand hatte und versuchte, die Note D oder F geschweige G 7 zu spielen, weiß, wovon ich rede. Eric Clapton sagte einmal, dass er nach vielen Jahren harten Übens endlich die Noten spielen konnte, so wie er es wollte.

»Na denn gute Nacht, Tatze.« Die super Gitarre Martin

HD 28, die ich nun besaß, forderte mich bedingungslos heraus, bis aufs Äußerste!

Schon in Texas auf dem Campingplatz musste ich gestehen, dass es mit meinem Gitarrenlatein nicht zum Besten stand. Logischerweise spornten mich die Gitarren-Gurus aus Texas an, hochkarätig, mit ihren musikalischen Fähigkeiten mich zu überzeugen. Üben, üben, üben!!!

Auch Pauls Getrommel ließ zu wünschen übrig. Wenn ich ihn kritisierte, sagte er nur: »Watt du immer hast, ick gloobe, du spinnst, ick trommle doch nun echt nicht schlecht, oder watt!«

»Na, wenn du meinst, Paul.«

Lasst dem Menschen seinen Glauben und der Mensch glaubt, bis es nichts mehr zu glauben gibt, könnte man am Rande locker behaupten.

Arizona. Mitten in der Wüste leuchteten die roten Lampen am Armaturenbrett im Auto und meldeten: Wasser, ich brauche Wasser! Diese Warnung nahm ich als Pilot unseres Fahrzeugs natürlich sehr ernst, stoppte den Straßenkreuzer und pinkelte erst einmal in die Wüste. Weit und breit war keine Menschenseele, dafür wuchsen dort aber riesige Kakteen, Meskalin und Peyote. Das Zeugs wuchs hier an der Autobahn, wie in Europa die Tomaten und der Spargel. Au fein, fein, lass uns auch einmal ein Indianer sein. Nebenbei! Wer macht schon gerne eine lange Spritztour durch Amerika, ohne die Kultur der letzten Mohikaner kennen gelernt zu haben. Das machen doch nur Touristen.

Nachdem unser Ford Mercury sich erholte, wir den Kühler mit Wasser verwöhnten, schnell noch einen

Wüstendreier schoben, ging es flott und heiter immer weiter.

You can get it if you really want,
but you must try, try and try.

Radio Phoenix, welcome to the desert, ladies and gentlemen, and now, here is the song of Dusty Road: In the City.

You're up and you're down,
you're running and hunting,
hunting in Freetown …
In the city … city … city …bum, bum!!!

Das war nur eine kleine Wunschvorstellung à la Tatze der Träumer natürlich!

Coming from London over the Pole,
in a big airliner,
chicken flying everywhere … lalahaha.

Was für ein Trip, die Staaten, endlos geile Mucke im Radio, ganz egal, in welchem Bundesland man sich aufhält. Landschaften zogen an uns vorbei, die ich nur aus Fernsehfilmen wie Lassie oder Fury kannte. Mein übersinnlicher Kindestraum nährte sich von der Wirklichkeit und wurde endlich wahr. Vor allem erkannte ich jetzt, dass die Sonne immer im Westen untergeht, so wie schon damals im Hinterhof meiner Eltern.

In *Phoenix* mussten die Abenteurer sich erst einmal

zwei Tage ausschlafen, um neue Energie für die weite Reise nach Kalifornien zu tanken.

Das Motel in Phoenix verließen wir Sexhungrigen erst nach vier Tagen. Die Reinemachefrauen hatten ihren Spaß. Die Bettwäsche roch sicher nach Parfüm *Spermee.* So ein Lotterleben zu führen war ja schon immer mein Traum. Dass ich dabei noch in den Genuss einer Dreierbeziehung komme, hatte ich ja nun wirklich nicht erwartet. Man muss nur am *Karfreitag* geboren sein, und schon sprudelt das verrückte Leben von Tag zu Tag, so ganz wie von selbst. Kann es sein, ich bin ein Glückskind, ja sogar ein Glücksschwein!?

Eine alte Weisheit sagt: *Man muss sich das Glück einfach nur greifen.* Und das braucht mir, ehrlich gesagt, keiner zweimal zu sagen, ich greife mir das Glück, so viel ich nur kann. Man lebt ja nur einmal, oder gibt es vielleicht doch die *Reinkarnation?*

Gelber Smog in Los Angeles

Wildwest in Amerika. Vor allem wurden die Gemüter meiner Begleiter durch die feuchte Luft stündlich leidenschaftlicher und die Hormone erreichten wieder einmal Höchstwerte. Wenn die schwüle Atmosphäre uns zu Kopf stieg, machten wir jedes Mal eine Rammelpause, genossen bei Sonne und Mondschein, ganz frei zu sein. Und keiner von uns Schnuckels inszenierte jemals irgendwelche Eifersuchtsdramen, um uns die Lust zu nehmen. Wir lebten ungehemmt dahin, eben so, wie es sich für waschechte Hippies gehörte! Zu unserem Glück haben wir den stressigen Alltag schnell erkannt, den wir im Namen *Gottes,* das schwöre ich, nicht haben wollten. Sind wir nicht alle Träumer oder erträumen wir uns sogar die Träume? Das Leben ist wie Bingo oder ein Sechser im Lotto. Als ich die ersten Berge Kaliforniens sah, floss mein Blut leidenschaftlich durch meine Venen. Als die Enterprise abhob, die Flügel wie Biene Maja ausstreckte und über die Rocky Mountains schwebte, fehlte jetzt nur noch die Marihuana-Zigarette. Paule, roll doch mal 'ne Tüte, ich glaub, ich fliege.

Nach Adam Riese habe ich bestimmt schon ein paar Jeansjacken, Hemden, Schuhe, Socken, Häuser, Ländereien, Schlösser, Seen und Wälder verpafft, könnte man denken. Was ich den ganzen Tag so treibe: kiffen, lachen, wandern, Gitarre zupfen, dazu pimpern wie Hansdampf in allen Gassen. Schrecklich aber auch, dieser Lauselümmel mit seinem Pimmel. Gestehe, dass mein edler Phallus die Form besitzt, so wie es sich Frauen vermutlich ausmalen würden. Jeder trägt seinen Schlips, wie er ihn bindet, und meiner ist senkrecht eine echte Rakete, *hihihi,* die nur fachgemäß gezündet werden muss, *hahaha …*

Dass Amerika so groß, breit wie lang existiert, ist einfach wunderbar für zünftige *highway freaks out of Germany.* Schon von weitem konnte man die Türme der Wolkenkratzer von Los Angeles sehen, nur ein paar Kilometer trennten uns von dieser durchgeknallten, aufgedrehten, gespensterhaft verrückten Hollywood-Gesellschaft. Was mir auffiel, die Industrie hat absolut nichts damit zu tun, dass der gelbe Smog wie eine Glocke über der Stadt schwebte. Dieses wurde sicher durch alle Kiffer und Kettenraucher von Los Angeles verursacht. In Amerika ist Rauchen am Strand und auf der Straße strengstens verboten! Die spinnen doch, die Amis!

Schon nach einpaar Kilometern Los Angeles wurde ich von Minute zu Minute müder, als ob ich der Ohnmacht schon fast ins Auge blickte.

»Nee, Paul! Hier bleiben wir aber nicht!«

»Und watt meinst du, Alexandra?«

»Ick gloobe, wir sollten mal nach San Francisco fahren, saacht mir mein Jefühl, Liebling.«

»Watt höre ick jrade? Mein Liebling?« Paul schmunzelte und dachte sicher, na, ist doch allet in Butter hier uffem Kutter!

San Francisco war eine Illusion und wie verhext spielte das Radio auch gleich den Song *San … Francisco … Night …* Dreistimmig grölten wir mit »*San Fran…cis… co … night …*«, und Tanga jaulte wie ein Wolf, als plötzlich *die Bullen* mit Blaulicht an uns vorbeifuhren. Nichts wie weg hier! Viel zu viele Autos, und dieser stinkende, gelbe, beizende, giftige Qualm ist nicht gut für unser Wohlbefinden. Sogar unser Köter jault schon.

Als die Sonne im Pazifik unterging, weilten die Gedanken im Hinterhof meiner alten Heimat. Kindheit und Jugend spiegelten sich plötzlich in purpurroter Sonne wieder, die am Horizont, *wie damals im Lichtschein*, blinzelte.

Das nächste Motel am Strand von Santa Barbara nutzten wir aus, um neue Energie zu tanken und in Discotheken abzutanzen. Schließlich landeten wir noch spät am Abend in einem Beatschuppen in *Santa Barbara*. Im Saal roch es schwer nach Marihuana, jeder tanzte wie wild, kreischte und trampelte nach den neuesten Discoplatten. Ein Hausdealer verkaufte *Engelstaub*, vorgedrehte Zigaretten. Ehrlich gesagt, nicht anzuraten, geschweige denn zu rauchen! Erfahrung macht klug. Nach ein paar Zügen *Schweinetötungsmittel* fühlte ich mein letztes Stündlein schlagen. Meine Seele schrie nach den Engeln: *Help, help me … help meeeee …*

Auf einem Stuhl stehend, um die Lage im Saal zu überblicken: Mann, wenn ich jetzt nur nicht vom Hocker falle, die 50 Zentimeter zum Fußboden kamen mir wie 100 Meter tiefsten Abgrunds vor. Langsam kletterte ich vom Stuhl, Zuschauer, die mich beobachteten, dachten bestimmt, dass erste Mal *Engelstaub*, ganz sicher, Freunde, »sure, buddy, angel dust«.

Als ich endlich mit meinen Füßen auf dem Erdboden war, untersuchten meine Finger, wie es um meinen Allerliebsten stand. Bestürzt sagte ich: »Alexchen, greife mir doch bitte mal an die Eier, glaube, die gibt es gar nicht mehr.«

»Watt sachste, Chef? Ick höre so jut wie nüscht mehr!«

An die Eier? Steif wie ein Brett promenierte ich durch den Saal, suchte den Hausdealer, um ihn zu fragen, wie ich das überlebe. Weit wie breit war kein Drogenverkäufer mehr zu sehen und ich verlief mich in der Disco. »Paul, nüscht wie weg hier! Kratze ick vielleicht noch ab, fange an zu stinken, weil ick mir gleich in die Hose scheiße, gloobe ick!« Überlebt habe ich das Teufelzeug, sonst würde ja mein Buch hier in Santa Barbara enden …

Nach der *Golden Gate Bridge* bog ich irgendwann mal nach links und folgte einfach meinem Instinkt.

Dass ich den Platz der Plätze entdeckte, wurde mir erst später klar, *Bolinas.* Wer es kennt, der weiß: eine Stadt der Schöpfung mit viel Magie, Gras und ausgeflippten Hippies. Mrs. Scarlett überließ uns ihr Haus, mit Hot Top und allen Raffinessen. Das Einzige, was uns an Mrs. Scarlett störte, war, dass Paul oder ich sie für den freien Aufenthalt in ihrem Palast mindestens einmal in der Woche kräftig massieren und sie zum gesunden Höhepunkt bringen mussten.

An einem sonnigen Tag war es wieder mal so weit für Frau Scarletts Spezialbehandlung. Paul und ich verdrehten die Augen, rümpften die Nasen und machten 'ne Fresse wie drei Tage Regenwetter.

Wir armen Eber, der Trommler und der Gitarren-Guru aus Übersee, ließen die Münze entscheiden. Einer von uns beiden musste immer Mrs. Scarlett massieren oder durchbumsen.

Ein paar Monate lief es gut, bis die Blase platzte, wir die Nase voll hatten, den Mercury zündeten und weiter auf der Autobahn Amerika entdeckten.

Nun weilten wir drei Geister aus Europa sechs Monate im so genannten *Land der unbegrenzten Möglichkeiten.*

»He, ihr beiden, was haltet ihr davon, wenn wir einen Abstecher nach Nairobi machen?«

»Nach Kenia?«

»Ja, nach Afrika!«

»Warum nicht?«

Während des Fahrens erzählte ich Geschichten aus dem Senegal oder Gambia. Ganz interessiert lauschten meine Turteltauben den Märchen, die ich ihnen versuchte schmackhaft zu machen.

»Na, nichts wie los, auf zum Äquator, Chef!«

»Hör ma bloß uff mit Chef! Ick bin meen ejner Chef, aba ick bin keen Chef wie in der Fabrik, ja! »Wie oft muss ick dit noch saren!«

»Allet klar, Chef«, antworteten die süßen Schnuckels aus Berlin und freuten sich.

In Los Angeles kauften wir ein Ticket. Mit unserem Hab und Gut, Musikanlage, Gibson-Gitarre, der Martin und dem acht Monate alten Kläffer machten wir uns auf die Socken.

Zwischenlandung in New York, weiter über Dakar, Nigeria, und schließlich landeten wir 32 Stunden später in *Nairobi.* Von weitem hörte man schon das Bellen Tangas. Als der Welpe uns erspähte, jaulte und strampelte er vor Freude. Die Zöllner aus Kenia verlangten für die Musikanlage Einfuhrsteuern. Zum Bersten, denn mit unserer Kohle war nicht mehr viel zu holen, sie wurde immer weniger. Wir bezahlten die Steuern und fuhren weiter mit einem Taxi nach *Mombasa*.

Alexandra und Paul konnten es nicht glauben. *Gestern noch in Amerika, heute in Afrika.*

Vor allem schockte sie die heftige Armut im Lande. Aber ich glaubte, sie würden sich daran gewöhnen.

Paul fragte: »Tatze, wie viel Knete ham wa eigentlich noch, wenn ick mal fragen darf?«

»Ick gloobe, so um die zweieinhalbtausend Dollar.«

»Watten, ham wa so viel ausjejeben?«

Die himmlische Ruhe, die im Taxi nun herrschte, ließ mir genug Zeit, um nachzudenken und die Wildnis Ostafrikas zu genießen.

Inmitten der Pampa stießen wir auf eine Elefantenherde, die gerade die Straße überqueren wollte. Der Taxifahrer hielt doch tatsächlich an und wollte uns das Schauspiel der wilden Herde hautnah spüren lassen. Der Chauffeur machte Spaß, hupte, als die Elefanten näher kamen, mit den Ohren wackelten und kräftig trompeteten. Tanga jaulte und spitzte die Ohren. Der Kenianer popelte an seinem Zündschloss und versuchte seinen verrosteten Peugeot zu zünden, was in letzter Minute gerade noch so glückte. Grinsend gurkte er mit uns weiter und sagte: »*That's Africa live! I love it!*«

»I love it too!«, sagte ich, drehte mich um fragte: »And what about you, Banausen?«

Am Strand in Kikambala mieteten wir Rumtreiber ein Haus mit Strohdach und gewöhnten uns nach und nach an das afrikanische Leben. Nun wurden die Mahlzeiten wieder am Lagerfeuer gebrutzelt, viele Tees und Kaffees gekocht.

Zucki, unser afrikanischer Freund, weilte oft am Lagerfeuer, erzählte uns Geschichten über Woodoo Culture und die schwarze Magie Tansanias.

Dass der Präsident Komo Keniata im Schlafzimmer der englischen Königin war, sich unsichtbar im Königspalast bewegte, dort Purzelbäume schlug und sich totlachte, um so für die Unabhängigkeit Kenias zu verhandeln, war mir ganz was Neues.

»Wie hat der Präsident das gemacht, Zucki?«

»Zauberei, Magie, mein Freund!«

»Dank des Bewusstseins und der Telepathie konnte er den Computerchip für Sekunden in ein Mach-mich-blind-Virus programmieren.«

»Aufregend, Zucki, erzähle mir mehr von dieser Kunst.«

Gespannt hörte ich mir seine unglaublichen Geschichten an. Jedenfalls schleppte er das beste Grünzeug ins Haus, wobei wir ihm das eine oder andere Mal unter die Arme griffen.

Irgendwann musste ich wohl oder übel feststellen, dass die Haushaltskasse wieder mal leer war. Der Magen knurrte, unsere Gesichter wurden länger. Als alle Essensreste verbraucht waren, wurde es langsam Zeit, was zu unternehmen.

»Paul, versuche es doch mal im Hotel, vielleicht gibt es dort Arbeit, Tellerwaschen oder sonst was.«

Mein Freund zog ein Gesicht. »Frag du doch, Tatze, dir geben sie im Hotel bestimmt einen Job. Alexandra, was meinst du dazu?«

»Frag mich was Schwereres!«

Nun prägte der Überlebensmechanismus mein Gehirn, das auf Hochtouren aktiviert war, und ich sagte zu Paul: »Komm, lass uns nach Mombasa fahren, deine Spiegelreflexkamera verkaufen.«

»Watt, meine Kamera? Nee, dit mach ick nicht.«

»O. k. Paul, dann verkoofen wa erst mal meine Gitarre.«

Nachdem ich in Mombasa die Gibson verkauft hatte, ersteigerte ich auf dem Markt ein lebendiges Huhn.

»Watt willste du denn mit dem Gockel?«, fragte Alexandra. »Na, uffuttern, watt denkst du denn, Liebling?« Alexandra war unterdessen meine Braut, Paule durfte nur noch von weitem zu gucken, wenn wir es wieder mal trieben.

In Kikambala ergriff ich mir gleich ein scharfes Messer, wetzte es, während Tanga ständig versuchte, mit der noch lebenden Glucke Brüderlichkeit zu schließen. Dass Paul kein Blut sehen konnte, wusste ich nicht. Erst als die ersten Blutspritzer seine Hand berührten und er zu Boden ging, fiel mir auf, dass mit ihm etwas nicht stimmte. Er sollte mir nur beim Schlachten helfen und den Schnabel festhalten, aber gleich in Ohnmacht fallen? Soweit ich mich erinnere, war dieses Federvieh das allerletzte Schlachtopfer in meinem Leben! Ausgenommen Moskitos oder Flöhe, die müssen noch heute öfters dran glauben.

Nun kannte uns in Kikambala beinah jedermann, Kinder, Omis, Affen und die Giraffen. *Jambo abana, mizurizana, akuna matata,* lernte ich schnell zu antworten und war glücklich, in Afrika zu sein.

Einmal sagte zu mir ein Kenianer am Strand: »Tatze, du, du seien ein Afrikaner!«

»Wie, ich ein Afrikaner? Der so weiß ist wie Persil?«

»Ja, du bist ein Afrikaner, weil du immer fröhlich bist, viel herumalberst und nie einen Unterschied zwischen Schwarzen, Gelben, Roten und Weißen machst.«

Vielleicht bin ich deshalb so viel auf Reisen, um herauszufinden, wer die wirklichen Menschen dieser Schöpfung unserer Galaxie sind. Jedenfalls, gut und böse, groß und klein, reich und arm, schlau und dumm, Hass und Liebe, Anständige und Diebe, das sind wir: *»die Menschelein auf der grünen Wiese«.*

Unser Vater sagte: »Kinder, was denkt ihr euch, ihr lernt nicht für mich, sondern für euch allein! Kapiert es doch endlich!« Er hat uns beim Privatunterricht im Rechnen das Einmaleins rauf und runter eingebläut. Noch heute bin ich meinem Vater dankbar. Wie hätte ich sonst sieben Noten zusammenrechnen können, um diese auf der Gitarre exakt zu gebrauchen.

Wenn meine lieben Eltern nur annähernd ahnten, was ich die letzten sechs Jahre seit meinem Übertritt in die freie Welt so erlebte. Nie dachte ich daran, dass sie sich Sorgen oder sonst was um mich machen. Aber ich glaube, Eltern machen sich um ihre Kinder Sorgen. Nur Sonne, Mond und Sterne machen sich die wenigsten Sorgen, fiel mir immer wieder auf.

Das Hühnchen hatte vorzüglich gemundet, Paul schmatzte, machte Kikerikiiiii, Alexandra schmeckte es auch gut und Tanga vergnügte sich mit dem Rest der Henne. Nachdem unsere Besitzgüter, wie Kamera, Musikanlage und Kinkerlitzchen, den Besitzer gewechselt hatten, waren die Hosentaschen wieder mal leer bis auf ein paar Kenia-Schillinge, die gerade noch ausreichten, um einen alten Mercedes Baujahr 1963 zu mieten.

Der Däne, der mir seinen Benz anvertraute, betete, als er mir seine Wagenschlüssel überreichte. »*Linksverkehr, Linksverkehr*«, paukte mir der Däne immer wieder ein. Nach dem Tanken hätte es fast geknallt, als ich mich in den Verkehr einfädeln wollte. *Linksverkehr, Linksverkehr* sang ich hin und her.

Mein eigenes Safari-Unternehmen Atze & Soli war gegründet und ich verdiente jetzt die Schillinge zum Überleben. Jeden Samstag quatschten Paul und Alexandra Touristen am Strand an, die ich dann spätabends zu den heißesten Plätzen im Busch oder zum Casino und zurück kutschierte. Das war Heiterkeit pur. Ums Überleben machte ich mir keine Sorgen mehr. Wie man sieht, geht es im Leben immer weiter, sogar im tiefsten Afrika.

Manch ein Träumer würde jetzt auch lieber hier am Äquator sein, anstatt bei Muttern am warmen Ofen zu sitzen. Aber ich befürchte, der Romantiker, der es wirklich drauf ankommen lassen würde, den muss ich warnen! Die Realität denkt sich immer etwas anderes aus. Nach dem Motto: *Schlag dich durchs Leben, du Abenteurer, Seefahrer, Musiker, Tellerwäscher, Fensterputzer, Friedhofsgärtner, Grasraucher, Biertrinker, immer spitz, Ostflüchtling, Tierliebhaber, Naturliebhaber, 007, Rubinschmuggler, Knoblauchfresser, Bleichgesicht, Pazifist, Globetrotter, Außerirdischer der Gerechten, Frieden und Freiheit!*

Nebenher kaufte ich immer wieder Mal Rubine, die gelegentlich von afrikanischen Unterhändlern am

Strand in *Kikambala* oder in *Malindi* angeboten wurden. Wenn mich damals einer gefragt hätte: »He, du, Persil-Geschöpf! Weißt du überhaupt, wie echte Rubine aussehen?«

»Natürlich, du Schwachkopf! Denkste, ick koofe die Katze im Sack, oder watt?«

Hunderte von Erlebnissen füllten die Tage. So war das Leben in Afrika nicht ewig ungefährlich, trotzdem nie zu vergleichen mit den Metropolen New York oder Rio de Janeiro.

Die Natur und Tierwelt Afrikas ist eigentlich wie für den Menschen geschaffen. Es gibt aber auch Länder in Afrika, die allein von Diktatoren oder den westlichen Ölmultis beherrscht werden und wo die Menschen vor Hunger sterben müssen. Mit wenig Konsumgütern konnte man hier gut leben und die Geschöpfe lachten, lachten und lachten. Einfach wunderbar, so herzlich.

Warum? Ja, warum leben sie so? Weil sie nichts besitzen und nichts zu verlieren haben, ausgenommen der Sensenmann kommt und schickt ihre Seelen ins Himmelreich. Und das wussten die Afrikaner in Kenia zu meiner Zeit ganz gewiss! So wie ich es auch ganz sicher weiß!

Ein Pfiffikus sagte damals in Russland zu seinen Schafen: »Wissen ist Macht!« Ich sage zu den Sternen: »Dummheit stinkt zum Himmel! Nichts zu wissen ist beschissen!« Darum öffne ich meine Augen, lerne, um herauszufinden welches meine Mission auf diesem Planeten ist. Bin ich vielleicht nur der Joker, vermutlich nur ein Zahn in der Kette? Nein, ich ahne, warum: um all den Menschen, die ich in meinem Leben treffe, die

Wahrheit zu erzählen. Genauer gesagt: »Nicht ein Leben lang in Autobahnstaus, Kaufhäusern, Fabriken, in den Krieg ziehen oder vor der Glotze zu verbringen und das auch noch glauben, was dir jeden Tag vorgegaukelt wird.« Und was ist das? Waschpulver, Bullshit!!!

Die Afrikaner beweisen es mir jeden Tag. Sie überleben mit dem Geringsten, was ihnen geboten wird, und lachen noch dazu. Ja, auf dem Karneval in Mainz wird ja auch sehr viel gelacht. Genau auf Uhrzeit, oder wie? Aber ich will ja niemandem seine Freude nehmen, will nur daran erinnern, spontan, tolerant, respektvoll, ehrlich zu teilen und lieb zu bleiben. Vor allem seinen Nächsten gegenüber. Dann würde es vielleicht auch keine Kriege mehr auf diesem Planeten geben!

Rubine in Zürich

J*anuar 1981.* Alexandra und ich packten die Sachen, Rubine und meine Martin-Gitarre. Paul wollte in Kenia bleiben, er arbeitete im Hotel als Tellerwäscher und sorgte sich weiterhin um Tanga.

Das neue Liebespaar wollte eigene Wege gehen. Paul verstand das sehr gut und gab sich damit zufrieden. Ohne viel Federlesens jetteten die zwei Verliebten nach Zürich, um die Rubine loszuwerden und danach die Route La Gomera einzuschlagen. Alles lief wie nach Plan.

Nach drei Wochen in Zürich mit Juwelier- und Goldschmiedeverhandlungen hatten wir wieder genug Geld, charterten die nächste Maschine und landeten in Teneriffa.

Im Hafen von *Los Cristianos* atmete ich erst einmal tief durch, beobachtete gelassen die Angler und fragte Alexandra: »Gefällt es dir hier, Baby?« Alexandra nickte und küsste mich ganz zärtlich. »Besser hier am blauen Meer als auf der Potsdamer Straße in Berlin-Schöneberg.« Na! Das war wohl nun das Letzte, musste sie mich jetzt unbedingt daran erinnern?

Ingrid, eine gute Freundin, die schon einige Jahre auf Gomera wohnte, vermittelte uns ein kleines Häuschen in Lomo Balo, am Ende des Tals in Valle Gran Rey. Sofort kaufte ich einen Käfer, der aber noch repariert werden musste, um seinen Dienst auf der Insel zu erfüllen.

Früher, in meiner alten Ostheimat, reparierte ich meinen KR 50 immer selber. Und das KR-50-Moped rollte mich zu der Baustelle, wo ich meine Lehre als Baufacharbeiter machte oder machen sollte! Aber nein, ich wollte ja unbedingt das Handwerk der modernen Musik studieren! Immer hatte der Junge seinen eigenen Kopf, hörte ich hin und wieder von Leuten reden.

Angelika, meine erste große Liebe, ich 17 und sie 21 Jahre jung, ein heißer Schlitten, verführte mich aufs Äußerste zu sittlichen jugendlichen Doktorspielchen. So fragte mich Angelika bei Gelegenheit: »Tatze, du wolltest mir deinen Bauwagen einstmals zeigen?«

»Den Anhänger, wo gegenwärtig meine Kollegen und der Meister immer frühstücken, saufen, schnarchen und faulenzen?«

»Ja, bitte, ich zeige dir auch liebe Tricks, Schatz.«

Mann, oh Mann, diese jungen Bienen, wenn sie es wollen, dann müssen sie es immer wieder tun. Ich war ihr Lustobjekt, der kleine Junge aus der Kleinstadt.

Eines Abends nahm ich Angelika mit auf die Baustelle. Der Schlüssel vom Bauwagen hing unter der Tür an einem Nagel. Ich brauchte nicht lange nach dem Schlüssel zu suchen, schon fanden sich Doktorin Angelika und ihr junger Patient im Zentrum der Liebeshöhle wieder. Keine drei Sekunden später lagen wir auf dem Frühstückstisch, bumsten, was die Tischbeine hielten, wobei der Bauwagen ziemlich wackelte. Oho … oho … aha … oho. Wahrhaftig, was mein sozialistischer Meister Herr H. und meine Kollegen dazu sagen, wenn sie jetzt wüssten, was ich auf dem Speisetisch treibe. Bekanntlich was? *Eine Sauerei, ei, ei, ei.* So alte Episoden aus dem Leben inspirieren mich immer wieder, Unsinn in Szene zu setzen, viel zu wandern und Blumen zu pflücken.

Die 30 Aussteiger aus aller Herren Länder auf Gomera,

die ihre Hintern bräunten, formierten sich öfter zu Gitarren-Sessions, Magic Mushrooms, Joints und Stechapfel-Fresspartys. Dabei ließen wir hin und wieder gewaltig die Sau raus. Alexandra gefiel es sehr auf Gomera, wir lebten gemeinsam, aber auch frei und individuell. Ingrid wurde eine gute Freundin, die sie auch heute noch ist. Oft verbrachten wir Stunden in ihrem Haus und bei Kerzenschein laberten wir über Gott und die Welt. Ich hatte wirklich genug Zeit, über das einfache, solide, gesunde Leben nachzudenken.

Es war wieder mal an der Zeit, den Norden Europas zu besuchen. Unser nächstes Ziel war Holland. Oft wurde in Hippiekreisen über Amsterdam geredet, so war ich schon ganz neugierig auf diese Stadt.

»Wir müssen nach Las Palmas, um Geld zu verdienen«, sagte ich zu Alexandra, »Plaza Catalina aufsuchen und die Touristen beim Kaffee und Kuchen mit meiner Musik nerven.« Schon waren wir unterwegs. Alexandra tanzte und sammelte die Pesetas ein. Oft dachte ich zurück an die Zeit, noch gar nicht so lange her, Bodo und die *Dusty Road*.

Irgendwann schlenderte ich mit meiner Prinzessin durchs Fischerdorf Mogan, hörte von weitem eine mir bekannte Melodie. Die Stimme zur bekannten Komposition kam mir tatsächlich vertraut vor. »Komm, Alexandra, lass uns der Gitarrenmusik folgen, wir treffen jemanden, den ich gut kenne.« So war es auch. Wer konnte es anders sein als Juan Pan, der König. Seine niedlichen schwarzen Haarlocken machten aus Pannemann einen echten Hippie. Juan saß auf der Terrasse, spielte Gitarre und schaute nicht schlecht, als ich sagte: »Holà, Cariño!

You are playing the song in the City?« Wir umklammerten uns und freuten uns wie kleine Hunde. Von nun an spielten die zwei Chaoten wieder ihre Schoten und Alexandra sammelte fleißig die Münzen ein.

Im April war es so weit, das Billett Las Palmas nach Cadiz hatten wir eingespielt, über alle Berge ging es weiter auf die Fähre. Gegenwärtig schwirrte ein hübsches Fräulein aus Frankreich an mir vorüber und schlug ihre Augen auf, sodass ich nur an eines dachte: *Die will es wissen. Jetzt oder nie!*

Abends auf der Fähre, als der Kinofilm »Casablanca« lief, Alexandra saß ganz vorne, hielt das Mäuschen gleich an der Tür einen Stuhl für mich frei. Dit jibt et doch nur im Film. Nach wenigen Minuten funkte es Signale, unsere Füße berührten sich und wir sagten guten Tag: »Bonjour, l'amour, nun aber ganz schnell in meine Kabine, du Rammelbock.«

Mein Herz pochte wie verrückt. Das Endorphin stieg in meine Birne, Sex, Sex, Sex! Als die Maus die Kabine verriegelte, den fertig gedrehten Joint mit mir dampfte und die Hüllen fallen ließ, fiel ich fast in Ohnmacht vor Aufregung. Dachte nur noch, Alexandra guckt derweil einen Film, ich gehe fremd und sterbe fast vor Wollust! Die heiße Französin stöhnte ununterbrochen und genoss die Stunde in vollen Zügen. Frag mich keiner, wie es mir ging, *vorstellen kann es sich ja jeder.*

Später, als ich wieder mit Alexandra in der Koje lag, fragte mich mein Liebling: »Na, wie war es denn mit dem französischen Flittchen? Macht sie es besser wie ick oder watt?«

»Wie bitte?«

»Na, kann sie es besser wie ickeee? Du Scheißkerl! Komm jetzt her! Gib es mir, wie du es der Schlampe gegeben hast, verdammter Hurenbock!« Und ich musste wohl bis in den Morgengrauen mit ihr bumsen.

Juan gab mir die Adresse von Bodo, der sich in *Avignon* in Südfrankreich aufhielt. Als wir uns wiedersahen, griffen die Weltmänner gleich zu den Gitarren und hämmerten los wie in alten Zeiten. Bodo war immer noch der Alte und wieder gut drauf.

Der Sommer stand vor der Tür, so machten sich der Straßenmusiker Tatze und die Rosenverkäuferin Alexandra immer nördlicher über Paris und Brüssel nach Amsterdam auf den Weg.

An der belgischen Grenze zu Holland musste ich ein Ständchen geben, weil die Grenzer in ihrem Arbeitsfleiß zwei Joints in meinem Drum-Päckchen fanden. Nach der Session klatschten die Grenzer Beifall und gaben uns freies Geleit. Die Bäume blühten, die Wiesen grünten, überall sah man Kühe, Pferde, Ziegen und Coffeeshops.

Als wir in das freieste Land der Erde gelangten, den ersten Kifferladen erspähten, rauchten wir Joints bis zum Umfallen. In Holland schien die Sonne, so fiel es uns nicht schwer, vom wunderschönen Süden Europas ein paar Monate Abschied zu nehmen.

Elternbesuch in der CSSR

A msterdam, Ende Mai 1982.

Wir mieteten eine Bleibe im *Jordan*, eine Gemeinde der Maler und Künstler aus aller Welt. Es ging noch eine Weile gut, bis wir zwei eines Tages mit Spiegeleiern, Tomaten, Butter und Salat Schlachten führten, uns dabei entschieden, getrennte Wege zu gehen.

Alles hat ein Ende, nur die Wurst hat zwei, könnte man meinen, wenn der Lebensblues dich früher oder später einmal einholt! So schwer die Trennung von Alexandra mir auch fiel, es musste ja irgendwie weitergehen mit den wilden Abenteuern.

Endlich konnte ich es möglich machen, meine Eltern in der CSSR zu besuchen. Gleich an der Grenze *CSSR-CHEB*, wo Rolle und ich beinah mit dem Sensenmann Bekanntschaft machten, kamen die bösen Erinnerungen. Der *Eiserne Vorhang* öffnete sich angsteinjagend. Mein Kumpel *Rauch* war gut gebunkert, und so durchquerte ich die Todesgrenze, den Sektor des Angstschweißes.

Dass sieben Jahre mir nichts, dir nichts verstrichen waren, ist mir erst aufgefallen, als ich meine Eltern nach so langer Zeit wiedersah.

Nachts um halb eins blickten unsere Augen sich ganz tief an, bis ein paar Tränen flossen und wir glücklich einschliefen.

Gemeinsam verlebten wir eine Woche in Marienbad, reisten nach Prag oder Karlsbad. Ich war so glücklich, meine Familie wiederzusehen. Am Tag der Abreise rollten die Tränen. Schlagartig wurde mir klar, wo ich lebe, und dass meine Eltern in die *DDR* zurückreisen mussten. Was für eine traurige Welt im 20. Jahrhundert. Als ich in mein Auto stieg und mich von Mutter und Vater verabschiedete, dachte ich, nur nicht heulen, nicht heulen! Was mir aber ehrlich gesagt bei diesem Dilemma sehr, sehr schwer fiel. Wann hat dieser Spuk ein Ende? Unter abenteuerlichsten Umständen traf ich meine Familie siebenmal in der CSSR, bis zum Fall der Mauer im Jahre1989.

An der Grenze zu Bayern studierte *Schnüffelnase* meinen voll gestempelten Reisepass, kratzte darauf herum und meinte: »Herr B., das ist doch Haschisch! Herr B.

»Na, wenn Sie so meinen, Herr Zöllner!«

»Soll ich es prüfen, Herr B.?«

»Von mir aus gerne!«

»Zieh bloß Leine, ihr Berliner immer mit eurer großen Klappe!«

Grinsend fuhr ich durch Bayern und Bob Marley spielte natürlich im Radio.

Nachdem ich wohlbehalten in Amsterdam ankam und die Freiheit genoss, traf ich eines Tages die Ginny in einem Coffeshop, meine zukünftige Freundin. Sie ist Österreicherin und wir lebten vier Jahre in einer wilden Ehe, noch mal das Gleiche in Grün, nur mit ein wenig mehr Erfahrungen, wie schreien, beißen, kratzen und fauchen. Aber wo die Liebe hinfällt, da gibt es kein Zurück mehr. Entweder du liebst sie oder du liebst sie nicht! Ehrlich gesagt, ich bin kein Unschuldsengel, aber geschlagen habe ich meine Ladys nie.

Ginnys Beruf als Schauspielerin war für sie geschaffen, wie das Huhn und das Ei. Jedes Mal musste ich als Komparse herhalten und ihre ausgeflippten Rollen einstudieren, die mir aber irgendwann zu langweilig wurden. Wenn sie ihren Tobsuchtanfall bekam, suchte ich so schnell wie möglich das Weite und bumste heiße Dirnen im Amsterdamer Nuttenviertel. Ich lasse mich doch nicht verrückt machen von der Braut, die spinnt irrsinnig. Als ich zwei Tage später wieder nach Hause kam, schien wenigstens für ein paar Tage die Sonne. Ja, das Zusammenleben zwischen Frau und Mann ist nicht immer einfach. Aber die Evolution hatte schon immer Priorität, wir würden aussterben, keine Kartoffeln mehr pflanzen, könnten vielleicht die Ratten oder Ameisen unsere Sozialstruktur übernehmen. Wäre das nicht grauenvoll!?

Auch mit Ginny war ich 1983 in Gomera, Bodo und Cathy waren auch auf der Insel. Ich erinnere mich noch, als sie um elf Uhr morgens das Hotelfenster öffnete, ihre Titten raushängen ließ und den kanarischen Bauarbeitern zurief: »Ihr spinnt wohl! Mit eurem Presslufthammer! Gibt's gleich 'nen Watschen! Ich will schlaaoufen, verstaaounden! Ruuhhheee!« Meine Perle schrie wie ein angestochenes Schweinerle. Vom Bett aus beobachtete ich, wie Ginny mit ihrem Hintern hin- und herzappelte. Na, dachte ich, komm du mir mal ins Bett, heiße Geliebte! Dich bürste ich durch, dass dir Hören und Sehen vergeht, du geiler Schlitten aus der Steiermark. So geschah es auch, meine Blondine war befriedigt, lachte glücklich, kochte anschließend einen Kaffee und machte sich hübsch wie eine Dame, die sie ja unbestritten war. Aber nach vier Jahren wilder Ehe ging auch diese Beziehung in die Brüche.

So verbrachte ich mehrere Jahre mit meinen Fräuleins auf den Kanarischen Inseln oder sonst wo in der Welt. Nach der Trennung von Ginny lernte ich Corine aus Den Haag kennen und sie wurde nun meine neueste Freundin.

Zwischen Amsterdam, London, Paris, Berlin, Essen, La Palma, Gomera, Frankfurt am Main und Köln zog ich nun umher und versuchte meine neuesten Demo-Bänder EMI oder CBS-Sony vorzustellen. An meiner Musikkarriere habe ich immer hart gearbeitet, trotz der Zicken, die meine Fräuleins ab und zu darboten und die mich viel Zeit kosteten. Zwischen Übungsräumen, Plattenfirmen und Aufnahmestudios hetzte ich hin und her. Wie mit Dusty Road, Inside Out oder Richard Feel und mehr namenlosen Bands versuchte ich mein Glück im harten Musikgeschäft. Jedes Mal, wenn ich meine Demos einem A&R-Manager vorspielte, dachte ich, ja, dieses Mal bestimmt! Ja, ganz bestimmt, dieses Mal klappt es, ein Plattendeal steht vor der Tür. Aber Puuuuuuuuuuuuustekuchen, geklaut haben sie von mir Melodien wie die Geier! Leider war meine Großoma schon tot und mein Kontakt zur Musikindustrie dadurch gleich null. Die Jungs von A&R aus der Musikbranche verarschten mich viele Jahre. Aber was soll's, ich mache einfach weiter, spiele und spiele meine Gitarre, lebe wie ein Popstar, immer im Süden, nämlich da, wo die Sonne scheint.

Mehr und mehr entfernte ich mich von der nordischen Lebensweise, wurde stets lockerer, lustiger und immer frecher, wie ein Straßenkasper, der sein Unwesen treibt mit Land und Leuten in allen Gassen der Welt.

Lachen ist gesund,
Lachen mit dem Mund.
Augen strahlen meterweit,
das Überleben: eine Kleinigkeit!

Die Jahre verstrichen wie im Fluge. Eines Abends sitze ich in Amsterdam in meiner Höhle und schaue zufällig in die Glotze, und was sehen meine Äugelein im ZDF Nachrichten-Magazin? Das gibt es doch nicht! Nein, das kann nicht wahr sein!

Leicht angeheitert: Potz Blitz – Gewitterregen – Wolken und Donner, Flashback! LSD, Marihuana, Angel Dust, Dadura Rachacha, Peyote, Meskalin, Wodka, Rubel, Doppelkorn, D-Mark, Orpheus in der Unterwelt, schwöre ich auf die Bibel, ich habe es gemacht, ich tue es immer wieder! Professor Lebemann & Söhne, spinne ick jetzt oder watt! Max und Moritz, Pittiplatsch der Liebe, Schnatterinchen, Jim Knopf und seine Lokomotive, Aladin und die Wunderlampe! Sesam öffne dich!

Die Tatze! Der Atze hatte es doch geahnt!

Es war so weit. Tanzten augenscheinlich Menschen auf der Berliner Mauer, bewaffnet mit Spitzhacke, Hammer und Meißel, *was machen die Menschen da???????*

Mein Gott, Walter!
Otto, Meier, Schäfer,
die Schafe,
Müller, Schmidt,
Schmied und Geier.
Wir sind das Volk!
Wir wollen weg!

DDRchen,
hat kein Zweck,
DDR,
die muss weg!
Hat kein Zweck!
DDR! Die muss weg!

Ihr Menschenschlächter: Honecker, Wolf, Mielke, Krenz und Konsorten! Ihr müsst weg! *Wahrscheinlich Fehler in der MATRIX = %?!!()$§&~*+*'#??? E=mc2?=)(l& %$§!*

Auferstanden aus Ruinen
und der Zukunft zugewandt,
lasst uns dir zum guten dienen,
ein Mensch zu sein in Deutschland.

Verpisst euch, ihr Diktatoren, so schnell wie möglich! Aber nach Sibirien bitte, Herren aus Wandlitz. Versteckt eure Pornos, ihr Schleimscheißer und Schlaumeier. Höher, schneller, weiter, träumende Reiter. Dreckschweine, Arschlöcher, Mörder und Heuchler. Ab in die Hölleeeee! Aber ganz schnell, hurtig – zackig, zack, zack! Aaachtung! Aufgepasst! Das UFO wird gestartet: 9, 8, 7, 6, 5, 4, 3, 2, 1, 0 … eure Zeit ist abgelaufen, die Zeit des Wahnsinns – Eisernen Vorhangs – *auf Nimmerwiedersehen!!!*

Was ich diesen *MATRIX-fehlgesteuerten DDR-Genossen* aber lassen muss, vielleicht war es auch nur ein Fehler im Gehirn ihrer Computer? Es fiel kein Schuss, alle Ehre! Am 9.11.1989 war ich nur noch am Lachen und Heulen, als ich den Ulk von Till Eulenspiegel in der Glotze verfolgte. Trabbis füllten die Grenzübergänge. Die Autobahnraststätten, Gemeinden und Dörfer gleich Umschlagplätze der Weltenbummler. Als ich das erste Mal mit Mutter und Vater in Braunschweig einen kleinen Supermarkt besuchte, mussten wir fast einen Krankenwagen bestellen. *Tatütatatü*, meine Mutti bekam auf einmal keine Luft mehr, als sie die bunten Angebote in den Regalen sah. Eduscho, Maggi, Südfrüchte, Bananen, Ariel und Meister Proper, sodass man sich drin spiegeln kann, Meister Schocker!!!

»Macht langsam, Jungs, macht nur langsam mit eurer Mutter! Ick gloob, Jungs, ick gloob, ick gloob, mich laust der Affe oder ick spinne!«

»Haben die *DDR*-Technokraten uns ein Leben lang betrogen nach Strich und Faden! Die Schweineeeee!«, weinte sie vor Aufregung im Supermarkt. »Beruhige dich, Mutti«, sagte ich ihr immer wieder und führte sie wie ein Gentleman aus dem Schlaraffenland.

So Leid es mir tat, konnte ich doch das Lachen nicht unterdrücken und meine Mutter sagte nur noch: »Sohnemann, du musst immer nur lachen, bitte verstehe mich doch!« Natürlich verstand ich sie genau, aber die Situation des ganzen Wahnsinns war erstaunlich witzig auf ihre Art und Weise. Die Augen wurden immer größer, je mehr die Ossis die Bundesrepublik Deutschland entdeckten.

Nach 15 Jahren Verbannung Ost, als ich das erste Mal in meine Geburtsstadt zurückkehren durfte, wäre ich beinah erstickt von der stickigen Luft, die über der Kleinstadt schwebte. Die Kirchturmspitze am Marktplatz sah noch genauso aus wie früher, es schien mir, als hätte ich die Geisterstadt nie verlassen. *Schneller, höher, weiter! Vorwärts immer! Rückwärts nimmer!,* konnte man hier und da auf den alten Propaganda-Annoncen noch lesen.

LANGSAMER, TIEFER, KÜRZER!
RÜCKWÄRTS IMMER!
VORWÄRTS NIMMER!

So hätten doch die Parolen donnern müssen!

Im Rathaus der Stadt musste ich mich noch einmal anmelden und meinen westdeutschen Pass hinlegen, um einen Aufenthaltsstempel zu bekommen. Ganz laut sagte ich zu den alten Genossinnen und Genossen, die mein Visum bearbeiteten: »Aufgepasst, Leute! Eure Zeit ist abgelaufen! Meine Damen und Herren! Packt eure Klamotten, verschwindet aus dem Rathaus! Aber so schnell es geht! Vielleicht werde ich hier bald der Ratsherr! *Verstanden, na ... na ... na ... hey ... hey ... goodbye, Panumaju, Banditen!*« Grinste über alle Backen und sagte noch: »Hat es euch Spaß gemacht, ein Leben lang hier rumzulungern, Menschen quälen, zu gängeln, zu bevormunden und ihnen das Leben schwer zu machen, bis es die Spatzen schon von den Dächern piepten? Wieso erhielt ich als Deutscher eigentlich nie ein Visum in Deutschland, um meine Eltern in Deutschland zu besuchen?«, fragte ich beiläufig. Aber kein Angestellter im Rathaus gab mir irgendeine schlaue Antwort. Im Gegenteil, sie guckten alle nur ganz dämlich drein, schämt euch!!!

I´m free! That's what I want!
Hold me … love me! 'cause I'm free.

Und ich hoffe, dass alle Menschen aus der ehemaligen *Zone* mit ihrer Freiheit richtig umgehen werden, da bekanntlich die so genannte *Demokratie* im Westen nur am Rande auf dem Papier steht. Seid also bitte wachsam, liebe Mitmenschen, denn *George Orwell* wartet schon sehnsüchtig auf euch. Der Überwachungsstaat, der uns mit sinnloser Bürokratie, überhöhten Steuern, angstmachenden Parolen, Sozialabbau, Lauschangriff, *Kameras an Ampeln, Supermärkten, Banken, Brücken, U-Bahnen und öffentlichen Plätzen,* Geldentwertung, Arbeitslosigkeit und Horrorpreisen unterdrücken will, umschließt heute ganz *Europa*. Geplanter Fingerabdruck im Reisepass, Autobahnmaut, *totale Personenüberwachung,* Gentest, Führungszeugnis, Berufsverbote, für einen Euro arbeiten müssen, wenn du am tiefsten Abgrund im reichen Lande stehst, dich sogar Sozialarbeiter ohne Durchsuchungsbefehl in deinen vier Wänden bespitzeln, dies alles gibt es im goldenen Westen auch. Könnte es sein, dass die Drahtzieher aus dem Westen von der Stasi gelernt haben und sie nur ein wenig schlauer geworden sind? Oder waren sie womöglich schon immer Verbündete? Die Hände geschüttelt haben sie sich ja jedenfalls, Herr Emu und Herr Honecker, wenn ich mich nicht täusche. Blühende Landschaften sind und waren nur ein Traum, Herr Kohl!

Nachwort

Ich, der glücklichste Mensch auf Erden, konnte wieder bei Muttern futtern, mit meinem Papa Schach spielen, alte Freunde wiedersehen und noch einmal über alles ganz genau nachdenken. *To be or not to be, sein oder nicht sein.* Das ist hier die Frage. Das letzte Wort zum Karfreitag, mein Geburtstag, möchte ich, Richie B., alias Icke, die Tatze, Atze, der Spinner, ehemals Staatsfeind der DDR, Aussteiger und Universumsreisender, Ihnen, liebe Leser, auf dieser Welt noch mitteilen:

Liebe Menschen, macht euch frei,
Habt keine Angst vor den Herrschern!
Wehrt euch! Seid nett zueinander,
liebt euch, denn: Ist es nicht besser,
Liebe zu machen, als Kriege anzufachen?
Sind wir Erdenbewohner nur Narren
oder wollen wir menschlich, Menschen sein?

Albert Einstein 1879–1955
Mein Pazifismus ist ein instinktives Gefühl,
das mich beherrscht, das nichts zu tun hat
mit irgendeiner Theorie, sondern mit meinem
tiefsten Widerwillen gegen jede Art von Grausamkeit
und Hass.

200/74

I n f o r m a t i o n

Betr.: Verdacht des illegalen Verlassen der DDR gem. § 213

Die Heimbewohner der AWU Block 86 in Jena-Neulobeda

        1. Klaus B r ü c k n e r
           geb. am 16.4.1954
           liegt gem. Instruktion 59/70 ein

        2. Norbert W e i z
           geb. am 16.7.53

und   3. Bernd G r e m m l e r
           geb. am 11.2.1953

haben den Antrag gestellt eine Reise in die VR Bulgarien durch-
zuführen.

Die angeführten Bürger sind Anhänger der westlichen Lebensweise.
Ihr Zimmer in der AWU ist entsprechend ausgestaltet zb. mit Beat-
gruppen westlicher Staaten.In der AWU zeigten sie bisher eine
negative Einstellung zu unserem Staat.

B r ü c k n e r als vermutlicher Organisator wurde schon mehrmals
im Bereich der Transitstrecke angetroffen,(Anhalten). Er sucht
ständig Verbindung zu Transitfahrzeugen der BRD und kap.Staaten.
Er wurde bereits als Mitfahrer im Fahrzeugen der BRD ermittelt.
Durch die Heimleitung und Streifenposten der VP mußten im Zimmer
von B. schon mehrmals westliche Zeitungen und Zeitschriften
eingezogen werden.Weiterhin war das Zimmer von B. Treffpunkt
von vorbestraften Personen aus der ganzen DDR.
Die drei angeführten Bürger sind in der AWU las Ordnungsstörer
bekannt.W e i z ████████████████████████████████
████████.Weiterhin hatte die AWU-Leitung ständig mit diesen
Heimbewohnern in Fragen der Heimordnung Schwierigkeiten.Im Zimmer
von B. kam es ständig zu illegalen Übernachtungen.Alle drei
sind sogenannte Langhaarige,und nach Mitteilung des Heimleiter
VP.-Helfer M i c h a l k e besteht der Verdacht,daß sie über die
VR Bularien die DDR illegal verlassen wollen.Alle drei geben
nicht die Gewähr,daß sie unserem Staat würdig im Ausland ver-
                       b.w.

treten.Die Überprüfung in der VP.-Meldestelle ergab,daß bereits die Reise von G r e m m l e r genehmigt war.Durch den Unterzeichner wurde sofort die Abtl. PM verständigt um die Reiseanlage vorläufig nicht auszugeben.

Schreck
Leutnant der VP

B e r i c h t

zu einer Personengruppe Jugendlicher

Ausgehend von dem polizeilich-interessanten Vorkommnis vom
09. 11. 1973 (Schenkstraße) wurde der bekanntgewordene Personenkreis aus dem hiesigen Territorium in der Durchführung der ope-
rativen Arbeit besonders beachtet. Das führte dazu, daß neue
Verbindungspersonen bekannt gemacht werden konnten und teilweise
operativverwertbare Informationen zur Kenntnis gelangten.

Das Ergebnis der bisher bekanntgewordenen Tatsachen läßt die
Schlußfolgerung durch Unterzeichneten zu, und wird auch durch
Außenstehende bestätigt, daß dieser Personenkreis vorwiegend
als Diskussions-Klub in Erscheinung tritt, eigene Vorstellungen
zum Begriff "Freiheit" entwickelt und versucht, dieselben zu
verwirklichen.

Nachfolgend einige spezielle Darlegungen zu Personen dieser
Gruppe:

1. B r ü c k n e r , Klaus
   16. 04. 54 in Genthin
   Jena, Schlögasse 3 seit dem 19. 11. 1974
   K-Vermerk
   zuletzt beschäftigt als Hausmeister und Heizer Postamt Jena
   geplant: Transportarbeiter im Bereich Apotheke Uni-
   klinik Jena
   gesellschaftlich nicht organisiert
   Spitzname: Atze

   B. wurde im August 1973 als Verbindungsperson von negativen
   Jugendlichen in Jena bekannt. Er besuchte vorwiegend Tanz-
   veranstaltungen verschiedener Kapellen, trampte zu verschiedenen Veranstaltungen innerhalb der DDR und nahm dadurch Verbindungen zu weiteren Jugendlichen auf.
   Am 09. 11. 1973 Teilnahme mit 32 weiteren JUGErdlichen auf
   der Party Schenkstraße; B. trat als Initiator in Erscheinung.
   B. vertritt eine negative Meinung gegenüber unserer Politik
   unseres Staates. Er hat besondere Freiheitsvorstellungen und
   äußert diese auch konkret. Da er sich vom MfS verfolgt fühlt,
   stellte er den Antrag auf Übersiedlung in die BRD.
   der Übersiedlungsantrag wurde am 23. 08. 1974 abgelehnt.
   Weiterhin wurde er vom paß- und visafreien Reiseverkehr aus-
   geschlossen.
   Zum gleichen Zeitpunkt hatte sein Bekannter D i e t e , Wolfgang eine Reise in die VR Ungarn - Bulgarien-Rumänien be-
   antragt (vom 02. - 25. 08. 1974)

- 2 -

- 2 -

B. hat während seines Aufenthaltes in Jena wiederholt die Arbeitsstellen und auch die Wohnanschriften gewechselt. Er wohnt meist bei anderen negativen Personen zur Untermiete. Der Arbeitsstellenwechsel erfolgte meist aus gesundheitlichen Gründen. Die Arbeitsdisziplin ließ bei allen Arbeitsstellen zu wünschen übrig. B. beteiligt sich an regelmäßigen Zusammenkünften bei verschiedenen Personen (siehe Aufstellung Gartenstraße) und an Wanderungen des Personenkreises in die Umgebung Jenas. Am 26. 01. 1975 wanderte die Gruppe zur Lobdeburg.

B. spielt gern den Wortführer. Es sind Verbindungen zu kirchlich orientierten Jugendlichen bekannt.

2. D i e t e, Wolfgang
   14. 10. 1954 in Jena
   Jena, Gartenstraße 7 seit 10. 06. 1974

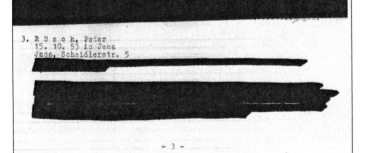

3. R ö s c h, Peter
   15. 10. 53 in Jena
   Jena, Scheidlerstr. 5

- 3 -

Beurteilung des Kollegen Klaus Brückner aus der Abt. G6 LS2

Der Kollege Brückner ist seit dem 8.August 1973 in unserer
Abteilung als Spritzlackierer tätig.
Auf Grund seines undisziplinierten Verhaltens im Wohnheim
waren wir schon am dritten Tag nach seiner Einstellung gezwungen, eine Kollektivaussprache mit ihm zu führen.
    Kollege Brückner blieb sehr häufig der Arbeit durch
Krankheit fern. Da er schon wiederholt während der Arbeits-
unfähigkeit und außerhalb der Ausgangszeiten nicht in seiner
Wohnung angetroffen wurde, waren wir gezwungen, ihm das
Krankengeld zu sperren. Brückners Verhalten zwingt uns zu
der Annahme,daß er oftmals simuliert.
    Mit seiner Einstellung zur Arbeit, sowie Arbeitsleistung
und Qualität können wir nicht zufrieden sein.
    Bei einer vorübergehenden Übertragung einer anderen
Tätigkeit (nach GBA § 25 Abs.1), verweigerte er die Arbeit.
Kollege Brückner erhielt bisher als Disziplinarmaßnahme einen
schriftlichen Verweis.
    An Sondereinsätzen zur Absicherung der Planaufgaben be-
teiligte er sich nicht.
Seiner Beitragspflicht als FDGB- Mitglied kommt er nicht nach.
Aktivitäten in der FDJ-Arbeit gehen nicht von ihm aus.
    Über soziale und politische Probleme ist er verschlossen,
so daß wir hier keine konkrete Einschätzung geben können.

Wir möchten an dieser Stelle noch darauf hinweisen, daß
Brückner den Kollegen Gremmler aus der Abteilung G6 IK2
in der Vergangenheit sehr negativ beeinflußt hat.

Diese Beurteilung wurde in Absprache mit dem Brigadier und
dem Gewerkschaftsgruppenorganisator erarbeitet.

85/ 06 /82/

L i c h t
Meister

Schutzpolizei
Revier0/Jena

Sachgebiet? E bitte prüfen den 14.12. 73
ob OSV mögl.

```
                                                       999039
```

P r o t o k o l l

Bei der Streife am 13.12.73 gegen 23,45 Uhr bekam ich von einen Bürger
aus dem Bl. 86 folgenden Hinweis: Im Bl. 87 bei den B r ü c k n e r
Zimmer 431 hält sich in letzter Zeit sehr oft eine weibl. Person auf".
Aus diesem Grunde, gegab ich mich mit den Gen. F o e s c h e gegen 0,45
am 14.12. 73 zu der o. g. Wohnung. Nach längeren Klopfen wurde uns, durch
den Bürger   B r ü c k n e r, Klaus
                geb. 16.4. 54
                wohnh. Jena- Lobeda Bl. 87 /431 geöffnet. Im Zimmer
_ag auf den Bett , lagen mehrere Zeitschriften aus der BRD . Auf die Frage
wen die Zeitschriften seien, gab er mir zu verstehen:"Die Zeitungen sind
mir, wo ich die her habe geht Ihnen nichts an. "

In der Wohnung des B. habe ich schon einmal Zeitschriften aus der BRD eingezogen. B. hat sehr viel Verbindungen zur BRD(Siehe Information Verbindung
aufnahme)

Da im Zimmer auch Gegenstände einer weibl. Person lagen, ließ ich durch
den B. die Schränke öffnen, in einen Schrank wurde eine weibl. Person gefund
Es handelt sich um die

                S e i d e, Steffi
                15.4.1955 Neustadt/Orla
                wohnh. Jena A. Bebelstr. 27 Arbeitstelle ███

Von der S. erfuhr ich , daß der B. mit ihr gemeinsam die BRD Zeitschriften
gelesen hat und auch darüber diskutiert wurde.Die Bürgerin wurde der AWU
verwiesen und die Zeitschriften eingezogen (3 Stück)

Es macht sich erforderlich, daß eine Auswertung mit der AWU Leitung vor-
genommen wird. Brückner hat bisher laufend Personen illegal in seinen
Zimmer übernachten lassen.

Zeitschriften anbei.

                                        Beiersdörfer   Mstr.

237

Volkspolizeikreisamt Jena   Jena, den 11.10.1974
Abteilung Kriminalpolizei

P r o t o k o l l

Betr.: Vorbeugungsgespräch gemäß § 213 StGB

Name :   B r ü c k n e r
Vorname :   Klaus
geb./in :   16.04.1954 in Genthin
wh.:   Jena, Kieserstraße Nr. 21
besch.:   Deutsche Post Jena, Hauptpostamt als Hilfsarbeiter

Der O.g. hat am 23.08.1974 einen schriftlichen Übersiedlungsantrag
in die BRD gestellt ; mit der Begründung:
- Einschränkung der persönlichen Freiheit in der DDR
- Verbot seiner Freizeitbeschäftigung - Durchführung von Partys mit
Beatmusik
- Ablehnungen von Urlaubsreisen in das sos. Ausland
Aus dem genannten Grund wurde mit B. nochmals ein Vorbeugungsgespräch geführt.mit der Zielrichtung, daß B.keine Straftat gemäß
§ 213 StGB begeht. Ebenfalls wurde bekannt, daß der Bruder des B.
in Genthin ebenfalls den Antrag zur Übersiedlung in die BRD gestellt
hat.Bei Besuchen in Genthin verkehrt der B. meist mit gleichgesinnten
Jugendlichen.
Seine Arbeitsleistungen bei der Deutschen Post haben sich gegen -
über den Arbeitsleistungen beim VEB Zeiß nicht geändert. Er wurde
zuerst als Zusteller eingesetzt, kann jedoch seiner Meinung nach
diese Arbeit nicht mehr ausüben, da sie für ihn zu schwer ist.Er
ist jetzt als Hilfsarbeiter beschäftigt und übt Arbeiten aus, welche im allgemeinen von Frauen durchgeführt werden.
Auch seine gesamte Haltung hat sich bisher nicht geändert. Er verkehrt weiterhin mit labilen und gleichgesinnten Jugendlichen in Jena.
Er bleibt auch bei seiner Meinung, daß es für ihn keine Perspektive in
der DDR gibt. Er bleibt bei seiner Meinung, daß er Bürger der BRD
werden will, jedoch nur auf legalem Wege.Er habe keinesfalls die Absicht, die DDR illegal zu verlassen. Dies wäre ihm zu gefährlich.
Würde der Antrag auf Übersiedlung abgelehnt, dann würde er einen
neuen Antrag stellen, ansonsten müßte er sich eben der " Unfrei -
                                                              b.w.

238

000959

heit " in der DDR unterordnen.

Der B. wurde nochmals über den § 213 StGB belehrt.

Weiterhin unterliegt er den Maßnahmen der Instruktion 11/74.

Geigensatzka.
Krim.-Omstr.

A b s c h r i f t

Innere Angelegenheiten   Haubensak   039873

Rat des Bezirkes
Leiter der Abteilung
Innere Angelegenheiten

65 G e r a

30.10.1975

Betr.: Eingabe - Klaus B r ü c k n e r -Jena, Schloßgasse 3

Werter Genosse Sachs!

Mit dem Bürger Klaus Brückner, geb. 16.04.1954 in Genthin,
wh. Jena, Schloßgasse 3, mit Nebenwohnung, Hauptwohnsitz
Genthin, Str.d. Freundschaft 6, wurde erst am 14.10.1975 bei
uns eine erneute Aussprache betreffs seines gestellten Antrages auf Übersiedlung beim Rat der Stadt Jena und seiner
Eingabe an das Ministerium des Inneren mit gleichem Text, ge-
führt.

Seit dem 23.08.1974 stellte Herr Brückner bei uns in der Abteilung bis heute den 4. Antrag (letztmalig am 21.10.1975)
zur Übersiedlung in die BRD. Zweimal wurde bereits eine Ab-
lehnung von uns ausgesprochen.

Wie in den schriftlichen Anträgen so auch wieder in der letzten Aussprache beruft sich Herr Brückner nur auf Zitate der
Allgemeinen Menschenrechte und Artikel der UNO-Charta.
Er bleibt bei seiner Aussage, daß er hier in diesem Staat
ungerecht behandelt und bespitzelt wird. Auch die festgeleg-
ten Maßnahmen für seine Person mit einer PM 12 als Ausweis
ihm gewisse Einschränkungen auferlegt.
Die Ursachen, die zu diesen Maßnahmen führten, liegen nach
seiner Meinung nicht bei ihm, sondern an den Gesetzen der
DDR, die gewissen Freiheiten der Person einschränken.
Er brachte zum Ausdruck, daß seit der Konferenz in Helsinki
und die darauf folgenden Kommentare jeder Bürger das Recht
hat, selbst zu bestimmen, wo er leben will und die DDR diese Forderungen zu erfüllen habe.

Sein Auftreten seit dieser Zeit wird immer aggressiver, ist
bei seinen Äußerungen im Beisein von Zeugen aber sehr vorsichtig.
Herr Brückner gehört einer Gruppe von Jugendlichen an, die
in Jena und anderen Orten unangenehm auffielen und desöfte-

                                                   b.w.

ren zur Ordnung gerufen werden mußten.
Auch liegen bei uns seit jüngster Zeit noch mehrere Anträge
von Bürgern aus seinem Bekanntenkreis mit dem selben Inhalt
und der Formulierung übereinstimmen.

Die Verhaltenweise des Herrn Brückner verhinderte bis jetzt
jede strafrechtliche Maßnahme.
Es treten jetzt allerdings grobe Verletzungen der Arbeitsdisziplin, Arbeitsordnung und selbst provokatorisches Verhalten am Arbeitsplatz auf, sodaß sich der Betrieb mit ihm
befassen muß.
Bis Freitag, den 07.11.1975, werden wir der Arbeitsgruppe
eine positive Bearbeitung dieses Antrages vorschlagen und
die Entscheidung sofort an Sie weiterleiten.

Jena, den 30.1o.1975

gez. Haubensak
Referatsleiter   Mit sozialistischem Gruß

                                  gez. Schindler
                                  stellv. des Oberbürgermeisters
                                  für Inneres

f.d.R.d.A
Schröder,K-Hwm.

Volkspolizei-Kreisamt-Genthin   Genthin, den 11.o2.1975

- Abteilung K/ Sachgebiet I -

An

Volkspolizei-Kreisamt

Abt. K, Komm. I

J e n a

über BdVP Abt. K, Dez. I

M a g d e b u r g

Betreff:

Ihr Ermittlungsersuchen vom o6.o2.1975 zur Person des
BRÜCKNER, Klaus geb.am 16.o4.1954 in Genthin, wohnhaft
in Genthin Straße der Freundschaft Nr. 6, NW Jena Schloßgasse Nr. 3

Genannte Person ist im Kreis Genthin als aktiver Tramper bekannt. Er hält nach wie vor enge Verbindungen zu ebenfalls
als Tramper bekannte Jugendliche aus den Kreis Genthin und
Burg.

Dabei wurde festgestellt, daß BRÜCKNER als Organisator der
Treffen zwischen den Trampern aus den Kreis Genthin und Burg
mit Jugendliche aus Jena in Erscheinung tritt.

So soll er es in letzter Zeit verstanden haben, den Jugendlichen
Wolfgang MÜLLER (Spitzname ███) sowie einen Jugendlichen
aus Burg mit Spitznamen (SPITZER) zu sich nach Jena zu holen.
An den Wochenenden die er in Genthin verbringt, hält er sich
vorwiegend mit den ████████ Jugendlichen
Gerd HERRMANN, Rainer FLAMMANN, Kurt RÜBENER sowie Jutta
TETZLAFF.

Mit diesen Personen sowie andere Jugendliche besucht er Tanz-
veranstaltungen im Jugendklubhaus Genthin.

Andere Gaststätten in Genthin werden von ihm nicht aufgesucht.
Findet im Jugendklubhaus keine Veranstaltung statt, organisiert
B. Feiern in seiner eigenen Wohnung.
Bei diesen Feiern in seiner Wohnung kam es desöfteren zu Aus-
schweifungen durch Genuß von Faustan in Verbindung mit Alkohol.

Beim B. selbst gab es in der Vergangenheit Hinweise die den
Verdacht der Vorbereitungshandlungen gem. § 213 StGB ergaben.
Die dazu durchgeführten Überprüfungshandlungen bestätigten
diesen Verdacht jedoch nicht.
Ebenfalls gab es Verdacht auf Vorbereitungshandlungen durch
seinen Bruder, die sich zum damaligen Zeitpunkt aber ebenfalls
nicht bestätigten.
Nachdem wurde dann von seinen Bruder mehrmals der Antrag auf
legalen Verzug in die BRD gestellt. Kurz vor Abschluß dieses
Antrags zog dieser jedoch seinen Antrag zurück.
BRÜCKNER, Klaus brachte dazu seinem Bruder gegenüber zum Ausdruck,
daß er ein blödes Schwein ist weil er die Gelegenheit nicht genutzt habe um nach Drüben zu gehen.

Die Person BRÜCKNER hat im Kreis Genthin keinen guten Leumund,
was auf sein bisheriges Verhalten zurückzuführen ist.
Er trat desöfteren negativ durch ruhestörenden Lärm und unter
Einfluß von Alkohol in Erscheinung.
Weiterhin wurde bekannt, daß seine Einstellung zur DDR als negativ anzusehen ist.
Seinem Bruder gegenüber soll er zum Ausdruck gebracht haben,
daß er die Möglichkeit nach Drüben zu gehen auf alle Fälle
genutzt hätte.

Betrachten somit Ihr Ermittlungsersuchen als erledigt.

Brauer -
Ltn. der K.

243

Volkspolizeikreisamt Jena
Abteilung Kriminalpolizei   Jena,den 30.01.1975

            P e r s o n e n a u f k l ä r u n g
            ======================================

        B r ü c k n e r   Klaus   " A t z e "
        geb. 16.04.1954 in Genthin
        wohnhaft in Genthin, Straße der Freundschaft 6
        NW: in Jena, Schloßgasse 3
        Beruf:
        Tätigkeit: derzeitig keine seit 13.1.75
        bisher: Heizer bei der Post in Jena

Familienverhältnis:
Brückner kommt aus einem angesehen Elternhaus.Die Eltern haben
jedoch seit der Schulentlassung die Erziehungsgewalt verloren.
Der Vater ist ██████████████████████████ und die Mutter
█████████
Seit Aug. 1973 ist er in Jena und hat Arbeit als Spritzlackierer
im VEB Zeiß aufgenommen.
Bereits in Genthin suchte er die Verbindung zu gleichgesinnten
Jugendlichen,trat als Tremper auf und besuchte alle Veranstal=
tungen von Beatkapellen.
In Genthin bestanden bereits Verbindungen zu negativen Jugend=
lichen wie Wolfgang M ü l l e r geb. 10.07.56,Genthin Humbold=
str. 2 - Bert S c h w e i n e f a l l geb. 28.07.56,wohnhaft in
Genthin, Mützelstr. 35 und Gerd H e r m a n n geb. 4.10.55 ,wohn=
haft in Genthin,in den Weinungen 1.
Während die Einstellung der Eltern positiv ist muß bei Brückner
Klaus gesagt werden,daß er staatsfeindliche Tendenzen offen zum
Ausdruck brachte.
Im August 1974 stellte er Antrag auf Übersiedlung in die BRD.
Bei der Post brachte er zum Ausdruck,daß er nicht dem FDGB bei=
tritt weil er sich nicht bespitzeln lassen will.Eine Kontrolle
bei seiner Krankheit tat er mit den Worten ab,daß er sich derar=
tige Bespitzelungen verbitte.In Gesprächen ließ er verlauten,daß

244

seine persönliche Freiheit eingeschränkt sei,er in ~~seiner Freizeit~~
keine Partys mit Beat Musik veranstalten darf und ihm Reisen ins
soz. Ausland abgelehnt würden.Letzte Argumente führte er auch auf de
den Antrag zur Übersiedlung an.
Ihm wurde der PA zeitweilig eingezogen.

Arbeitsstellen:

Seit 8.08.1973 als Spritzlackierer im VEB Zeiß Abt. G 6 L S 2.
Disziplinschwierigkeiten auf Arbeit und im Wohnheim führten zu
einem Verweis am 26.9.73.Häufig kurzfristig erkrankt und er=
füllte nicht immer die gestellten Aufgaben.Aufhebungsvertrag am
20.08.74.Danach Einstellung als Heizer bei der Deutschen Post im
Postamt Jena.Keine Einstellung zur Arbeit.Obwohl er nicht direkt
bummelte ließ er sich von versch. Ärzten kurzfristig krank schrei=
ben,sodaß kein Verlaß auf eine ordnungsgemäße Beheizung der Außen=
stelle in der Friedensstraße gewährleistet war.Hatte keine Verbin=
dungen zu anderen Personen in der Post.War arrogant und wirkte
verschlossen gegenüber den Kollegen.Schied am 13.01.1975 auf eige=
nen Wunsch aus und wurde sofort akzeptiert.
Gesellschaftlich beteiligte er sich mit der Arbeitsaufnahme bei der
Post nicht mehr und lehnte Mitgliedschaft zum FDGB ab und meldete
sich auch nicht bei der FDJ um.

Freizeitsphäre:

Wohnt in Jena seit 19.11.74 mit dem Norbert W e i n z geb.16.7.53
und seit 28.1.75 auch noch mit Wolfgang M ü l l e r geb.10.7.56
Wohnung besteht aus 3 Zimmern und man hat sich eine Dunkelkammer
eingerichtet.Fotoliebhaber ist Weinz.Wohnung ist solid eingerichtet
und es wurde die Wohnung völlig renoviert und auch neu Möbel ange=
schafft.Es steht kein Fernseher zur Verfügung aber ein Radio und
Tonbandgerät.Kontakte bestehen zu Burkhardt Uwe geb.17.4.56 aus
5321 Großbromstedt Nr. 37 (NW Lobeda, Block 86 Zimm.431),
Willi K r ü g e r geb. 25.05.56 ,Gadebusch,Erich Weinert Str.35
(NW Lobeda ,Block 10/5 Zimm.341), G r e m m l e r Bernd geb.11.2.5
Lobeda, Block 86 , D i e t e Wolfgang geb. 14.10.57 ,Jena,Garten
str. 7 , K u r z Hans-Helmut geb. 07.01.50 ,Jena, Gartenstr. 7
und P e i n Hans-Jürge, 08.03.1957,Jena, Gartenstr. 7.
Brückner gilt als ausgesprochener Treuper,wobei er bei den aufge=

führten Personen Burkhard und Krüger sowie Weinz und Grexmler
Unterstützung fand.

Anträge auf Auslandsreise nach Bulgarien wurden im Juni 1974 von
Brückner -Weinz und Grexmler gestellt.

Brückner wird unter seinen Gleichgesinnten nur Atze genannt.
Ein Gelage mit Jugendlichen fand zu Sylvester 1974/75 statt und
erfolgte in der Wohnung,wobei es ruhig und besonnen zuging.Le=
diglich an der Musik merkte man im Hause,daß ein Gelage stattge=
funden hat.Die Personen Brückner und Weinz gelten im Haus als zu=
vorkommend -hilfsbereit und freundlich.Man ist im Haus froh,daß
endlich junge Leute ins Haus gekommen sind.

Derzeitig hat sich Brückner um Anstellung in der Kliniksapotheke
beworben.Die Unterlagen sind bereits angefordert und auf dem Post=
weg.

Auskünfte wurden beim Komm. VIII - PM - Arbeitstelle Post und
im Haus beim Hausverwalter eingeholt.

                                    Börner
                                    Oblt.d.K